T0244946

Historias de la Selección

Kiera Cass se graduó en Historia por la Universidad de Radford. Creció en Carolina del Sur y en la actualidad vive en Blacksburg (Virginia), con su familia. En su tiempo libre, a Kiera le gusta leer, bailar, hacer vídeos y comer muchos pasteles.

www.kieracass.com
📷 y 𝕏 : @kieracass
▶ youtube.com/user/kieracass
#laSelección

Historias de la Selección

El príncipe / El guardián / La reina / La favorita

Kiera Cass

Traducción de Jorge Rizzo

rocabolsillo

Penguin
Random House
Grupo Editorial

Título original: *The Prince*
© Kiera Cass, 2013

Título original: *The Guard*
© Kiera Cass, 2014

Título original: *The Queen*
© Kiera Cass, 2014

Título original: *The Favourite*
© Kiera Cass, 2015

Primera edición en Rocabolsillo: junio de 2024

© 2015, 2024, Roca Editorial de Libros, S.L.U.
Travessera de Gràcia, 47-49. 08021 Barcelona
© 2015, Jorge Rizzo, por la traducción
Diseño de la cubierta: Penguin Random House basado
en el diseño original de Harper Collins

Printed in Spain – Impreso en España

ISBN: 978-84-19498-64-9
Depósito legal: B-7.900-2024

Impreso en Novoprint
Sant Andreu de la Barca (Barcelona)

RB 9 8 6 4 9

El príncipe

Capítulo 1

Caminé arriba y abajo, intentando sacudirme la ansiedad del cuerpo. Cuando la Selección era algo distante —una posibilidad para el futuro— parecía emocionante. Pero ahora…, ahora no estaba tan seguro de que lo fuera.

Ya se había realizado la criba, y se habían comprobado las cifras varias veces. Habían redistribuido al personal del palacio, se habían hecho todos los preparativos de vestuario y las habitaciones para nuestras nuevas invitadas estaban a punto. El momento se acercaba, emocionante y aterrador al mismo tiempo.

Para las chicas, el proceso había empezado en el momento en que habían rellenado sus solicitudes —y debían de haber sido miles las que lo hicieron—. Para mí, comenzaba esa noche.

Tenía diecinueve años. Ya estaba en edad de prometerme.

Me detuve frente al espejo y comprobé de nuevo la corbata. Esa noche habría más ojos de lo habitual puestos sobre mí, y tenía que dar el aspecto del príncipe seguro de sí mismo que todos esperaban. Estaba preparado, así que me dirigí al estudio de mi padre.

Saludé a los asesores y a los guardias con la cabeza. Era difícil imaginar que al cabo de menos de dos semanas aquellos pasillos se llenarían de chicas. Golpeé la puerta con los nudillos, decidido, tal como me había enseñado mi padre. A veces me daba la impresión de que siempre tenía algo que corregirme.

«Llama con autoridad, Maxon.»

«Deja de pasear arriba y abajo, Maxon.»

«Sé más rápido, más listo, mejor, Maxon.»

—Pasa.

Entré en el estudio, y él apenas levantó los ojos para mirarme.

—Ah, por fin. Tu madre llegará enseguida. ¿Estás listo?

—Por supuesto —respondí. No había ninguna otra respuesta aceptable.

Alargó la mano y cogió una cajita. Me la puso delante, encima de su mesa.

—Feliz cumpleaños.

Le quité el papel plateado, que dejó al descubierto una caja negra. En el interior había unos gemelos. Probablemente estaba demasiado atareado como para recordar que ya me había regalado unos en Navidad. Quizás aquello viniera con el cargo. A lo mejor yo también le regalaría a mi hijo lo mismo dos veces cuando llegara a ser rey. Aunque, por supuesto, para eso primero tendría que buscarme una esposa.

Esposa. Jugueteé con aquella palabra entre los labios sin decirla en voz alta. Resultaba demasiado ajena a mi mundo.

—Gracias, padre. Me los pondré hoy mismo.

—Esta noche tienes que ofrecer tu mejor imagen —dijo él, dándose el último repaso ante el espejo—. Todo el mundo estará pendiente de la Selección.

Esbocé una sonrisa tensa.

—Yo también —repuse. No sabía si decirle lo nervioso que estaba. Al fin y al cabo, él había pasado por aquello. En algún momento también habría tenido sus dudas.

Evidentemente, los nervios se reflejaban en mi cara.

—Sé positivo, Maxon. Se supone que esto tiene que ser emocionante.

—Y lo es. Solo que me asombra lo rápido que está sucediendo todo —respondí, concentrado en pasarme los gemelos por los ojales de los puños.

Mi padre se rio.

—A ti te parece que pasa rápido, pero para mí han sido años de preparación.

Levanté la vista, frunciendo el ceño.

—¿A qué te refieres?

La puerta se abrió, y entró mi madre. Como era habitual, a mi padre se le iluminó la cara al verla.

—Amberly, estás imponente —dijo, yendo a recibirla.

Ella sonrió, como siempre hacía, como si no pudiera creerse que la gente se fijara en ella, y le dio un beso.

—No demasiado imponente, espero. No querría robarle el protagonismo a nadie. —Dejó a mi padre, se acercó y me dio un fuerte abrazo—. Feliz cumpleaños, hijo.

—Gracias, mamá.

—Tu regalo viene de camino —me susurró, y luego se giró hacia mi padre—. ¿Estamos listos, entonces?

—Por supuesto —contestó. Le tendió el brazo, ella se agarró a él y yo salí detrás. Como siempre.

—¿Cuánto tiempo falta aún, alteza? —me preguntó un reportero.

La luz de las cámaras de vídeo me calentaba la cara.

—Los nombres se harán públicos este viernes, y las chicas llegarán el viernes siguiente —respondí.

—¿Está nervioso, señor?

—¿Ante la idea de casarme con una chica a la que aún no conozco? No, es algo que hago cada día —respondí, con una mueca, y los presentes soltaron algunas risas.

—¿No le crea tensión, alteza? —preguntó alguien.

Dejé de intentar asociar cada pregunta con un rostro. Me limité a responder en la dirección de donde venía la pregunta, con la esperanza de acertar.

—Al contrario, estoy muy ilusionado.

Muy ilusionado, más o menos.

—Sabemos que hará una elección estupenda, señor —oí, y el flash de una cámara me cegó.

—¡Aquí, aquí! —dijeron otras voces.

Me encogí de hombros.

—No sé. Una chica que se conforme con ser mi esposa desde luego no puede estar en su sano juicio.

La gente se rio de nuevo, y me pareció que aquel era un buen momento para dejarlo.

—Perdónenme, pero tengo a familiares de visita y no quiero ser maleducado con ellos.

Les di la espalda a los reporteros y a los fotógrafos, y respiré hondo. ¿Iba a ser así toda la noche?

Pasé la mirada por el Gran Salón —las mesas cubiertas con manteles azul oscuro, las luces que brillaban con fuerza, realzando el esplendor de la sala— y tuve claro que no había escapatoria. Dignatarios en una esquina, periodistas en otra... No había ningún sitio donde pudiera estar tranquilo. Teniendo en cuenta que yo era el homenajeado, me habría gustado tener algo que decir en todo aquello. Pero no parecía que las cosas funcionaran así.

En cuanto conseguí escapar de la multitud, el brazo de mi padre me rodeó la espalda y me agarró por el hombro. El repentino contacto y su presencia me pusieron tenso.

—Sonríe —ordenó, entre dientes, y yo obedecí, mientras él saludaba en dirección a algunos de sus invitados más distinguidos.

Mi mirada se cruzó con la de Daphne, que había venido de Francia con su padre. Afortunadamente, la fiesta coincidía con un momento en que nuestros respectivos padres tenían que hablar sobre el vigente acuerdo comercial entre ambos países. Al tratarse de la hija del rey de Francia, nuestros caminos se habían cruzado varias veces, y quizá fuera la única persona ajena a mi familia con la que había tratado con cierta asiduidad. Era agradable encontrar un rostro familiar en la sala.

La saludé con la cabeza, y ella levantó su copa de champán.

—No puedes responder a todo con tanto sarcasmo. Eres el príncipe. La gente necesita ver en ti a un líder. —La mano de mi padre me agarraba el hombro con una presión innecesaria.

—Lo siento, padre. Es una fiesta, así que pensé...

—Bueno, pues pensaste mal. Cuando llegue el *Report*, espero que te tomes esto en serio.

Se detuvo y se me puso delante, mirándome con sus ojos grises y firmes.

Sonreí de nuevo, consciente de que era lo que él quería, de cara al público.

—Por supuesto, padre. No sé en qué estaría pensando.

Él dejó caer el brazo y se llevó una copa de champán a los labios.

—Últimamente parece que te pasa mucho.

Me arriesgué a echar una mirada a Daphne y puse los ojos en blanco, con lo que le arranqué una risa. Entendía perfectamente lo que sentía. La mirada de mi padre siguió la trayectoria de la mía hasta el otro extremo de la sala.

—Esa chica siempre tan mona… Lástima que no pueda entrar en el juego.

Me encogí de hombros.

—Es muy agradable. Pero la verdad es que nunca he sentido nada por ella.

—Bien. Eso habría sido una estupidez extraordinaria.

Hice caso omiso de la pulla.

—Además, no veo la hora de conocer cuáles son mis opciones reales.

Mi padre aprovechó el envite y siguió con lo suyo:

—Ya va siendo hora de que tomes decisiones, Maxon. Decisiones importantes. Estoy seguro de que crees que mis métodos son muy severos, pero necesito que te des cuenta de lo importante de tu posición.

Contuve un suspiro. «He intentado tomar decisiones. Pero tú no confías en mí y no me dejas», pensé.

—No te preocupes, padre. Me tomaré muy en serio la tarea de elegir esposa —respondí, esperando que mi tono le diera cierta confianza.

—No se trata únicamente de encontrar a alguien con quien te lleves bien. Por ejemplo, Daphne y tú. Sí, es muy graciosa, pero no valdría para nada —sentenció. Dio otro sorbo a su copa y saludó con la mano a alguien a mis espaldas.

Una vez más, controlé mi reacción. No me gustaba la deriva que estaba tomando la conversación, así que metí las manos en los bolsillos y eché un vistazo al panorama.

—Quizá debería dar una vuelta.

Él me dio permiso con un gesto de la mano, volvió a centrar su atención en la copa y yo me alejé rápidamente. Por mucho que lo intentara, no entendía el porqué de todo aquello. No tenía ningún motivo para ser maleducado con Daphne, cuando ella ni siquiera era una opción.

El Gran Salón bullía de actividad. La gente me decía que toda Illéa estaba esperando aquel momento: la emoción de tener una nueva princesa, la esposa del príncipe y futuro rey... Por primera vez, sentí toda aquella energía y me preocupó la posibilidad de que acabara aplastándome.

Estreché manos y acepté educadamente regalos que no necesitaba. Le pregunté a uno de los fotógrafos por su objetivo y besé mejillas de familiares y amigas, y también las de unas cuantas completas desconocidas.

Por fin conseguí quedarme solo un momento. Eché un vistazo a la multitud, seguro de que pronto me saldría alguna obligación. Mis ojos se cruzaron con los de Daphne, y ella se dirigió hacia mí. Yo no veía el momento de disfrutar de una conversación distendida, pero eso tendría que esperar.

—¿Te diviertes, hijo? —preguntó mi madre, que se cruzó en mi camino.

—¿Da la impresión de que me divierto?

—Sí —repuso ella, pasándome la mano por el traje, que ya estaba impecable.

Sonreí.

—Pues eso es lo que importa.

Ladeó la cabeza mostrándome una sonrisa amable.

—Ven conmigo un segundo.

Le tendí el brazo, al que se sujetó encantada, y los dos salimos al pasillo entre los clics de las cámaras.

—¿No podemos hacer algo más íntimo el año que viene? —pregunté.

—No creo. Para entonces lo más probable es que ya estés casado. Probablemente tu esposa querrá montar una gran celebración, en ocasión de tu primer cumpleaños a su lado.

Fruncí el ceño, algo que podía hacer ahora que estábamos solos.

—A lo mejor a ella también le gustan las cosas tranquilas.

Ella soltó una risita.

—Lo siento mucho, cariño, pero cualquier chica que se presente a la Selección desde luego no será de las que buscan tranquilidad.

—¿Tú no lo eras? —pregunté. Nunca hablábamos de cómo había llegado ella al palacio. Era una extraña línea divisoria entre nosotros, pero a mí me fascinaba: yo había crecido allí, pero ella había decidido venir.

Se detuvo y se me puso delante, con una expresión cálida en la cara.

—Me enamoré del rostro que vi en televisión. Soñaba despierta pensando en tu padre, al igual que miles de chicas sueñan contigo.

Me la imaginé como la jovencita de Honduragua que debía de ser, con el pelo recogido en una trenza mientras veía la televisión. Me la imaginaba suspirando cada vez que intentaba hablar.

—Todas las chicas sueñan con ser princesas —añadió—. Que de pronto les cambie la vida y llevar una corona… Es todo lo que podía pensar la semana antes de que escogieran los nombres de las finalistas. No me daba cuenta de que era mucho más que eso. —De pronto se puso un poco triste—. No podía ni imaginarme la presión a la que me vería sometida, ni la poca intimidad que tendría. Aun así, casarme con tu padre y tenerte a ti —añadió, acariciándome la mejilla— supone ver cumplidos todos esos sueños.

Se me quedó mirando fijamente, sonriendo, pero vi que las lágrimas se le acumulaban en las comisuras de los párpados. Tenía que hacer que siguiera hablando.

—¿Así que no te arrepientes de nada?

Negó con la cabeza.

—De nada. La Selección me cambió la vida, y del mejor modo posible. De eso es de lo que quería hablarte.

Hice una mueca.

—No estoy seguro de entenderte.

Ella suspiró.

—Yo era una Cuatro. Trabajaba en una fábrica. —Estiró las manos—. Tenía los dedos secos y agrietados, y la suciedad se me acumulaba bajo las uñas. No contaba con influencias ni estatus, nada que me hiciera digna de convertirme en princesa…, y, sin embargo, aquí estoy.

Me la quedé mirando, no muy seguro de qué quería decir.

—Maxon, este es mi regalo: te prometo que haré todos los esfuerzos posibles para ver a esas chicas a través de tus ojos. No desde la mirada de una reina, ni siquiera con los ojos de tu madre, sino de los tuyos. Aunque la chica que elijas sea de una casta muy baja, aunque los demás piensen que no vale nada, siempre escucharé tus motivos para quererla. Y haré todo lo que pueda por apoyarte.

Tras una pausa, lo comprendí:

—¿Padre no tuvo esa ayuda? ¿No contaste tú con ella?

Mamá levantó la cabeza.

—Todas las chicas tendrán sus pros y sus contras. Ciertas personas decidirán subrayar lo peor de algunas y lo mejor de otras, y no serás capaz de entender su estrechez de miras. Pero yo estaré a tu lado, cualquiera que sea tu elección.

—Siempre lo has estado.

—Es verdad —dijo ella, cogiéndome del brazo—. Y ya sé que muy pronto voy a quedar en segundo plano tras otra mujer, como es natural, pero mi amor por ti no cambiará nunca, Maxon.

—Ni el mío por ti —respondí, esperando que notara la sinceridad de mis palabras. Era imposible que dejara de adorarla.

—Lo sé. —Y, con un leve gesto de la cabeza, indicó que debíamos volver a la fiesta.

Cuando entramos en la sala, entre sonrisas y aplausos, me quedé pensando en las palabras de mi madre. Era increíblemente generosa, más que cualquier otra persona que conociera. Aquel era un rasgo que debía hacer mío. Si aquel era su regalo, seguro que sería más necesario de lo que a priori parecía. Mi madre nunca hacía un regalo sin pensárselo antes.

Capítulo 2

*L*a gente se quedó mucho más rato de lo que yo habría considerado apropiado. Supuse que aquel sería otro sacrificio inherente al privilegio: nadie quería que una fiesta celebrada en el palacio acabara. Aunque la gente que vivía allí deseaba justo lo contrario, que terminara cuanto antes.

Había dejado al dignatario de la Federación Germánica, que estaba muy borracho, al cuidado de un guardia; había dado las gracias a todos los asesores reales por sus regalos; y había besado la mano prácticamente de todas las damas que habían atravesado las puertas del palacio. A mi modo de ver, ya había cumplido con mi deber, y solo quería pasar unas horas en paz. Pero cuando me dispuse a escapar de los asistentes rezagados, un par de ojos azul oscuro se interpusieron en mi camino.

—Has estado evitándome —dijo Daphne, con voz juguetona y aquel acento que me hacía cosquillas a los oídos. Siempre hablaba con aquella entonación musical.

—En absoluto. Es que hay algo más de gente de la que me esperaba —respondí, echando la mirada atrás, al puñado de personas que aún pretendían contemplar la salida del sol a través de los ventanales del palacio.

—A tu padre le gusta montar buenos espectáculos.

Me reí. Daphne se refería a cosas que yo jamás me atrevía a decir en voz alta. Y eso a veces me ponía nervioso. ¿Hasta dónde veía en mi interior?

—Creo que esta vez se ha superado.

—Solo hasta la próxima —replicó ella, encogiéndose de hombros.

Nos quedamos allí en silencio, aunque tenía la sensación de que quería decirme algo más. Se mordió el labio y me susurró:

—¿Podría hablar contigo en privado?

Asentí, le ofrecí el brazo y la llevé hasta una de las salas que había siguiendo el pasillo. No dijo nada por el camino, como si estuviera ahorrándose las palabras hasta que las puertas se cerraran a nuestras espaldas. Aunque hablábamos en privado a menudo, aquella manera de actuar me estaba poniendo algo nervioso.

—No has bailado conmigo —dijo, como si estuviera dolida.

—No he bailado con nadie.

Esa vez mi padre había insistido en traer a músicos que tocaran composiciones clásicas. Aunque los Cincos tocaban muy bien, su música se prestaba más a bailes lentos. Quizá, si hubiera querido bailar, habría decidido hacerlo con ella. Pero tampoco era la mejor ocasión, ahora que todo el mundo me hacía preguntas sobre mi futura y misteriosa esposa. Daphne suspiró y empezó a caminar por la sala.

—Me han organizado una cita para cuando vuelva a casa —anunció—. Frederick, se llama. Lo he visto antes, claro. Es un jinete excelente, y muy guapo. Tiene cuatro años más que yo, y ese es uno de los motivos por los que le gusta a papá.

Me miró por encima del hombro, con una leve sonrisa en el rostro. Le respondí con una mueca sarcástica.

—Y claro, sin la aprobación de nuestros padres, no podríamos vivir.

Soltó una risita divertida.

—Por supuesto. No sabríamos qué hacer.

Yo también me reí, contento de tener a alguien con quien bromear. A veces era el único modo de afrontar todo aquello.

—Pero sí, a papá le parece muy bien. Aun así, me pregunto… —Bajó la mirada al suelo, mostrándose tímida de repente.

—¿Qué te preguntas?

Se quedó allí un momento, con la mirada puesta en la alfombra. Por fin levantó la vista y fijó aquellos ojos de un azul profundo en los míos.

—¿A ti te parece bien?

—¿El qué?

—Frederick.

—En realidad no puedo opinar, ¿no? No lo conozco.

—No —dijo ella, bajando la voz—. No la persona, sino la idea. ¿Te parece bien que quede con ese hombre? ¿Y que quizá me case con él?

Su expresión era pétrea, y escondía algo que yo no entendía muy bien. Me encogí de hombros, extrañado.

—No me corresponde a mí dar mi aprobación. Casi no te corresponde ni a ti —añadí, algo triste por ambos.

Daphne se retorció una mano con la otra, como si estuviera nerviosa, o como si le doliera algo. No entendía qué era lo que estaba sucediendo.

—Entonces, ¿no te preocupa nada? Porque si no es Frederick, será Antoine. Y si no es Antoine, será Garron. Hay una colección de hombres esperándome, y con ninguno de ellos tengo la amistad que comparto contigo. Pero con el tiempo deberé tomar a uno de ellos como marido. ¿A ti no te importa?

Aquello era realmente triste. Apenas nos veíamos más de tres veces al año. Y también podría decirse que era mi amiga más próxima. Los dos éramos patéticos.

Tragué saliva, buscando qué decir.

—Estoy seguro de que todo se arreglará.

No obstante, sin previo aviso, las lágrimas empezaron a surcar el rostro de Daphne. Miré a mi alrededor, intentando buscar una explicación o una solución, cada vez más incómodo.

—Por favor, dime que no vas a seguir con esto, Maxon. No puedes —me rogó.

—¿De qué estás hablando? —pregunté, desesperado.

—¡La Selección! Por favor, no te cases con alguna extraña. Y no hagas que yo me case con un extraño.

—Tengo que hacerlo. Es lo que hacen los príncipes de Illéa. Nos casamos con plebeyas.

Daphne se lanzó hacia mí y me agarró de las manos.

—Pero yo te quiero. Siempre te he querido. Por favor, no te cases con otra chica sin preguntarle al menos a tu padre si existe la mínima posibilidad.

¿Que me quería? ¿Desde siempre?

Me quedé sin palabras. ¿Qué podía decir?

—Daphne, ¿cómo…? No sé qué decir.

—Di que se lo preguntarás a tu padre —suplicó, limpiándose las lágrimas—. Pospón la Selección aunque solo sea lo necesario para ver si vale la pena que lo intentemos. O déjame participar a mí. Renunciaré a mi corona.

—Por favor, deja de llorar —murmuré.

—¡No puedo! No puedo, si voy a perderte para siempre —dijo, y hundió la cabeza en las manos, sollozando en voz baja.

Me quedé allí, paralizado y aterrado ante la posibilidad de estropear aún más las cosas. Tras unos momentos de tensión, levantó la cabeza. Habló, con la mirada perdida:

—Tú eres el único que me conoce bien. Y la única persona a la que conozco de verdad.

—Conocerse no es amarse —rebatí.

—Eso no es cierto, Maxon. Los dos tenemos una historia común, y está a punto de romperse. Todo por mantener la tradición. —Tenía la mirada fija en algún punto invisible en el espacio, en el centro de la estancia, y no podía adivinar qué estaría pensando. Era evidente que no se me daba nada bien penetrar en su mente.

Por fin Daphne se giró hacia mí.

—Maxon, te lo ruego, pregúntale a tu padre. Aunque diga que no, al menos habré hecho todo lo posible.

Seguro de no equivocarme, le dije lo que debía:

—Ya lo has hecho, Daphne. No hay más. —Extendí los brazos un momento y luego los dejé caer—. Esto es todo lo que podremos tener nunca.

Se me quedó mirando fijamente un buen rato, consciente como yo de que pedirle a mi padre algo tan fuera de la norma escapaba a mis posibilidades. Noté que parecía contemplar una solución alternativa, pero enseguida se dio cuenta de que no había. Ella se debía a su corona, y yo a la mía, y nuestros caminos nunca se cruzarían.

Asintió y volvió a echarse a llorar. Se sentó en un sofá y se abrazó a sí misma. Me quedé inmóvil, con la esperanza de no causarle más dolor. Habría querido hacerla reír, pero todo aquello no tenía nada de divertido. No me creía capaz de romperle el corazón a alguien.

Y desde luego no me gustaba haberlo hecho.

En ese momento me di cuenta de que aquello se convertiría en algo frecuente. Iba a rechazar a treinta y cuatro mujeres en los meses siguientes. ¿Y si todas reaccionaban así?

Resoplé, exhausto solo de pensarlo.

Al oírme, Daphne levantó la vista. Poco a poco la expresión de su rostro fue cambiando.

—¿No te duele nada de todo esto? ¿Nada de nada? —preguntó—. No eres tan buen actor, Maxon.

—Claro que lo lamento.

Ella se puso en pie y me miró de arriba abajo en silencio.

—Pero no por los mismos motivos que lo lamento yo —murmuró. Cruzó la habitación, con una mirada de súplica en los ojos—. Maxon, tú me quieres.

Me quedé inmóvil.

—Maxon —insistió, con mayor vehemencia—, me quieres. Tú me quieres.

Tuve que apartar la mirada; la fuerza de su mirada me resultaba demasiado intensa. Me pasé una mano por el cabello, intentando decidir qué sentía y ponerlo en palabras.

—Nunca había visto a nadie expresar sus sentimientos tal como lo acabas de hacer tú. No tengo dudas de que cada palabra que has dicho la sientes, pero no puedo hacer eso, Daphne.

—Eso no significa que no sepas lo que sientes. Lo que pasa es que no tienes ni idea de cómo expresarlo. Tu padre puede ser frío como el hielo, y tu madre se encierra en sí misma. Tú nunca has visto a nadie amándose libremente, así que no sabes cómo expresarlo. Pero lo sientes, sé que lo sientes. Tú me quieres tanto como yo te quiero a ti.

Negué con la cabeza, lentamente, temiendo que si pronunciaba una sílaba más provocaría que todo empezara de nuevo.

—Bésame —me pidió.

—¿Qué?

—Bésame. Si puedes besarme y seguir diciendo que no me quieres, no volveré a mencionar esto nunca más.

Me eché atrás.

—No. Lo siento, no puedo.

No quería confesar hasta qué punto lo decía en sentido literal. No tenía ni idea de a cuántos chicos habría besado

Daphne, pero sabía que serían más de cero. Un verano de años atrás, cuando yo estaba de vacaciones en Francia, me había confesado que la habían besado. Así que en eso me ganaba, y desde luego no iba a quedar como un tonto.

Su tristeza se convirtió en rabia, y se apartó de mí. Soltó una carcajada seca, pero su mirada no era divertida en absoluto.

—¿Así que esa es tu respuesta? ¿Es un no? ¿Has decidido dejarme marchar?

Me encogí de hombros.

—Eres un idiota, Maxon Schreave. Tus padres te han saboteado la vida por completo. Podrías tener a mil chicas ante ti, y no importaría. Eres demasiado tonto como para apreciar el amor, aunque lo tengas delante de tus narices. —Se limpió los ojos y se alisó el vestido—. Espero, de corazón, no verte más.

El miedo que me atenazaba el pecho me hizo reaccionar: en el momento en que se marchaba, la agarré del brazo. No quería que desapareciera para siempre.

—Daphne, lo siento.

—No lo sientas por mí —repuso, con voz fría—. Siéntelo por ti. Encontrarás una esposa, porque tienes que hacerlo, pero ya has conocido el amor, y has dejado que se te escape.

Se liberó de mi mano y me dejó solo.

Feliz cumpleaños, Maxon.

Capítulo 3

$\mathcal{D}$aphne olía a corteza de cerezo y almendras. Llevaba el mismo perfume desde los trece años, incluida la noche anterior. Aún sentía el olor, aunque ella hubiera decidido que no quería volver a verme.

Tenía una cicatriz en la muñeca, un rasguño que se había hecho trepando a un árbol cuando tenía once años. Había sido culpa mía. En aquella época, ella no era tan refinada, y la convencí —bueno, de hecho la reté— a hacer una carrera para ver quién subía más rápido a uno de los árboles en un extremo del jardín. Gané yo.

A Daphne le aterraba la oscuridad, y como yo tenía mis propios miedos, nunca me reí de ella por eso. Y ella nunca se rio de mí. Al menos no de las cosas importantes.

Era alérgica al marisco. Su color favorito era el amarillo. Por mucho que lo intentara, era incapaz de cantar, ni que le fuera en ello la vida. Aunque sí sabía bailar, de modo que, probablemente, por eso le decepcionara aún más que no le pidiera un baile la noche anterior.

Cuando cumplí dieciséis años, ella me envió un estuche para la cámara fotográfica como regalo de Navidad. Aunque yo nunca le había dicho que quería deshacerme del que tenía, me gustó tanto que se hubiera dado cuenta de que me hacía falta que enseguida cambié de estuche. Y aún la usaba.

Me estiré bajo las sábanas, girándome hacia donde estaba el estuche. Me pregunté cuánto tiempo habría dedicado a escogerla.

A lo mejor Daphne estaba en lo cierto. Teníamos más historia juntos de lo que yo quería reconocer. Habíamos vivido nuestra relación a través de visitas irregulares y esporádicas llamadas de teléfono, así que nunca había soñado que la cosa fuera a más.

Y ahora ella estaba en un avión, de vuelta a Francia, donde la esperaba Frederick.

Me levanté de la cama, me quité de encima el arrugado pijama y me metí en la ducha. El agua fue llevándose los restos de mi cumpleaños por el desagüe, e intenté limpiar también mi mente de aquellos pensamientos.

Pero no podía olvidarme de lo que ella me había acusado. ¿Realmente no sabía lo que era el amor? ¿Lo había descubierto y lo había desterrado? Y si era así, ¿cómo iba a gestionar la Selección?

Los asesores iban de un lado al otro del palacio, con montones de solicitudes para la Selección, sonriéndome como si supieran algo que yo ignoraba. De vez en cuando, alguno me daba una palmadita en el hombro o me hacía algún comentario para darme ánimo, como si notaran mis repentinas dudas sobre lo único que había dado siempre por sentado, lo único que había esperado en mi vida.

—El lote de hoy promete mucho —decía uno.

—Es usted un hombre afortunado —apuntaba otro.

Pero a medida que iban llegando las solicitudes, lo único en lo que podía pensar yo era en Daphne y en sus cortantes palabras.

Debía estar estudiando las cifras de un informe económico que tenía delante, pero en lugar de eso me dediqué a escrutar a mi padre. ¿Me había saboteado la vida realmente, haciendo que no pudiera llegar a entender lo que significaba una relación romántica? Le había visto relacionarse con mi madre. Quizá no se veía pasión, pero sí había afecto entre ellos. ¿No bastaba con eso? ¿Era eso lo que se suponía que tenía que buscar yo?

Me quedé con la mirada perdida, debatiéndome. A lo mejor mi padre pensaba que, si buscaba más, me costaría mucho más afrontar la Selección. O quizá que me llevaría una decepción si no encontraba algo que me cambiara la vida de un modo radical. Probablemente era mejor que nunca le hubiera mencionado que era justo eso lo que esperaba.

Pero puede que no se lo hubiera pensado tanto. La gente es simplemente lo que es. Mi padre era estricto, una espada afilada bajo la presión que suponía gobernar un país que sobrevivía a constantes guerras y ataques rebeldes. Mamá era como una manta, alguien a quien la vida había suavizado, al criarse sin nada, y que intentaba siempre ofrecerme su protección y comodidad.

Yo sabía que me parecía más a ella. A mí no me importaba, ni mucho menos, pero sabía que a mi padre sí.

De modo que quizás el haber retardado mi capacidad para expresarme era algo intencionado, parte del proceso destinado a endurecerme.

«Eres demasiado tonto como para ver el amor, aunque lo tengas delante de tus narices.»

—Despierta, Maxon.

Reaccioné de pronto y miré hacia el lugar de donde venía la voz de mi padre.

—¿Sí, padre?

—¿Cuántas veces tengo que decírtelo? —preguntó, con voz de hastío—. La Selección consiste en hacer una elección sólida y racional, no es una oportunidad más para soñar despierto.

Un hombre trajeado, que le entregó una carta a mi padre, entró en la estancia, mientras yo recolocaba el montón de papeles, dándole golpecitos contra la mesa.

—Sí, padre.

Leyó el papel, y le miré una vez más.

Quizá.

No.

No, seguro que no. Quería convertirme en un hombre, no en una máquina.

Con un gruñido, arrugó el papel y lo lanzó a la papelera.

—Malditos rebeldes.

Me pasé la mayor parte de la mañana siguiente trabajando en mi habitación, lejos de incómodas miradas. El tiempo me cundía mucho más cuando estaba solo y, si no me cundía, al menos no me reprendían. Aunque aquello no iba a durar mucho, a juzgar por la invitación que acababa de recibir.

—¿Me has llamado? —pregunté, entrando en el despacho privado de mi padre.

—Aquí estás —dijo mi padre, con los ojos bien abiertos y frotándose las manos—. Mañana es el día.

Cogí aire.

—Sí. ¿Tenemos que repasar el formato del *Report*?

—No, no —repuso, posando una mano en mi espalda para que me pusiera en marcha. Erguí la cabeza al momento—. Será bastante simple. Introducción, una charla corta con Gavril y luego emitiremos los nombres y las caras de las chicas.

Asentí.

—Parece… fácil.

Cuando llegamos al otro lado de su mesa, colocó la mano sobre un grueso montón de carpetas.

—Son estas.

Bajé la vista. Miré. Tragué saliva.

—Bueno, unas veinticinco tienen cualidades bastante evidentes; perfectas para una princesa. Familias excelentes o vínculos con otros países que quizá sean de gran utilidad. Algunas de ellas son simplemente guapísimas. —Me dio un codazo pícaro en las costillas, algo nada propio de él, y yo di un paso hacia el lado contrario. Todo aquello no tenía nada de broma—. Por desgracia, no en todas las provincias han surgido candidatas que valieran la pena. Así que, para que parezca que la elección es más aleatoria, hemos usado esas regiones para añadir algo más de diversidad. Verás que también hemos metido algunas Cincos, pero ninguna por debajo de eso. Tenemos que mantener un nivel mínimo.

Dejé que sus palabras resonaran en mi cabeza. Hasta aquel momento había pensado que todo dependía del destino…, pero no, dependía de él.

Pasó el pulgar por el montón de carpetas, haciendo ruido con los bordes de las hojas de papel.

—¿Quieres echar un vistazo? —preguntó.

Volví a mirar el montón. Nombres, fotografías y currículos. Allí estaban todos los detalles básicos. Aun así, estaba seguro de que el impreso de solicitud no preguntaba nada como qué les hacía reír o cuál era su secreto más oscuro. Ahí había recogida una colección de atributos, no de personas. Y las chicas escogidas en función de esas estadísticas eran mi única elección posible.

—¿Las has escogido tú? —le pregunté, levantando la vista de las carpetas y mirándole.

—Sí.

—¿A todas ellas?

—Prácticamente —dijo, con una sonrisa—. Como te decía, hay unas cuantas escogidas para dar espectáculo, pero creo que tienes una selección de chicas muy prometedoras. Mucho mejor que la mía.

—¿Tu padre también las escogió por ti?

—A algunas. Pero entonces era diferente. ¿Por qué lo preguntas?

Recordé sus palabras.

—A eso era a lo que te referías, ¿no? Cuando decías que para ti habían sido años de preparación.

—Bueno, teníamos que asegurarnos de que algunas chicas tuvieran la edad, y en algunas provincias contábamos con diversas opciones. Pero, créeme, te van a encantar.

—¿De verdad?

Como si le importara. Como si todo aquello no fuera más que una maniobra para mayor gloria de la corona, del palacio, para su éxito personal.

De pronto su comentario improvisado diciendo que pensar en Daphne era una pérdida de tiempo adquirió sentido. No le importaba si yo sentía algo por ella, si me parecía encantadora o si su compañía me resultaba agradable; lo único que veía en ella era Francia. Para él no era ni siquiera una persona. Y como básicamente ya había obtenido lo que quería de ese país, a sus ojos resultaba inútil. Aun así, si hubiera tenido algún valor, sin duda habría estado dispuesto a tirar por la ventana aquella entrañable tradición, pero, como no era así, todo el proceso estaba en sus manos.

—No te desanimes —afirmó, con un suspiro—. Pensé que estarías emocionado. ¿No quieres echar un vistazo siquiera?

Me alisé la americana.

—Como dices, esto no es para soñar despierto. Las veré cuando las vean todos los demás. Si me excusas, tengo que acabar de leer el borrador de esa enmienda que has escrito.

Me alejé sin esperar a que me diera su aprobación, pero estaba seguro de que mi respuesta sería excusa suficiente para obtenerla.

A lo mejor no era exactamente un sabotaje, pero desde luego me sentía como si hubiera caído en una trampa. ¿Encontrar una chica entre las que él había seleccionado previamente? ¿Cómo iba a poder lograrlo?

Decidí hacer un esfuerzo por calmarme. Al fin y al cabo, él había elegido a mamá, y ella era maravillosa, guapa e inteligente. Pero me daba la sensación de que mi padre no había sufrido tanta injerencia. Y ahora las cosas eran diferentes, o eso decía él.

Entre las palabras de Daphne, la intrusión de mi padre y mis crecientes temores, la Selección empezó a darme más miedo que nunca.

Capítulo 4

Solo quedaban cinco minutos para que todo mi futuro se desplegara ante mí, y yo tenía la sensación de que iba a vomitar en cualquier momento.

Una mujer muy amable me estaba secando el sudor de la frente.

—¿Se encuentra bien, señor? —me preguntó, apartando el trapito.

—Solo lamentaba que, con todos los pintalabios que tienen ahí, no hubiera ninguno de mi tono —dije. Mamá lo decía a veces: «no es de mi tono». No estaba muy seguro de qué quería decir.

La maquilladora soltó una risita, y también mamá y la que la maquillaba a ella.

—Creo que estoy bien —le dije, mirándome en los espejos que había en la parte posterior del estudio—. Gracias.

—Yo también —afirmó mamá, y las dos jóvenes se alejaron.

Me puse a juguetear con un contenedor de atrezo, intentando no pensar en los segundos que iban pasando.

—Maxon, cariño, ¿de verdad te encuentras bien? —preguntó mamá, mirándome no directamente, sino a través del reflejo.

La miré:

—Es solo… Es que…

—Ya sé. A todos nos pone muy nerviosos, pero, al fin y al cabo, solo vamos a oír los nombres de algunas de las chicas. Eso es todo.

Aspiré lentamente y asentí. Era una forma de verlo. Nombres. Eso era todo lo que iba a pasar. Darían una lista de nombres, y nada más.

Cogí aire otra vez.

Menos mal que no había comido mucho.

Me giré y me dirigí a mi asiento en el plató, donde ya estaba esperando mi padre.

—A ver si espabilas. Tienes un aspecto horrible.

—¿Cómo lo hiciste tú? —le pregunté.

—Lo afronté con confianza porque era el príncipe. Igual que harás tú. ¿Tengo que recordarte que tú eres el gran premio? —dijo, y volvió a poner cara de hastío, como si fuera algo que ya debía de saber—. Son ellas las que compiten por ti, no al revés. Tu vida no va a cambiar, salvo en que vas a tener que tratar con unas cuantas mujeres sobreexcitadas durante unas semanas.

—¿Y si no me gusta ninguna?

—Pues escoges a la que menos te disguste. Preferiblemente, una que resulte útil. Aunque no te preocupes por eso; yo te ayudaré.

Si esperaba que aquello me sirviera de consuelo, se equivocaba.

—Diez segundos —anunció alguien, y mi madre ocupó su asiento, lanzándome un guiño reconfortante.

—Recuerda sonreír —apuntó mi padre, y se giró hacia las cámaras con gesto tranquilo.

De pronto sonó el himno y alguien empezó a hablar. Sabía que debía prestar atención, pero estaba concentrado en mantener la calma y una expresión de felicidad en el rostro.

No me enteré de gran cosa hasta que oí la voz familiar de Gavril.

—Buenas noches, majestad —dijo. Tragué saliva, hasta que me di cuenta de que se dirigía a mi padre.

—Gavril, siempre es un placer —respondió él; parecía casi mareado.

—¿Esperando el anuncio?

—Sí, claro. Ayer estuve en la sala mientras se extraían algunos de los nombres; todas ellas, chicas preciosas —repuso, con toda naturalidad.

—Así pues, ¿ya sabe quiénes son?

—Solo algunas, solo algunas —mintió, y lo hizo con una facilidad increíble.

—¿Ha compartido su padre esa información con usted, señor? —me preguntó Gavril. Al girarse, el broche con su nombre brilló reflejando la luz de los focos.

Mi padre se volvió hacia mí, recordándome con los ojos que sonriera. Eso hice.

—En absoluto. Yo veré a las chicas al mismo tiempo que todos los demás. —Vaya. Tenía que haber dicho «las señoritas» en lugar de «las chicas». Eran invitadas, no mascotas. Me sequé discretamente el sudor de las palmas de las manos en los pantalones.

—Majestad —prosiguió Gavril, dirigiéndose esta vez a la reina—, ¿algún consejo para las elegidas?

La observé. ¿Cuánto tiempo le habría llevado hacer natural aquella presencia, aquella pose impecable? ¿O había sido siempre así? Ladeó tímidamente la cabeza. Hasta Gavril parecía emocionado.

—Que disfruten su última noche como una chica más. Mañana, pase lo que pase, su vida cambiará para siempre. —Sí, señoritas, la vuestra y la mía—. Y un consejo muy clásico, pero aun así válido: que sean ellas mismas.

—Sabias palabras, mi reina, sabias palabras. Y ahora pasemos a revelar los nombres de las treinta y cinco jóvenes elegidas para la Selección. ¡Damas y caballeros, compartan conmigo la felicitación para las siguientes hijas de Illéa!

Observé los monitores mientras aparecía el escudo nacional, con una ventanita en una esquina donde se veía mi rostro. ¿Qué? ¿Iban a estar enfocándome todo el rato?

Mamá me dio la mano sin que la cámara pudiera captarlo. Cogí aire. Lo solté. Y volví a cogerlo.

No era más que un puñado de nombres. Tampoco pasaba nada. No es que fueran a anunciar el nombre de la elegida.

—La señorita Elayna Stoles, de Hansport, Tres —leyó Gavril de una ficha. Intenté sonreír con más ganas—. La señorita Tuesday Keeper, de Waverly, Cuatro —prosiguió.

Sin perder la sonrisa, ladeé la cabeza hacia mi padre.

—Me estoy mareando —le susurré.

—Tú respira —respondió entre dientes—. Tenías que haber leído la lista ayer. Ya lo sabía yo.

—La señorita Fiona Castley, de Paloma, Tres.

Miré a mamá, que sonrió.

—Muy guapa.

—La señorita America Singer, de Carolina, Cinco.

Oí la palabra «Cinco» y pensé que debía de ser una de las elegidas como descartes por mi padre. Ni siquiera me fijé en la fotografía; había decidido mantener la vista fija por encima de los monitores y sonreír.

—La señorita Mia Blue de Otero, Tres.

Era demasiada información como para absorberla toda. Ya me aprendería sus nombres y sus caras más tarde, cuando todo el país no estuviera mirando.

—La señorita Celeste Newsome de Clermont, Dos. —Levanté las cejas; no es que la viera. Pero si era una Dos, debía de ser alguien importante, así que más valía poner cara de estar impresionado.

—Clarissa Kelley de Belcourt, Dos.

La lista iba avanzando y yo sonreí hasta que me dolieron las mejillas. Lo único en que podía pensar era en lo mucho que significaba aquello para mí —que una parte enorme de mi vida iba a ponerse en su sitio— y que ni siquiera podía disfrutar con ello. Si hubiera sacado los nombres yo mismo de un cuenco en una sala privada y los hubiera visto a solas, antes que ninguna otra persona, aquel momento habría sido muy diferente.

Aquellas chicas eran mías; lo único en el mundo que llegaría a serlo.

Y, por otra parte, no lo eran.

—¡Y ahí las tienen! —anunció Gavril—. Estas son nuestras preciosas candidatas para la Selección. Durante la semana que viene las prepararán para su viaje al palacio, y nosotros esperaremos ansiosos su llegada. Conéctense el viernes que viene y vean una edición especial del *Report* dedicada exclusivamente a conocer más a estas espectaculares mujeres. Príncipe Maxon —dijo, girándose hacia mí—, le felicito, señor. Es un grupo de jovencitas imponentes.

—La verdad es que estoy sin habla —respondí, y era cierto.

—No se preocupe, señor. Estoy seguro de que las chicas ya

se encargarán de hablar más que suficiente cuando lleguen, el viernes que viene. Y ustedes —dijo, dirigiéndose a la cámara— no dejen de vernos para conocer las últimas noticias sobre la Selección en el Canal de Acceso Público. ¡Buenas noches, Illéa!

Sonó el himno, se apagaron las luces y por fin pude relajarme.

Mi padre se puso en pie y me dio una palmadita firme en la espalda.

—Bien hecho. Mucho mejor de lo que me esperaba.

—No tengo ni idea de lo que acaba de ocurrir.

Mi padre se rio, al igual que un puñado de asesores que seguían en el plató.

—Ya te lo he dicho, hijo: tú eres el premio. No tienes por qué estar nervioso. ¿No estás de acuerdo, Amberly?

—Te aseguro, Maxon, que las chicas tienen mucho más de lo que preocuparse que tú —confirmó ella, frotándome el brazo.

—Ahí lo tienes —concluyó mi padre—. Bueno, me muero de hambre. Disfrutemos de una de nuestras últimas comidas en paz.

Me puse de pie y eché a caminar lentamente. Mamá se mantuvo a mi lado.

—No me he enterado de nada —le susurré.

—Te pasaremos las fotografías y las solicitudes para que puedas estudiártelas con calma. Es como conocer a cualquier persona. Enfócalo como si le dedicaras tiempo a cualquiera de tus otros amigos.

—Yo no tengo tantos amigos, mamá.

Ella me lanzó una mirada cómplice.

—Sí, esto es algo cerrado —coincidió—. Bueno, piensa en Daphne.

—¿Qué pasa con Daphne? —pregunté, algo escamado.

Mamá no percibió mi tono.

—Cuenta como amiga, ¿no? Es una chica, y siempre habéis tenido buena relación. Hazte a la idea de que esas chicas también son amigas tuyas.

Volví a mirar hacia delante. Sin darse cuenta, mi madre había calmado un miedo enorme que crecía en mi interior y había avivado otro.

Desde nuestra discusión, cada vez que pensaba en Daphne no imaginaba cómo se llevaría con ese tal Frederick, ni le daba vueltas a cómo echaba de menos su compañía. Lo único en lo que podía pensar era en sus acusaciones.

Si hubiera estado enamorado de ella, sin duda tendría la cabeza puesta en su atractivo y sus virtudes. Y a medida que iban pasando la lista de las chicas seleccionadas, habría deseado que su nombre estuviera en ella.

Quizá Daphne tuviera razón y yo no sabía expresar amor. Pero, aunque así fuera, cada vez tenía más claro que no la quería a ella.

En un rincón de mi interior me alegré de saber que no me estaba perdiendo nada. Podía iniciar la Selección desde cero. Pero, por otra parte, tenía algo que lamentar. Si el problema hubiera sido que no sabía interpretar mis emociones, al menos podría presumir de que en algún momento había estado enamorado, y estar seguro de que sabía lo que se sentía. Pero continuaba sin tener ni idea. A lo mejor tenía que ser así.

Capítulo 5

Al final no fui a ver las solicitudes. Tenía muchos motivos para no hacerlo, pero el definitivo fue la convicción de que era mejor que todos empezáramos de cero en el momento de las presentaciones. Además, si mi padre había analizado a cada una de las candidatas con el máximo detalle, ya no me apetecía tanto hacerlo a mí.

Mantuve una distancia cómoda entre la Selección y mi vida… hasta que la Selección se presentó a mi puerta.

El viernes por la mañana iba caminando por la tercera planta y oí las risas de dos chicas en la escalera, en el segundo piso. Una voz alegre dijo:

—¿Puedes creerte que estemos aquí?

Y ambas volvieron a estallar en una risita nerviosa.

Solté una maldición en voz alta y me metí en la primera habitación que encontré, porque me habían insistido una y otra vez en que debía conocer a todas las chicas a la vez, el sábado. Nadie me había dicho por qué era tan importante, pero supuse que tenía algo que ver con el maquillaje y la preparación. Si una Cinco llegaba a palacio sin preparativos previos, bueno…, no creía que tuviera demasiadas posibilidades. A lo mejor era para que todo fuera más justo. Salí discretamente de la habitación en la que me había metido y volví a la mía, intentando olvidar aquel incidente.

Pero entonces, por segunda vez, mientras me dirigía al despacho de mi padre a dejar algo, oí la voz de una chica a la que no conocía, lo cual me provocó una ansiedad que me atravesó el cuerpo. Volví a mi habitación y me puse a limpiar todos los

35

objetivos de mis cámaras meticulosamente y a reorganizar mi equipo. Me busqué entretenimiento hasta la noche, cuando sabía que todas las chicas estarían en sus habitaciones y ya podría moverme libremente.

Era uno de aquellos rasgos que solían alterar tanto a mi padre. Él decía que le ponía nervioso que me moviera tanto. Pero no podía evitarlo: pensaba mejor caminando.

El palacio estaba tranquilo. De no haberlo sabido, no habría podido adivinar que teníamos tanta compañía. Quizá las cosas no fueran tan diferentes si yo no estuviera pensando constantemente en el cambio que suponía.

Mientras recorría el pasillo, me asaltaron todas las dudas que me acechaban. ¿Y si resultaba que no me enamoraba de ninguna de aquellas chicas? ¿Y si ninguna de ellas se enamoraba de mí? ¿Y si mi alma gemela había quedado descartada en favor de alguna chica de su provincia más valiosa para la corona?

Me senté en lo alto de las escaleras y hundí la cabeza entre las manos. ¿Cómo iba a hacerlo? ¿Cómo podría encontrar a alguien a quien amar, que me quisiera, que contara con la aprobación de mis padres y con el favor del pueblo? Eso por no mencionar que fuera lista, atractiva y con talento, alguien que pudiera presentarles a todos los presidentes y embajadores con los que nos fuéramos encontrando.

Decidí olvidar todo aquello y pensar en lo positivo. ¿Y si me lo pasaba estupendamente conociendo a todas aquellas señoritas? ¿Y si todas eran encantadoras, divertidas y guapas? ¿Y si la chica que más me gustara conseguía aplacar a mi padre más de lo que ninguno de los dos nos imaginábamos? ¿Y si mi media naranja se encontraba ahora mismo en palacio, tendida en su cama, esperando conocerme?

Quizás..., quizás aquello acabara siendo todo lo que había soñado, antes de que se volviera demasiado real. Era mi oportunidad para encontrar pareja. Durante mucho tiempo, Daphne había sido la única persona en la que podía confiar; prácticamente nadie podía entender aquel tipo de vida. Pero ahora podía dar la bienvenida a mi mundo a otra persona, y sería mejor que todo lo que había tenido hasta entonces porque… sería mía.

Y yo sería suyo. Seríamos el uno para el otro. Ella sería lo que mi madre era para mi padre: una referencia cómoda, una fuente de calma y seguridad. Y yo podría ser su guía, su protector.

Me puse en pie y empecé a bajar, más seguro de mí mismo. Solo tenía que mantener la mente en eso. Recordar que la Selección tenía que reportarme justo eso: esperanza.

Cuando llegué a la planta baja, en realidad ya tenía una sonrisa en el rostro. No es que estuviera precisamente relajado, pero sí decidido.

—… salir —dijo alguien de forma entrecortada, con una voz frágil que resonaba en el pasillo.

¿Qué estaba pasando?

—Señorita, tiene que volver a su habitación ahora mismo.

Eché un vistazo desde la distancia y a la luz de la luna pude distinguir a un guardia que cerraba el paso a una chica —¡una chica!— que quería salir. Estaba oscuro, así que no le vi bien la cara, pero tenía una brillante melena pelirroja, como hecha de miel, rosas y luz del sol.

—Por favor —insistió ella, cada vez más agitada y temblorosa.

Me acerqué, intentando decidir qué hacer.

El guardia dijo algo que no entendí. Seguí adelante, para enterarme de qué estaba pasando.

—Yo… no puedo respirar —dijo ella, cayendo entre los brazos del guardia, que soltó el bastón para agarrarla. Parecía algo molesto.

—¡Soltadla! —ordené cuando llegué a su altura. Al cuerno las normas. No podía dejar que aquella chica se hiciera daño.

—Se ha desplomado, alteza —explicó el guardia—. Quería salir.

Sabía que los guardias solo intentaban protegernos a todos, pero… ¿qué podía hacer?

—Abrid las puertas —ordené.

—Pero…, alteza…

Me lo quedé mirando muy serio.

—Abrid las puertas y dejadla salir. ¡Ya!

—Enseguida, alteza.

El primer guardia se puso a abrir la cerradura, y yo me

quedé mirando a la chica, que se agitaba ligeramente en los brazos del otro guardia, intentando ponerse de pie. Al abrirse la doble puerta, una ráfaga de aquel aire cálido y dulce de Angeles nos envolvió. En cuanto lo sintió en sus brazos desnudos, la chica se puso en pie.

Me dirigí a la puerta y me quedé mirando cómo avanzaba por el jardín, tambaleándose, con los pies descalzos haciendo un ruido sordo sobre la suave grava. Era la primera vez que veía a una chica en bata, y, aunque en aquel preciso momento no hubiera podido decir que aquella jovencita era un modelo de elegancia, resultaba curiosamente atractiva.

Me di cuenta de que los guardias también estaban mirándola, y eso me molestó.

—Vuelvan a sus puestos —dije en voz baja. Ellos se aclararon la garganta y se volvieron a situar de cara al vestíbulo—. Quédense aquí a menos que los llame —ordené, y me dirigí al jardín.

Me costaba verla, pero la oía. Respiraba con dificultad, y casi daba la impresión de estar llorando. Esperaba que no fuera así. Por fin vi que caía sobre la hierba, con los brazos y la cabeza apoyados en un banco de piedra.

No pareció darse cuenta de que me acercaba, así que me quedé allí de pie un momento, esperando que levantara la vista. Al cabo de un rato empecé a sentirme algo incómodo. Me imaginé que al menos querría darme las gracias, así que me dirigí a ella.

—¿Estás bien, querida?

—Yo no soy tu «querida» —me contestó, airada, mientras se apartaba el cabello para mirarme. Aún estaba oculta entre las sombras, pero su pelo brillaba a la luz de la luna que se abría paso entre las nubes.

En cualquier caso, le viera o no el rostro, capté perfectamente la intención de sus palabras. ¿Dónde estaba la gratitud?

—¿Qué he hecho para ofenderte? ¿No te he dado todo lo que has pedido?

Ella no respondió. Apartó la mirada y volvió a echarse a llorar. ¿Por qué las mujeres tenían aquella propensión al llanto? No quería ser maleducado, pero tenía que preguntárselo.

—Deja de llorar, querida. ¿Quieres?

—¡No me llames eso! No me quieres más de lo que puedes querer a las otras treinta y cuatro extrañas que tienes aquí, encerradas en tu jaula.

Sonreí. Una de mis muchas preocupaciones era que aquellas chicas estuvieran pendientes constantemente de presentar su mejor imagen, intentando impresionarme. Temía tener que pasarme semanas para intentar conocer a alguien, convencerme de que era la persona ideal y luego descubrir, tras la boda, que se convertía en una persona diferente que me resultara insoportable.

Y ahí tenía a una a quien no le importaba quién fuera yo. ¡Me estaba regañando!

La rodeé, yendo hacia el otro lado y pensando en lo que había dicho. Me pregunté si mi costumbre de caminar arriba y abajo la molestaría. Si era así, ¿me lo diría?

—Ese planteamiento es injusto. Todas sois importantes para mí. Se trata sencillamente de dirimir a cuál podré llegar a querer más.

—¿De verdad has dicho «dirimir»? —dijo ella, incrédula.

—Me temo que sí. Perdóname. Es producto de mi educación.

Ella murmuró algo ininteligible.

—¿Disculpa?

—¡Es ridículo! —gritó.

Desde luego, tenía carácter. Mi padre no debía de saber mucho sobre esta chica en particular. Desde luego, ninguna con tal carácter habría entrado en la Selección de haberlo sabido él. Tenía suerte de que hubiera sido yo quien hubiera acudido en su ayuda, y no él, o ya la habría enviado de vuelta a casa.

—¿Qué es lo que es ridículo? —pregunté, aunque estaba seguro de que se refería a aquella escena. Nunca había experimentado algo así.

—¡Este concurso! ¡Todo este asunto! ¿Es que nunca has querido a nadie? ¿Así es como quieres escoger esposa? ¿De verdad eres tan superficial?

Aquello me dolió. ¿Superficial? Fui a sentarme en el banco, para que fuera más fácil hablar. Quería que aquella chica, quienquiera que fuera, comprendiera de dónde venía yo, cómo se veían las cosas desde mi perspectiva. Intenté no distraerme ante la vista de su cintura, su cadera y su pierna, incluso de su pie descalzo.

—Entiendo que quizá pueda parecerlo, que todo esto pueda parecer poco más que un entretenimiento barato —dije, asintiendo—. Pero en el mundo en el que vivo estoy muy limitado. No tengo ocasión de conocer a muchas mujeres. Las que conozco son hijas de diplomáticos, y generalmente tenemos muy poco de lo que hablar. Y eso, si es que hablamos el mismo idioma.

Sonreí, pensando en los momentos incómodos que había vivido, en aquellas largas cenas en silencio sentado junto a jovencitas a las que se suponía que tenía que entretener, pero sin poder hacerlo porque los traductores estaban muy ocupados hablando de política. Me quedé mirando a aquella chica, esperando que se riera conmigo de aquello. Pero cuando vi aquellos labios tensos que se negaban a sonreír, me aclaré la garganta y seguí adelante.

—En esas circunstancias —añadí, moviendo las manos nerviosamente—, no he tenido ocasión de enamorarme. —Daba la impresión de que ella no recordaba que en realidad no se me había permitido hacerlo hasta entonces—. ¿Tú sí?

—Sí —dijo ella, y parecía que aquello era, a la vez, motivo de orgullo y de tristeza.

—Entonces has tenido bastante suerte.

Me quedé mirando la hierba un momento. Seguí hablando; no quería que mi embarazosa falta de experiencia fuera el tema de conversación.

—Mi madre y mi padre se casaron así y son bastante felices. Yo también espero hallar la felicidad. Encontrar a una mujer que toda Illéa pueda querer, alguien que pueda ser mi compañera y que me acompañe cuando reciba a los líderes de otros países. Alguien que se haga amiga de mis amigos y que se convierta en mi confidente. Estoy listo para encontrar a mi futura esposa.

Hasta yo notaba la desesperación, la esperanza y el anhelo en mi voz. Las dudas volvieron a aparecer. ¿Y si no había nadie entre todas aquellas chicas que pudiera enamorarse de mí?

No, me dije. Aquello saldría bien.

Volví a mirar a aquella chica de aspecto desesperado.

—¿De verdad que te parece que esto es una jaula?

—Sí —dijo ella, tomando aire. Y, un segundo más tarde, añadió—: Alteza.

Me reí.

—La verdad es que yo me he sentido enjaulado más de una vez. Pero tienes que admitir que es una jaula muy bonita.

—Para ti —replicó ella, escéptica—. Llena tu bonita jaula con otros treinta y cuatro hombres, todos luchando por lo mismo y verás lo bonita que es entonces.

—¿De verdad ha habido peleas por mí? ¿No sabéis todas que soy yo el que escoge? —No sabía si sentirme halagado o preocupado, pero aquello era interesante. A lo mejor si alguna de esas chicas me deseaba de verdad, yo acabaría queriéndola también a ella.

—En realidad no es eso. Se disputan dos cosas —precisó ella—. Unas luchan por ti; otras luchan por la corona. Y todas creen saber qué decir y qué hacer para desequilibrar la balanza.

—Ah, sí. El hombre o la corona. Me temo que hay gente que no distingue una cosa de la otra —le contesté, meneando la cabeza, y fijé la vista en la hierba.

—Buena suerte con eso —dijo ella, divertida.

Pero aquello no tenía nada de cómico. Se confirmaba otro de mis grandes miedos. Una vez más, mi curiosidad me hizo preguntar, aunque estaba seguro de que me mentiría.

—¿Y tú por qué luchas?

—En realidad, yo estoy aquí por error.

—¿Por error? —¿Cómo podía ser? Si se había inscrito y había resultado elegida, y si había venido por propia voluntad...

—Sí. Algo así. Bueno, es una larga historia —dijo. Tendría que enterarme más adelante—. Y ahora... estoy aquí. Y no voy a luchar. Mi plan es disfrutar de la comida hasta que me des la patada.

No pude evitarlo: me dio la risa. Aquella chica era la antítesis de todo lo que había esperado. ¿Aguardaba a que le diera la patada? ¿Había venido por la comida? Para mi sorpresa, aquello empezaba a gustarme. Quizá todo sería tan sencillo como decía mamá, y con el tiempo llegaría a conocer a las candidatas, como había llegado a conocer a Daphne.

—¿Tú qué eres? —le pregunté. No podía ser más que una Cinco o una Cuatro, si tanta ilusión le hacía la comida.

—¿Perdón? —preguntó ella, que no entendió mi pregunta.

Yo no quería resultar ofensivo, así que empecé por arriba:

—¿Una Dos? ¿Una Tres?

—Una Cinco.

Ah, así que aquella era una de las Cincos. Sabía que a mi padre no le haría demasiada ilusión que intimara con ella, pero, al fin y al cabo, había sido él quien la había dejado entrar.

—Ah, ya. Bueno, en ese caso la comida quizá pudiera ser una buena motivación para quedarse. —Solté una risita—. Lo siento, no veo bien tu broche con la oscuridad.

Ella agitó levemente la cabeza. Si me preguntaba por qué no sabía ya su nombre, no sabía qué sonaría mejor: si una mentira (que había tenido demasiado trabajo como para memorizar todos los nombres) o la verdad (que estaba tan nervioso con todo aquel asunto que lo había dejado todo para el último momento).

Entonces me di cuenta de que el último momento ya había llegado.

—Me llamo America.

—Bueno, me parece perfecto —dije, con una risa. Solo por el nombre, me resultaba increíble que hubiera superado la criba. Aquel era el nombre de un antiguo país, un territorio terco y viciado que habíamos conseguido reconvertir en un Estado fuerte. A lo mejor mi padre la había admitido por eso: para demostrar que no le tenía miedo ni le preocupaba nuestro pasado, aunque los rebeldes se aferraran a él con tanto ahínco. A mí aquella palabra me daba la impresión de que tenía algo de musical—. America, querida, espero que encuentres algo en esta jaula por lo que valga la pena pelear. Después de esto, no me imagino cómo será verte luchar por algo que quieras de verdad.

Me levanté del banco y me arrodillé a su lado, cogiéndole la mano. Ella se quedó fijándose en nuestros dedos en lugar de mirarme a los ojos, cosa que agradecí. Si lo hubiera hecho, se habría dado cuenta de lo impresionado que estaba al verla bien por fin. Las nubes se apartaron en el momento justo, dejando que la luna iluminara su rostro. Se levantó conmigo, sin ningún temor a mostrarse como era, y estaba preciosa.

Bajo sus gruesas pestañas había unos ojos azules como el hielo que contrastaban con el fuego de su pelo. Tenía las mejillas suaves y ligeramente coloradas de haber llorado. Y sus labios, suaves y rosados, se entreabrieron mientras examinaba nuestras manos.

Sentí un cosquilleo extraño en el pecho, como la luz de una chimenea o la calidez del sol de la tarde. Duró un momento, y el corazón se me aceleró al mismo tiempo.

Me regañé mentalmente. Qué típico, quedarse prendado de la primera chica con la que había tenido ocasión de intimar. Era una locura, demasiado rápido como para que fuera verdad, y aquello puso fin a aquella sensación que tenía en el pecho. En cualquier caso, no quería perderla. El tiempo ya diría si a la larga valía la pena o no. Estaba claro que a America tendría que ganármela, y aquello llevaría su tiempo. Pero empezaría en aquel mismo momento.

—Si eso te hace feliz, puedo decirle al servicio que te gusta el jardín. Así podrás salir por las noches sin tener que ir de la mano del guardia. Aunque yo preferiría que tuvieras uno cerca. —No quería preocuparla hablándole de los frecuentes ataques que sufríamos. Mientras tuviera a un guardia cerca, estaría bien.

—Yo no… No quiero nada de ti —me respondió, apartándose y bajando la mirada al césped.

—Como desees —dije, algo decepcionado. ¿Qué había hecho yo que fuera tan horrible como para que se me quitara de encima? A lo mejor aquella chica era irreductible—. ¿Volverás a entrar pronto?

—Sí —murmuró.

—Pues te dejo, que querrás estar sola. Habrá un guardia junto a la puerta, esperándote. —Quería que se tomara su tiempo, pero tenía miedo de que alguna de las chicas pudiera salir lastimada por cualquier ataque inesperado, aunque fuera esta a la que le parecía desagradar tanto.

—Gracias…, esto…, alteza. —En su voz noté un rastro de vulnerabilidad, y caí en la cuenta de que quizá no se tratara de mí. A lo mejor simplemente estaba sobrepasada por todo lo que le estaba pasando. ¿Cómo podía culparla por eso? Decidí arriesgarme al rechazo una vez más.

—America, querida… ¿Me harás un favor? —dije, cogiéndole la mano de nuevo.

Ella me miró, escéptica. Aquellos ojos tenían algo; era como si estuviera buscando la verdad en los míos, decidida a encontrarla a toda costa.

—Quizá.

Su tono me dio esperanzas, y sonreí.

—No menciones esto a las otras. En teoría se supone que no tengo que conoceros hasta mañana, y no quiero que nadie se moleste. —Solté una risita sin querer, y al momento deseé no haberlo hecho. A veces se me escapaba la risa en los peores momentos—. Aunque no creo que la bronca que me has soltado se pueda considerar una cita romántica, ¿no?

Esta vez fue ella quien sonrió.

—¡Desde luego! —Hizo una pausa y respiró hondo—. No lo diré.

—Gracias. —Debería haberme conformado con aquella sonrisa, debería haberme ido sin más. Pero algo en mí, quizás el que me hubieran educado siempre para la lucha, para salir victorioso de cualquier situación, me decía que diera un paso más. Le cogí la mano, me la llevé a los labios y la besé—. Buenas noches.

Me fui de allí antes de que tuviera tiempo de reñirme o de que yo hiciera alguna tontería más.

Me habría gustado darme la vuelta y ver su expresión, pero si hubiera detectado el mínimo rechazo, no lo habría soportado. Si mi padre hubiera podido leerme la mente en aquel momento, estaría más que disgustado. A aquellas alturas, después de todo, yo tendría que ser más duro.

Cuando llegué a las puertas, me giré hacia los guardias.

—Necesita un momento. Si no ha entrado dentro de media hora, aprémienla amablemente para que lo haga. —Los miré a los ojos, asegurándome de que les había quedado claro—. Sería menester que no mencionaran esto a nadie. ¿Entendido?

Asintieron.

Me dirigí a la escalera principal. Mientras me alejaba, oí que uno le susurraba al otro:

—¿Qué es eso de «menester»?

Levanté la vista al cielo y seguí camino de las escaleras.

Cuando llegué a la tercera planta, entré en mi habitación prácticamente a la carrera. Tenía un enorme balcón que daba a los jardines. No quería salir y que viera que la miraba, pero sí que me acerqué a la ventana y aparté la cortina.

Permaneció allí otros diez minutos, aparentemente más tranquila. Yo me quedé mirando cómo se limpiaba la cara, se sacudía la bata y volvía a entrar. Tuve la tentación de salir al pasillo de la segunda planta para que pudiéramos volver a encontrarnos «por casualidad». Pero me lo pensé mejor. Esa noche estaba disgustada, fuera de sus casillas. Si quería disponer de la más mínima oportunidad, tendría que esperar al día siguiente.

El día siguiente…, con otras treinta y cuatro chicas delante. Desde luego era un idiota por esperar tanto. Me dirigí a mi escritorio y saqué el montón de dosieres sobre las chicas, y me puse a estudiar sus fotos. No sabía de quién había sido la idea de poner los nombres detrás, pero no me ayudaba nada. Cogí una pluma y copié los nombres en la parte de delante. Hannah, Anna… ¿Cómo iba a distinguirlas? Jenna, Janelle, y Camille… ¿En serio? Aquello iba a ser un desastre. Tenía que familiarizarme con ellas. Y luego ir leyendo los broches con sus nombres hasta aprenderlos.

Porque podía hacerlo. Y podía hacerlo bien. Debía demostrar por fin que era capaz de coger la iniciativa, de tomar decisiones. ¿Cómo, si no, iba a confiar la gente en mí cuando fuera rey? ¿Y cómo iba a confiar en mí el rey?

Me centré en las más destacadas. Celeste… Recordaba el nombre. Uno de mis asesores había mencionado que era modelo y me había enseñado una foto suya en bañador publicada en una revista de papel satinado. Es probable que fuera la más sexy de las candidatas, y desde luego eso no iba a ser un inconveniente. Me llamó la atención una tal Lyssa, pero no positivamente. A menos que tuviera una personalidad arrolladora, no tenía ninguna posibilidad. A lo mejor era un poco superficial, pero… ¿tan malo era que lo tuviera claro? Ah, Elise. Por el aspecto exótico de sus ojos, debía de ser la chica que tenía familia en Nueva Asia. Aquel era su único atractivo.

America.

Me quedé mirando su fotografía. Tenía una sonrisa absolutamente radiante.

¿Qué era lo que la hacía sonreír con aquella ilusión? ¿Sería yo? ¿Se le habría pasado lo que fuera que sentía por mí? No parecía muy contenta de haberme conocido, pero… al final me había dedicado una sonrisa.

Al día siguiente tendría que empezar de cero con ella. No estaba seguro de lo que buscaba, pero en gran parte era lo que veía en aquella fotografía. Quizá fuera su carácter decidido o su sinceridad, o tal vez la suave piel del dorso de su mano, o su perfume… Pero lo que sí sabía, con meridiana claridad, era que deseaba gustarle.

¿Cómo iba a conseguirlo?

Capítulo 6

$\mathcal{M}$e quedé mirando la corbata azul. No. ¿La marrón? No. ¿Tan complicado iba a ser vestirse cada día?

Quería causar una buena primera impresión ante las chicas —y una buena segunda impresión a una de ellas—, y en aquel momento me pareció que todo dependía de escoger la corbata correcta. Suspiré. Aquellas chicas ya me estaban convirtiendo en un tonto.

Intenté seguir el consejo de mi madre y ser yo mismo, con mis defectos incluidos. Cogí la primera corbata que tuve a mano, me acabé de vestir y me eché el cabello hacia atrás.

Salí por la puerta y encontré a mis padres junto a la escalera, conversando en voz baja. Me planteé dar un rodeo para no interrumpirlos, pero mi madre me llamó con un gesto de la mano.

Cuando llegué a su altura, me colocó bien las mangas con la mano y luego se puso a mi espalda, alisándome la casaca.

—Recuerda que ellas están nerviosísimas, y lo que necesitan es que las hagas sentir como en casa.

—Actúa como un príncipe —añadió mi padre—. Recuerda quién eres.

—Tómate tu tiempo para decidir. No hay ninguna prisa —dijo mamá, tocándome la corbata—. Es muy bonita.

—Pero no te quedes con ninguna si ya sabes que no te interesa. Cuanto antes tengamos a las candidatas definitivas, mejor.

—Sé educado.

—Actúa con seguridad.

—Tú háblales.

Mi padre suspiró.

—Esto no es ninguna broma. Recuérdalo.

Mamá alargó la mano y me la puso sobre el hombro.

—Vas a estar fantástico. —Tiró de mí para darme un gran abrazo y volvió a apartarse y a quitarme las arrugas de la ropa con la mano.

—Muy bien, hijo. Adelante —dijo mi padre, indicándome las escaleras.

—Nosotros te esperaremos en el comedor.

Yo ya me estaba mareando.

—Ummm, sí. Gracias.

Me detuve un momento para coger aliento. Sabía que intentaban ayudarme, pero habían conseguido acabar con la poca serenidad que me quedaba. Me dije que se trataba únicamente de saludar a las chicas, que ellas estarían tan interesadas como yo en que aquello saliera bien.

Y entonces recordé que iba a volver a hablar con America. Al menos, sería entretenido. Con eso en la cabeza, bajé las escaleras rápidamente hasta la planta baja y me dirigí al Gran Salón. Respiré hondo y golpeé la puerta con los nudillos antes de entrar.

Allí, más allá de los guardias, esperaba todo el grupo de chicas. Saltaron los flashes de las cámaras, capturando sus reacciones y la mía. Sonreí a aquellos rostros esperanzados, sintiéndome más tranquilo al ver que todas parecían contentas de estar allí.

—Alteza —me dijeron. Me giré y me encontré a Silvia, que levantaba la cabeza tras hacer una reverencia. Casi había olvidado que iba a estar allí, enseñándoles el protocolo, del mismo modo que me había enseñado a mí cuando era más joven.

—Hola, Silvia. Si no te importa, me gustaría presentarme ante estas jóvenes.

—Por supuesto —repuso ella, con una nueva reverencia. A veces resultaba demasiado teatral.

Paseé la mirada por la sala, en busca de aquella melena de fuego. Tardé un momento, ya que me distraían los brillos procedentes de todas las muñecas, orejas y cuellos de la sala. Por fin la encontré, unas filas por delante, mirándome con una expresión diferente a la de las demás. Sonreí, pero ella, en lugar de devolverme la sonrisa, parecía confundida.

—Señoritas, si no les importa —les dije—, las iré llamando una por una para hablar con ustedes. Estoy seguro de que todas están deseosas de desayunar, como yo, así que no les quitaré demasiado tiempo. Les ruego me disculpen si me cuesta aprenderme los nombres; son ustedes bastantes.

Algunas de las chicas soltaron unas risitas contenidas, y me alegró constatar que podía identificar a más de las que creía. Me fui a la jovencita del extremo derecho de la primera fila y le tendí la mano. Ella la cogió con ilusión y nos dirigimos a los sofás que habían colocado específicamente para aquel fin.

Por desgracia, Lyssa no era más atractiva en persona que en la foto. Aun así, se merecía el beneficio de la duda, así que conversamos.

—Buenos días, Lyssa.

—Buenos días, alteza —dijo, con una sonrisa tan amplia que debía de dolerle.

—¿Qué te parece el palacio?

—Es precioso. Nunca he visto nada tan precioso. La verdad es que todo esto es precioso. Vaya, eso ya lo he dicho, ¿no?

Sonreí.

—Está bien. Me alegro de que te guste tanto. ¿A qué te dedicas?

—Soy una Cinco. Todos en mi familia somos escultores. Aquí tienen unas piezas increíbles. Realmente preciosas.

Intenté mostrarme interesado, pero no me despertaba la más mínima curiosidad. Aun así, ¿y si pasaba a alguna de ellas por alto y luego me arrepentía?

—Gracias. Umm, ¿cuántos hermanos tienes?

Tras unos minutos de conversación en los que usó la palabra «precioso» no menos de doce veces, tuve claro que no necesitaba saber nada más de aquella chica.

Era hora de seguir adelante, pero sabía que sería cruel mantenerla allí, sabiendo que no tenía ninguna posibilidad. Decidí que empezaría con una criba allí mismo, en aquel mismo momento. Sería más justo para las chicas, y quizá también impresionara a mi padre. Al fin y al cabo, él mismo me había dicho que quería que empezara a tomar decisiones.

—Lyssa, muchas gracias por tu tiempo. Cuando haya acabado con todas, ¿te importaría quedarte un poco más para que pudiera hablar contigo?

Ella se sonrojó.

—Por supuesto.

Nos pusimos en pie, y me sentí fatal al intuir que ella había interpretado aquella petición al contrario de lo que era.

—¿Te importaría decirle a la siguiente que se acerque?

Ella asintió e hizo una reverencia; luego se fue junto a la chica que tenía a su lado, que reconocí inmediatamente como Celeste Newsome. Desde luego habría que tener muy pocas luces para olvidarse de aquel rostro.

—Buenos días, Lady Celeste.

—Buenos días, alteza —contestó, esbozando una reverencia. Tenía una voz almibarada, y enseguida me di cuenta de que muchas de aquellas chicas podrían acabar cautivándome. A lo mejor todas esas preocupaciones sobre la posibilidad o no de enamorarme de ellas no tenían sentido; tal vez el problema acabara siendo que me enamorara de todas y que fuera incapaz de escoger.

Le indiqué con un gesto que se sentara frente a mí.

—Tengo entendido que eres modelo.

—Sí —contestó, encantada al ver que ya me había informado sobre ella—. Sobre todo de ropa. Dicen que tengo buen tipo y que se me da bien.

Por supuesto, al oír aquellas palabras, me vi obligado a mirar el tipo del que hablaba, y desde luego era impresionante.

—¿Te gusta tu trabajo?

—Oh, sí. Es sorprendente cómo la fotografía puede captar un momento particular de algo exquisito.

Aquello me llamó la atención.

—No sé si lo sabías, pero la verdad es que soy muy aficionado a la fotografía.

—¿De verdad? Pues deberíamos organizar una sesión en algún momento.

—Eso sería fantástico. —Ah, aquello iba a ser mejor de lo que pensaba. En apenas diez minutos ya había eliminado a una candidata inviable y había encontrado a alguien con la que compartía una afición.

Probablemente podría haber seguido hablando con Celeste una hora más, pero tenía que acelerar las cosas si quería acabar antes de la hora de comer.

—Querida, siento cortar aquí nuestra conversación, pero tengo que veros a todas esta mañana —me disculpé.

—Por supuesto. —Se puso en pie—. Espero que podamos retomar pronto nuestra charla.

Aquel modo de mirarme… No sabría muy bien cómo definirlo. Me hizo ruborizar, y bajé la cabeza en una leve reverencia para disimularlo. Respiré hondo varias veces y me concentré en la siguiente chica.

Bariel, Emmica, Tiny y otras muchas fueron pasando. Hasta aquel momento, la mayoría eran agradables y educadas. Pero yo esperaba mucho más.

Pasaron cinco chicas más antes de que ocurriera algo interesante. Cuando me levanté a saludar a la morena delgadita que venía a mi encuentro, ella me tendió la mano.

—Hola. Soy Kriss.

Me quedé mirando la mano tendida y me dispuse a estrechársela, pero entonces la retiró.

—¡Oh, vaya! ¡Me he olvidado de hacer la reverencia! —reaccionó, levantándose y meneando la cabeza.

Me reí.

—Me siento tan boba… Lo primero que hago, y lo hago mal —dijo, pero borró aquello con una sonrisa, y la verdad es que fue encantadora.

—No te preocupes, querida —contesté. Con un gesto le indiqué que se sentara—. Ha habido cosas peores.

—¿De verdad? —susurró, contenta de oír aquello.

—No te daré detalles, pero sí. Al menos tú has intentado ser educada.

Abrió más aún los ojos, y echó un vistazo a las chicas, preguntándose quién podría haber sido maleducada conmigo. Fue una buena idea ser discreto y no contarle que la noche anterior alguien me había llamado superficial.

—Bueno, Kriss, háblame de tu familia.

—Es típica, supongo —repuso, encogiéndose de hombros—. Vivo con mi madre y con mi padre; los dos son profesores. Creo que a mí también me gustaría enseñar, aunque hago mis pinitos escribiendo. Soy hija única, y creo que por fin me estoy acostumbrando. Durante años les pedí a mis padres que me dieran un hermano, pero no quisieron.

Sonreí. Era duro estar solo.

—Estoy seguro de que sería porque querían concentrar todo su amor en ti.

Ella soltó una risita.

—¿Es eso lo que le han dicho sus padres, alteza?

Me quedé de piedra. Era la primera que me preguntaba algo a mí.

—Bueno, no exactamente. Pero entiendo cómo te sientes —respondí.

Estaba a punto de seguir con mis preguntas estudiadas, pero ella se adelantó:

—¿Qué tal está hoy?

—Bien. Todo esto me supera un poco —dije, en una muestra de sinceridad quizás algo excesiva.

—Por lo menos usted no tiene que llevar uno de estos vestidos.

—Pero imagínate lo divertido que habría sido si lo llevara.

Se le escapó una risa, y yo me reí con ella. Me imaginé a Kriss junto a Celeste: eran polos opuestos. Aquella chica parecía una persona perfectamente íntegra. Se nos acabó el tiempo y yo no había conseguido hacerme una idea completa de cómo era, porque ella no dejaba de centrar la conversación en mí, pero reconocí en Kriss a una persona buena, en el mejor sentido de la palabra.

Pasó casi una hora antes de que le llegara el turno a America. En todo aquel tiempo, desde las primeras chicas hasta llegar a ella, ya había encontrado tres candidatas firmes, entre ellas Celeste y Kriss; estaba seguro de que al público le encantarían. No obstante, la chica que pasó justo delante de ella, Ashley, me decepcionó tan estrepitosamente que me quitó todos aquellos pensamientos de la cabeza. Cuando America se puso en pie y se me acercó, era la única persona que tenía *in mente*.

Tenía un aire travieso en los ojos, fuera buscado o no. Pensé en cómo había actuado la noche anterior, y reconocí en ella a una rebelde.

—America, ¿verdad? —bromeé, mientras se acercaba.

—Sí. Y sé que he oído su nombre en algún sitio, pero...
¿me lo puede recordar?

Me reí y la invité a sentarse.

—¿Has dormido bien, querida? —pregunté, inclinándome
hacia ella.

Sus ojos me decían que estaba jugando con fuego, pero en
sus labios había una sonrisa.

—Sigo sin ser su querida —respondió—. Pero sí. Una vez
que me he calmado, he dormido muy bien. Mis doncellas han
tenido que sacarme de la cama. Estaba muy a gusto. —Eso último parecía una confesión, como si fuera un secreto.

—Me alegro de que estuvieras a gusto, querida... —iba a
tener que corregir esa costumbre con ella—, America.

Ella apreció mi esfuerzo.

—Gracias. —La sonrisa desapareció de su rostro, y se quedó
pensativa, mordiéndose el labio mientras buscaba qué decir—.
Siento mucho haberme portado así —dijo por fin, aparentemente ajena a mis miradas—. Cuando me acosté me di cuenta
de que, aunque sea una situación extraña para mí, no debería
culparle a usted. No es usted el motivo de que yo me vea en-
vuelta en esto, y todo el montaje de la Selección ni siquiera es
idea suya. —Era un alivio ver que alguien se había dado
cuenta—. Además, yo estaba hundida y usted fue de lo más
amable conmigo, aunque yo estuve..., bueno, odiosa. —Meneó
la cabeza, como reprochándose algo, y observé que el corazón
me latía algo más rápido—. Podía haberme echado anoche, y
no lo hizo —concluyó—. Gracias.

Su gratitud me conmovió, pues sabía que era de las que no
escondían nada. Eso me llevó a un tema que debía abordar si
teníamos que seguir adelante. Me acerqué, apoyando los codos
en las rodillas, adoptando un aire más informal y más intenso
que con las anteriores.

—America, me has hablado muy claro desde el principio.
Eso es una cualidad que admiro profundamente, y voy a pe-
dirte que tengas la amabilidad de responderme una pregunta.

Ella asintió, vacilante.

—Dices que estás aquí por error, así que supongo que no
quieres estar aquí. ¿Hay alguna posibilidad de que llegues a...
sentir algo por mí?

Me dio la impresión de que jugueteaba con los volantes de su vestido durante horas mientras pensaba su respuesta, y quise creer que lo hacía solo por no mostrarse demasiado vehemente.

—Es usted muy amable, alteza —¡sí!—, y muy atractivo —¡sí!—, y detallista. —¡¡Sí!! Sonreí, poniendo cara de tonto, seguro, encantado por que viera algo positivo en mí después de lo de la noche anterior. Después añadió en voz baja—: Pero hay motivos de peso por los que no creo que pudiera.

Por primera vez, agradecí que mi padre me hubiera educado para mantener la compostura. Conseguí responder con serenidad:

—¿Quieres explicármelo?

Ella volvió a dudar.

—Me… temo que mi corazón está en otro lugar —dijo, y los ojos se le llenaron de lágrimas.

—¡Oh, por favor, no llores! —le rogué, susurrando—. ¡Nunca sé qué hacer cuando las mujeres lloran!

Ella se rio por mi inutilidad en ese sentido, y se secó las comisuras de los párpados. Me alegré de verla así, despreocupada y genuina. Por supuesto, había alguien esperándola. Una chica tan auténtica como aquella seguro que tenía a algún jovencito espabilado pendiente de ella. No entendía muy bien cómo había acabado en la Selección, pero la verdad es que aquello no me preocupaba.

Lo único que sabía era que, aunque nunca fuera mía, quería que sonriera.

—¿Querrías que te dejara ir con tu amado hoy mismo? —le ofrecí.

Ella me sonrió, y no fue una sonrisa forzada.

—Ese es el problema… No quiero ir a casa.

—¿De verdad? —Me eché atrás, pasándome los dedos por el pelo, y ella volvió a reírse de mí.

Si no me quería, ni tampoco le quería a él, ¿qué narices quería?

—¿Puedo ser absolutamente honesta con usted?

Por supuesto. Asentí.

—Necesito estar aquí. Mi familia necesita que yo esté aquí. Aunque solo me dejara quedar una semana, para ellos sería una bendición.

Así pues, aunque no luchara por la corona, yo sí tenía algo que ella quería.

—¿Quieres decir que necesitáis el dinero?

—Sí. —Al menos tenía la decencia de avergonzarse—. Y además hay alguien... —añadió, levantando la mirada— a quien no soportaría ver ahora mismo.

Tardé un segundo en encajar todas las piezas. Ya no estaban juntos. Ella aún le quería, pero no le pertenecía. Asentí, ahora que entendía lo que pasaba. Si yo hubiera podido escapar de las presiones de mi mundo por una semana, también lo habría hecho.

—Si tiene la bondad de dejar que me quede, aunque sea un poco, podría ofrecerle algo a cambio —dijo.

Aquello se ponía interesante.

—¿A cambio?

¿Qué diantres podía ofrecerme ella?

Se mordió el labio.

—Si deja que me quede... —Suspiró—. Bueno, a ver, hay que ser realistas: usted es el príncipe. Está ocupado todo el día, gobernando el país y todo eso. ¿Y se supone que va a encontrar tiempo para reducir la búsqueda entre treinta y cinco..., bueno, treinta y cuatro chicas, a una sola? Eso es mucho pedir, ¿no le parece?

Sonaba a broma, pero lo cierto es que había dado con la mayor de mis preocupaciones. Volví a asentir, interesado.

—¿No sería mucho mejor para usted si tuviera a alguien dentro? ¿A alguien que le ayudara? Como... ¿una amiga?

—¿Una amiga?

—Sí. Déjeme quedarme y le ayudaré. Seré su amiga. No tiene que preocuparse por mí. Ya sabe que no estoy enamorada de usted. Pero puede hablar conmigo en cualquier momento, y yo intentaré ayudarle. Anoche dijo que le gustaría tener una confidente. Bueno, hasta que encuentre una definitiva, yo podría ser esa persona. Si quiere.

Si yo quería... No me parecía que pudiera servir de mucho, pero al menos así podría ayudar a aquella chica. Y quizá disfrutaría de su compañía un poco más. Por supuesto, mi padre se quedaría lívido si se enteraba de que iba a usar a una de las chicas con tal propósito..., lo cual hizo que la opción me gustara aún más.

—He hablado con casi todas las chicas de esta sala y no se me ocurre ninguna que pudiera ser mejor como amiga. Estaré encantado de que te quedes.

La tensión de su cuerpo pareció desvanecerse al instante. A pesar de saber que su afecto era algo inalcanzable para mí, no pude evitar sentir la tentación de luchar por conseguirlo.

—¿Tú crees —bromeé— que podría seguir llamándote «querida»?

—Ni hablar —me susurró.

No sabría decir si lo decía en serio o no, pero sonó como un desafío.

—Seguiré intentándolo. No tengo costumbre de rendirme.

Ella puso una mueca, casi de fastidio, pero no exactamente.

—¿Las ha llamado así a todas? —preguntó, indicando con un gesto de la cabeza a las otras.

—Sí, y parece que les gusta.

—Ese es precisamente el motivo por el que no me gusta a mí.

Se puso en pie, poniendo fin a nuestra entrevista, y no pude evitar sonreír de nuevo. Ninguna de las otras chicas había decidido ella misma acabar con la charla. La saludé inclinando un poco la cabeza. Ella me respondió con una reverencia algo forzada y se alejó.

Me quedé sonriendo, pensando en America, comparándola con las otras chicas. Era guapa, aunque quizás algo brusca. Era de una belleza poco común, y estaba claro que ella misma no era consciente de ello. No tenía aquel porte... aristocrático, pero desde luego su orgullo le daba un aire distinguido. Y, por supuesto, no me deseaba en absoluto. Aun así, yo tenía cada vez más claro que quería intentar ganármela.

Y así fue como acabó el primer acto de la Selección, con una concesión a mi favor: si ella seguía allí, al menos tendría la ocasión de intentarlo.

El guardián

Capítulo 1

—**A**rriba, Leger.

—Es mi día libre —murmuré, cubriéndome la cabeza con la manta.

—Hoy no libra nadie. Levántate y te lo explico.

Suspiré. Normalmente, me hacía ilusión ir a trabajar. La rutina, la disciplina, la sensación del deber cumplido al final del día: todo aquello me encantaba. Pero ese día era diferente.

La fiesta de Halloween de la noche anterior había sido mi última oportunidad. Cuando America y yo estábamos bailando, y ella me habló de lo distante que estaba Maxon, tuve un minuto para recordarle quiénes éramos... Y lo sentí. Los hilos invisibles que nos unían seguían ahí. Quizás hubieran cedido con la tensión de la Selección, pero no se habían roto.

—Dime que me esperarás —le rogué.

Ella no dijo nada, pero yo no perdí la esperanza.

Hasta que él llegó y se le acercó, destilando encanto, riqueza y poder. Se acabó. Había perdido. Fuera lo que fuera lo que Maxon le susurró al oído en la pista de baile, pareció eliminar de un plumazo toda preocupación.

Ella se agarró a él, canción tras canción, mirándole fijamente a los ojos, como solía hacer antes conmigo.

Así que quizá bebiera una copa de más mientras observaba la escena. Y tal vez aquel jarrón del vestíbulo se rompiera por mi culpa. Y puede que acabara mordiendo la almohada para silenciar mi llanto, para que Avery no me oyera.

A juzgar por las palabras de Avery, lo más probable era que

Maxon se le hubiera declarado a America. Así pues, todos debíamos de estar de guardia para el anuncio oficial.

¿Cómo iba a afrontar aquel momento? ¿Cómo se suponía que iba a montar guardia? Maxon iba a regalarle un anillo que yo no podría pagar en la vida, iba a proponerle una vida que yo nunca podría darle…, y, por ello, le odiaría hasta mi último aliento.

Lo observé, con la mirada gacha.

—¿Qué pasa? —pregunté, con la cabeza estallándome a cada sílaba.

—Malas noticias. Muy malas.

Fruncí el ceño y levanté la vista. Avery estaba sentado en su cama, abotonándose la camisa. Nuestras miradas se cruzaron y vi la preocupación en sus ojos.

—¿Qué quieres decir? ¿Qué es tan malo?

Si estaba montando algún drama estúpido por no encontrar los manteles del color que le habían pedido, o algo así, yo me volvía a la cama.

Avery resopló.

—¿Conoces a Woodwork? Ese tan simpático, que sonríe siempre.

—Sí, a veces hacemos la ronda juntos. Es bastante majo —dije. Woodwork antes era un Siete, y los dos habíamos congeniado casi de inmediato: teníamos en común una gran familia y haber perdido a nuestros respectivos padres. Trabajaba duro y estaba claro que se había ganado a pulso su nueva casta—. ¿Por qué? ¿Qué pasa?

Avery parecía impresionado.

—Anoche le pillaron con una de las chicas de la Élite.

Me quedé helado.

—¿Qué? ¿Cómo?

—Las cámaras. Los periodistas estaban tomando imágenes de la gente que se movía por palacio y uno de ellos oyó algo en un vestidor. Lo abrió y se encontró a Woodwork con Lady Marlee.

—Pero es… —a punto estuve de decir «la mejor amiga de America», pero me contuve a tiempo— ¡una locura!

—¿A mí me lo dices? —Avery recogió sus calcetines y siguió vistiéndose—. Parecía un tipo listo. Debió de beber demasiado.

Tal vez, pero lo dudaba. Woodwork era listo. Quería cuidar de su familia tanto como yo quería ocuparme de la mía. El único motivo por el que podía haberse arriesgado a que le pillaran sería el mismo por el que me había arriesgado yo: debía de querer a Marlee desesperadamente.

Me froté las sienes, intentando combatir el dolor de cabeza. No era el momento de sentirse así, ahora que estaba ocurriendo algo tan gordo. Los ojos se me abrieron de golpe cuando comprendí lo que aquello podría significar.

—¿Los van... a matar? —pregunté en voz baja, como si diciéndolo demasiado alto pudiera recordarle a todo el mundo que aquello era lo que les hacían en palacio a los traidores.

Avery sacudió la cabeza, y yo sentí que el corazón me volvía a latir.

—Van a azotarlos. Y las otras chicas de la Élite y sus familias van a estar en primera fila. Ya han colocado las gradas en el exterior de los muros de palacio, así que estaremos todos de guardia. Ponte el uniforme.

Se puso en pie y se dirigió a la puerta.

—Y tómate un café antes de presentarte —dijo por encima del hombro—. Por tu aspecto parece que seas tú al que van a azotar.

Desde la segunda y la tercera planta ya se podía ver más allá de los gruesos muros que protegían el palacio del resto del mundo, así que subí enseguida hasta llegar junto a un gran ventanal en la tercera planta. Vi la tribuna de la familia real y de la Élite, así como la tarima erigida para Marlee y Woodwork. Al parecer, la mayoría de los guardias y del personal de palacio había tenido la misma idea que yo, y saludé con un gesto a los otros dos guardias que había allí de pie, y a uno de los mayordomos, que llevaba el traje recién planchado, pero que tenía el ceño fruncido de la preocupación. En el momento en que las puertas del palacio se abrieron y las chicas y sus familias salieron entre los vítores de la gente, dos doncellas vinieron corriendo desde detrás. Reconocí a Lucy y a Mary, y les hice un hueco a mi lado.

—¿Anne no viene? —pregunté.

—No —respondió Mary—. No le pareció correcto, con todo lo que había que hacer.

Asentí. Me pareció muy propio de ella.

Me cruzaba constantemente con las doncellas de America, ya que montaba guardia ante su puerta por la noche, y, aunque siempre intentaba ser profesional en palacio, a veces con ellas el trato era menos formal. Quería conocer a las personas que cuidaban a mi chica; en mi interior, sentía que siempre les estaría agradecido por lo que hacían por ella.

Miré a Lucy y vi que se retorcía las manos, nerviosa. Pese a lo poco que llevaba en palacio, había notado que, cuando estaba tensa, dejaba entrever su ansiedad con una docena de tics distintos. La instrucción para ser guardia me había enseñado a buscar las muestras de comportamiento nervioso en la gente que entraba en palacio, así como a observar a esas personas en particular. Sabía que Lucy no suponía ninguna amenaza; de hecho, cuando la veía agitada, me entraban ganas de protegerla.

—¿Estás segura de que quieres ver esto? —le susurré—. No va a ser agradable.

—Lo sé. Pero le tenía mucho cariño a Lady Marlee —respondió, también en voz baja—. Siento que debo estar aquí.

—Ya no es una *lady* —apunté, convencido de que la relegarían al rango más bajo posible.

Lucy se quedó pensando un momento.

—Cualquier chica que arriesga la vida por un ser amado se merece que se la llame «*lady*».

—Bien visto —respondí, con una mueca cómplice, y observé que sus manos se calmaban y que, por una fracción de segundo, en su rostro asomaba una sonrisa.

Los vítores de la gente se convirtieron en gritos de desprecio en el momento en que Marlee y Woodwork aparecieron trastabillando por el camino de grava y llegaron al espacio abierto frente a las puertas de palacio. Los guardias tiraban de ellos con bastante dureza. Por su manera de caminar, supuse que Woodwork ya había recibido una buena paliza.

No podíamos distinguir las palabras que decían, pero nos quedamos mirando mientras se proclamaban sus delitos al mundo. Me concentré en America y en su familia. May parecía hacer esfuerzos por mantener la compostura, abrazándose el vientre, como protegiéndose. El señor Singer estaba incómodo, pero mantenía la calma. Mer parecía confundida. Ojalá hubiera podido abrazarla y tranquilizarla sin arriesgarme a acabar yo también en el patíbulo.

Recordé cuando tuve que ver cómo azotaban a Jemmy por robar. Si hubiera podido ponerme en su lugar, lo habría hecho sin pensarlo. Al mismo tiempo, me acordé de la inmensa sensación de alivio que sentí al pensar en las veces en que había robado yo mismo y no me habían pillado. Imaginé que aquello mismo debía de sentir America en aquel momento: por una parte, desearía que Marlee no tuviera que pasar por aquello, pero agradecería que no fuéramos nosotros dos.

Cuando empezaron a azotarlos con las varas, Mary y Lucy dieron un respingo, aunque desde nuestra posición no podíamos oír nada más que a la multitud. Entre azote y azote dejaban el tiempo justo para que Woodwork y Marlee sintieran el dolor, pero no para que se prepararan para el siguiente, que hendía aún más la carne viva. Saber hacer sufrir a la gente es todo un arte. Y daba la impresión de que en el palacio lo dominaban.

Lucy se cubrió el rostro con las manos y lloró en silencio mientras Mary la rodeaba con un brazo.

Yo estaba a punto de hacer lo mismo cuando, de pronto, una mancha de cabello rojo me llamó la atención. ¿Qué estaba haciendo? ¿Se estaba enfrentando a aquel guardia?

Sentí que todo en mi interior se rebelaba. Quería salir corriendo hasta allí y hacer que se sentara de un empujón, pero, al mismo tiempo, tenía unas ganas desesperadas de cogerla de la mano y llevármela de allí. Quería reconfortarla y, a la vez, rogarle que parara. No era el momento de llamar la atención.

Me quedé mirando a America, que saltaba la valla, haciendo volar el borde de su vestido. Entonces cayó al suelo y volvió a ponerse en pie; no intentaba refugiarse de aquella pesadilla que se desarrollaba ante sus ojos. Todo lo contrario, tenía la mirada puesta en los escalones que la separaban de Marlee.

En mi pecho, el orgullo libraba una batalla con el miedo que sentía.

—¡Oh, Dios mío! —exclamó Mary.

—¡Siéntese, *milady*! —rogó Lucy, con las manos en el ventanal.

America estaba corriendo, perdió un zapato, pero, aun así, se negaba a rendirse.

Llegó al escalón inferior de la tarima. Sentí que la cabeza me palpitaba de la tensión.

—¡Hay cámaras! —le grité a través del cristal.

Al final, un guardia la agarró y la derribó. Ella luchó, le plantó cara. Yo me quedé observando a la familia real: todos tenían la mirada puesta en aquella chica pelirroja que se revolvía en el suelo.

—Deberíais volver a su habitación —les dije a Mary y a Lucy—. Va a necesitaros.

Ellas dieron media vuelta y salieron corriendo.

—Vosotros dos —les dije a los guardias—, bajad y aseguraos de que no necesitan más protección. Está claro que habrá alguien a quien esto no le gustará.

Los dos hombres se pusieron en marcha, en dirección a la planta baja. Yo quería estar con America, ir a su habitación de inmediato. Pero, en aquellas circunstancias, sabía que convenía ser paciente. Más valía que se quedara a solas con sus doncellas.

La noche anterior le había pedido que me esperara, pensando que quizá volviera a casa antes que yo. Ahora volvía a pensar en aquello. ¿Toleraría el rey aquel comportamiento?

Me dolía todo, mientras intentaba respirar y pensar a la vez.

—Impresionante —comentó el mayordomo—. Qué valentía.

Se retiró de la ventana y volvió a sus quehaceres. Yo me quedé pensando si se refería a los dos que estaban en la tarima o a la chica del vestido sucio. Aún no había conseguido asimilar todo lo que estaba pasando cuando, por fin, acabó el castigo. La familia real se retiró y la multitud se dispersó. Un puñado de guardias se quedaron para recoger aquellos dos cuerpos inertes, que parecían inclinarse el uno hacia el otro, incluso en aquel estado de inconsciencia.

Capítulo 2

*R*ecordaba los días de espera para subir a la casa del árbol; se me hacían interminables: era como si las manecillas del reloj fueran hacia atrás. Ahora era mil veces peor. Sabía que estaba pasando algo malo. Sabía que me necesitaba. Y no podía llegar hasta ella.

Lo máximo que podía hacer era cambiarle el puesto al guardia encargado de vigilar su puerta aquella noche. Hasta entonces, tendría que concentrarme en mi trabajo para no pensar.

Me dirigía a la cocina para desayunar cuando oí la discusión.

—Quiero ver a mi hija. —Reconocí la voz del señor Singer, pero nunca le había oído tan desesperado.

—Lo siento, señor. Por motivos de seguridad, tiene que salir del palacio —le respondió un guardia. Por su voz, debía de ser Lodge.

Asomé la cabeza por la esquina, y vi que, efectivamente, Lodge intentaba calmar al señor Singer.

—¡Pero nos han tenido recluidos desde esa desagradable puesta en escena! ¡A mi hija se la han llevado a rastras y no he vuelto a verla! ¡Quiero verla!

Me acerqué con ademán seguro e intervine:

—Permítame que me ocupe yo, soldado Lodge —dije.

Lodge saludó con un gesto de la cabeza y se apartó. Solía pasarme que, si actuaba aparentando seguridad, la gente me escuchaba. Era simple y efectivo.

Cuando Lodge ya estaba lejos, me acerqué al señor Singer:

—No puede hablar así aquí, señor. Ya ha visto lo que acaba de ocurrir, y eso ha sido solo por un beso y un vestido con la cremallera bajada.

El padre de America asintió y se pasó los dedos por el cabello.

—Lo sé, sé que tienes razón. No me puedo creer que la hicieran asistir a eso. Ni que se lo hicieran ver a May.

—Por si le sirve de consuelo, las doncellas de America la adoran, y estoy seguro de que están ocupándose de ella. No hay informes de que la hayan llevado al pabellón hospitalario, así que no debe de haberse hecho daño. Al menos, no físicamente. Por lo que yo sé —Dios, cómo odiaba tener que decir aquello—, el príncipe Maxon siente cierta debilidad por ella.

El señor Singer esbozó una sonrisa forzada.

—Es verdad.

Tuve que hacer un esfuerzo supremo para no preguntarle qué sabía él al respecto.

—Estoy seguro de que tendrá mucha paciencia con ella, mientras asimila su pérdida.

El padre de America asintió y luego murmuró algo, como si hablara consigo mismo:

—Esperaba más de él.

—¿Perdone?

Respiró hondo e irguió la cabeza.

—Nada —rectificó. El señor Singer miró alrededor, y no pude decidir si estaba impresionado por el palacio o asqueado por su funcionamiento—. ¿Sabes, Aspen?, si le dijera que es lo suficientemente buena para este lugar, no me creería. Y, en cierto modo, es así: es demasiado buena para estar aquí.

—¿Shalom? —El señor Singer y yo nos giramos y nos encontramos con la señora Singer y May, que asomaban tras la esquina, con sus bolsas en la mano—. Estamos listas. ¿Has visto a America?

May se separó de su madre y enseguida fue al lado de su padre. Él la rodeó con un brazo protector.

—No, pero Aspen le echará un ojo.

Yo no había dicho nada en ese sentido, pero prácticamente éramos familia y sabía que lo haría. Por supuesto que sí.

La señora Singer me dio un breve abrazo.

—No sabes lo que me tranquiliza saber que tú estás aquí, Aspen. Eres más listo que todos los otros guardias juntos.

—Que no la oigan decir eso —bromeé, y ella sonrió antes de apartarse.

May vino corriendo, y yo me agaché un poco para ponerme a su altura.

—Toma, unos cuantos abrazos de más. ¿Puedes pasarte por mi casa y dárselos a mi familia por mí?

Ella asintió, sin levantar la barbilla de mi hombro. Esperé a que se separara, pero no lo hizo. De pronto, acercó los labios a mi oído.

—No dejes que nadie le haga daño.

—Jamás.

Me abrazó más fuerte, y yo hice lo mismo, deseando protegerla con todas mis fuerzas de lo que la rodeaba. May y America eran la una para la otra: se parecían más de lo que ellas mismas se imaginaban. Pero May era más tranquila. No tenía nada que la protegiera del mundo; se protegía ella sola. America apenas tenía unos meses más que May ahora cuando empezamos a salir; en esa época, tomó una decisión que la mayoría de las personas mayores que nosotros nunca habría tenido agallas de afrontar. Sin embargo, pese a que America era consciente de lo malo que la rodeaba, de las consecuencias que podrían derivarse de si algo salía mal, May prácticamente pasaba de puntillas por la vida, ajena a las cosas malas.

Me preocupaba que ese día le hubieran robado parte de aquella inocencia.

Por fin me soltó y yo me puse en pie. Le tendí una mano al señor Singer y él me la estrechó.

—Me alegro de que cuente contigo. Es como si tuviera aquí un pedacito de su casa.

Nos miramos el uno al otro, y de nuevo sentí la necesidad de preguntarle qué sabía. Me pregunté si, por lo menos, sospecharía algo. Él me miró sin vacilar y, tal como me habían enseñado a hacer, escruté su rostro en busca de sus secretos. No podía ni imaginarme qué me estaría ocultando, pero no tenía dudas de que había algo.

—Yo la cuidaré, señor.

—Sé que lo harás —respondió él, sonriendo—. Cuídate tú

también. No tengo tan claro que este puesto sea menos peligroso que el frente de Nueva Asia. Queremos que vuelvas a casa sano y salvo.

Asentí. Daba la impresión de que, de los millones de palabras existentes, el señor Singer siempre sabía escoger las justas para hacerte sentir importante.

—Nunca me han tratado con tan malos modos —murmuró alguien, dando la vuelta a la esquina—. Y tenía que ser en palacio.

Todos nos giramos. Parecía que los padres de Celeste tampoco se habían tomado muy bien la orden de marcharse. Su madre arrastraba una gran bolsa y meneaba la cabeza dándole la razón a su marido, al tiempo que se echaba la melena rubia sobre el hombro cada pocos segundos. Daban ganas de acercarse y darle un clip para el pelo.

—Tú, chico —dijo el señor Newsome, dejando las bolsas en el suelo y dirigiéndose a mí—. Ven y coge estas bolsas.

—No es su criado —respondió el señor Singer por mí—. Está aquí para protegerles. Pueden cargar sus bolsas ustedes mismos.

El señor Newsome puso la mirada en el cielo y se giró hacia su esposa.

—No puedo creerme que nuestra niña tenga que tratar con una Cinco —dijo en un susurro, aunque evidentemente lo hacía para que todos lo oyéramos.

—Espero que no se le hayan pegado sus malos modales. Nuestra niña es demasiado buena para tener que tratar con esta basura —añadió la señora Newsome, echándose de nuevo el cabello hacia atrás.

Me quedó claro dónde había aprendido Celeste a sacar las uñas. Aunque tampoco podía esperarse más de una Dos.

No podía apartar la mirada de la expresión de perversa satisfacción del rostro de la señora Newsome, hasta que oí un sonido apagado a mi lado. May estaba llorando pegada a la blusa de su madre. Como si aquel día no hubiera sido ya lo suficientemente duro de por sí.

—Que tengan buen viaje, señor Singer —le susurré.

Él asintió y salió con su familia por la puerta principal. Vi que los coches ya estaban esperando. A America le iba a sentar fatal no haber podido despedirse.

Me acerqué al señor Newsome.

—No se preocupe, señor. Deje sus bolsas aquí mismo, y ya me encargaré de que se las lleven.

—Buen chico —respondió él, y me dio una palmadita en la espalda. Después se recolocó la corbata y se fue con su mujer.

Cuando hubieron salido, me acerqué a la mesa que había junto a la entrada y saqué una pluma del cajón. No podría hacerlo dos veces, así que tuve que decidir a cuál de los dos Newsome odiaba más en aquel momento. Sin duda, era a la señora Newsome, aunque solo fuera por haber hecho llorar a May. Abrí la cremallera de su bolsa, metí la pluma dentro y la partí en dos. Me manché la mano de tinta, pero tenía delante miles de dólares en ropa que me fueron muy bien para limpiármela. Me quedé mirando como subían al coche. Luego metí sus bolsas en el maletero y me concedí una pequeña sonrisa. Pero, aunque destruir parte del vestuario de la señora Newsome me proporcionaba cierta satisfacción, sabía que no la afectaría en absoluto a largo plazo. Sustituiría los vestidos por otros en cuestión de días. May tendría que vivir con aquellas palabras en los oídos para siempre.

Sostuve la escudilla junto al pecho y me puse a comer los huevos y las salchichas con fruición, con ganas de salir fuera. La cocina estaba atestada de guardias y criados que engullían su comida antes de iniciar su turno.

—Él se pasó todo el rato diciéndole que la quería —decía Fry—. Yo estaba junto a la tarima y lo oí todo. Incluso después de que ella se desmayara, él siguió diciéndoselo.

Dos doncellas escuchaban muy atentamente, una de ellas ladeando la cabeza, entristecida.

—¿Cómo ha podido hacerles eso el príncipe? Estaban enamorados.

—El príncipe Maxon es un buen hombre. Simplemente obedecía la ley —respondió la otra—. Pero… ¿todo el rato?

Fry asintió.

La segunda doncella meneó la cabeza.

—No me extraña que Lady America saliera corriendo hacia ellos.

Rodeé la gran mesa y me dirigí al otro lado de la sala.

—Me dio un buen rodillazo —explicó Recen, haciendo una mueca al recordarlo—. No pude evitar que saltara; apenas podía respirar.

Sonreí para mis adentros, aunque lo lamentaba por el pobre hombre.

—Esa Lady America tiene un par de narices. El rey podría haberla puesto a ella en el cadalso por eso.

Un mayordomo joven, de ojos grandes y atentos, parecía tomarse todo aquello como un espectáculo.

Me moví de nuevo, temiendo que se me escapara algún gesto o comentario insensato si oía más cosas de aquellas. Pasé junto a Avery, pero él se limitó a saludar con un gesto de la cabeza. Solo necesitaba verle la expresión de la boca y las cejas para saber que en aquel momento no le interesaba la compañía.

—Podía haber sido mucho peor —susurró una doncella.

—Por lo menos están vivos —dijo su compañera, asintiendo.

No podía escapar de allí. Había una docena de conversaciones simultáneas que se solapaban, mezclándose en un único comentario. El nombre de America me rodeaba, estaba en boca de todos. En un momento, hacía que me hinchara de orgullo; sin embargo, al siguiente, me dominaba la rabia.

Si Maxon hubiera sido de verdad un hombre decente, America no se habría encontrado en aquella situación.

Solté otro hachazo sobre la madera, haciendo saltar astillas. Era agradable sentir el sol en el torso desnudo. Además, el acto de destruir algo me ayudaba a liberar la rabia. Rabia por Woodwork y Marlee, por May y por America. Rabia por mí mismo.

Coloqué otro trozo y solté un nuevo hachazo con un gruñido.

—¿Haciendo leña o intentando espantar a los pájaros del nido? —dijo una voz.

Me giré y vi a un hombre mayor a unos metros, tirando de una yegua por las riendas y que vestía con un mono que le identificaba como trabajador externo del palacio. Tenía el rostro arrugado, pero no por ello dejaba de sonreír. Tuve la sensación de que le había visto antes, pero no recordaba dónde.

—Lo siento. ¿He asustado a la yegua?

—No, qué va —dijo él, acercándose—. Pero da la impresión de que estás de mal humor.

—Bueno —respondí, levantando de nuevo el hacha—, hoy ha sido un día duro para todos.

Solté el hachazo y partí el tocón en dos.

—Sí, eso parece —dijo, acariciando a la yegua tras las orejas—. ¿Lo conocías?

Hice una pausa, no muy seguro de querer hablar.

—No mucho. Pero teníamos bastante en común. Me resulta difícil creer que haya pasado algo así, que lo haya perdido todo.

—Bueno, todo se queda en nada cuando quieres a alguien. Especialmente cuando eres joven.

Me quedé mirando a aquel hombre. Resultaba evidente que era un mozo de los establos. Tal vez me equivocara, pero apostaría a que era más joven de lo que aparentaba. Quizás hubiera pasado por algo que le hubiera marcado.

—Ahí lleva razón —concedí. ¿Acaso no estaba yo dispuesto a perderlo todo por Mer?

—Él volvería a correr el riesgo. Y ella también.

—Yo también —murmuré, mirando al suelo.

—¿Qué dices, hijo?

—Nada —respondí. Me cargué el hacha al hombro y agarré otro taco de madera, con la esperanza de que entendiera que no quería seguir hablando.

Pero él, en lugar de eso, se apoyó en el caballo.

—Es normal estar disgustado, pero eso no te llevará a ninguna parte. Tienes que pensar en qué puedes aprender de esto. Hasta ahora, parece que lo único que has aprendido es a asestar golpes a algo que no puede devolvértelos.

Solté un nuevo hachazo y me salió desviado.

—Mire, entiendo que quiere ayudarme, pero es que estoy trabajando.

—Eso no es trabajo. Es un montón de rabia mal dirigida.

—Bueno, ¿y hacia dónde se supone que tengo que dirigirla? ¿Hacia el cuello del rey? ¿Hacia el del príncipe Maxon? ¿O hacia el suyo? —Volví a dejar caer el hacha y esta vez acerté—. Porque no es justo. Ellos siempre se salen con la suya.

—¿Quiénes?

—Ellos. Los Unos. Los Doses.

—Tú eres un Dos.

Dejé caer el hacha.

—¡Yo soy un Seis! —grité golpeándome el pecho—. Bajo cualquier uniforme que me quieran poner, seguiré siendo un chaval de Carolina, eso no va a cambiar.

Él meneó la cabeza, tiró de la brida de la yegua y se dispuso a marcharse.

—Me parece que necesitas una chica.

—Ya tengo una chica —le repliqué mientras se iba.

—Pues ábrete a ella. Estás soltando golpetazos para nada.

Capítulo 3

*D*ejé correr el agua sobre mi cabeza, con la esperanza de que aquel día aciago se fuera con ella por el desagüe. No dejaba de pensar en las palabras del mozo de los establos, y aquello me enfurecía más que todo lo que había pasado.

Ya me abría a America. Sabía por lo que luchaba.

Me sequé y me vestí, tomándome mi tiempo, procurando que la rutina me apaciguara. El uniforme almidonado me envolvió la piel. Al ponérmelo, sentí que me recargaba de energía. Tenía trabajo.

Había un orden establecido y, pasara lo que pasara, Mer seguiría ahí al final del día.

Intenté mantener la concentración mientras me dirigía al despacho del rey, en la segunda planta. Cuando llamé, Lodge abrió la puerta. Nos saludamos con la cabeza y entré en la sala. La presencia del rey no siempre me intimidaba. Entre aquellas cuatro paredes, le había visto cambiar la vida de miles de personas con solo mover un dedo.

—Y censuraremos las grabaciones de las cámaras de palacio hasta nueva orden —dijo mientras un asistente tomaba notas a toda velocidad—. Estoy seguro de que hoy las chicas habrán aprendido una lección, pero dígale a Silvia que trabaje a fondo la compostura. —Meneó la cabeza—. No me puedo ni imaginar qué se le pasaría a esa chica por la cabeza para hacer algo tan estúpido. Era la principal candidata.

«Quizá tu principal candidata», pensé, mientras cruzaba la habitación. Su mesa era ancha y oscura, y me situé en silencio junto a la bandeja donde tenía el correo saliente.

—Asegúrese también de que tenemos vigilada a la chica que salió corriendo.

Agucé el oído y me acerqué más despacio.

El asesor meneó la cabeza.

—Nadie la vio, majestad. Las chicas son muy temperamentales. Si alguien preguntara, siempre puede achacarlo a un momento de tensión.

El rey hizo una pausa y se recostó en la silla.

—Quizás. Incluso Amberly tiene sus momentos. Aun así, esa Cinco nunca me ha gustado. Era un descarte. No debería haber llegado tan lejos.

El asesor asintió, pensativo.

—¿Por qué no la envía a casa sin más? Podría buscarse algún motivo para eliminarla. Seguro que se puede hacer.

—Maxon se enteraría. Vigila a sus chicas como un halcón. Pero no importa —decidió el rey, volviendo a erguir la espalda—. Evidentemente, no está cualificada, y antes o después quedará claro. Nos pondremos agresivos si hace falta. Cambiando de tema..., ¿dónde está esa carta de los italianos?

Le entregué el correo y saludé con una reverencia rápida antes de abandonar el despacho. No estaba seguro de cómo debía sentirme. Quería ver a America lo más lejos posible de las manos de Maxon, pero la manera en que el rey Clarkson hablaba sobre la Selección me hizo pensar que quizás habría algo más allí, algo oscuro. ¿Caería America víctima de uno de sus impulsos? Y si America era un «descarte», ¿la habrían seleccionado a propósito? ¿Para echarla? Si eso era así, ¿habría una chica que desde un principio estaba destinada a ser la elegida? ¿Seguiría allí?

Por lo menos tenía algo en que pensar mientras hacía guardia toda la noche frente a la puerta de America.

Ojeé la correspondencia, leyendo las direcciones de los sobres mientras caminaba.

En el pequeño despacho de correos, tres hombres mayores clasificaban las cartas entrantes y salientes. Había una bandeja con la etiqueta «Selección», llena a rebosar de cartas de admiradores. No estaba muy seguro de qué parte de esas cartas llegarían hasta las chicas.

—Eh, Leger. ¿Cómo va? —me saludó Charlie.

—Podía ir mejor —confesé, dándole el correo en la mano; no quería arriesgarme a que se perdiera en algún montón.

—Todos hemos visto días mejores, ¿verdad? Por lo menos están vivos.

—¿Has oído hablar de la chica que ha salido corriendo en su defensa? —preguntó Mertin, girando sobre su silla—. No está mal, ¿eh?

Cole también se dio la vuelta. Era un tipo bastante callado, que parecía hecho para el despacho de correos, pero hasta él parecía intrigado.

Asentí y me crucé de brazos.

—Sí, lo he oído.

—¿Y qué te parece? —preguntó Charlie.

Me encogí de hombros. Daba la impresión de que, para la mayoría, America había actuado de forma heroica, pero sabía que, si alguien lo decía delante de algún devoto admirador del rey Clarkson, podía meterse en un problema grave. De momento, lo mejor era mostrarse neutral.

—Todo el asunto me parece algo increíble —dije, para dejar que fueran ellos quienes decidieran si era increíblemente bueno o increíblemente malo.

—Desde luego —apuntó Mertin.

—Ahora tengo que irme a hacer mi ronda —dije para concluir la conversación—. Hasta mañana, Charlie —le saludé, y él sonrió.

—Cuídate.

Recorrí el pasillo hasta el almacén para coger mi porra, aunque no le veía mucho sentido. Yo prefería la pistola.

Al tomar las escaleras y llegar al tercer piso, vi a Celeste, que venía en mi dirección. En cuanto me reconoció, su actitud cambió. Daba la impresión de que, a diferencia de su madre, al menos era capaz de sentir vergüenza.

Se me acercó cautelosa y se detuvo:

—Soldado.

—Señorita —saludé, e hice una reverencia.

Su expresión parecía tensa, allí de pie, como si estuviera pensando bien cada palabra.

—Solo quería asegurarme de que tiene claro que la conversación que tuvimos anoche era puramente profesional.

Casi me vinieron ganas de reírme en su cara. Sí, solo había apoyado las manos en mi espalda y mis brazos, pero el flirteo había sido evidente. Ella también había estado a punto de jugársela rompiendo las reglas. Y cuando le había dicho que antes de ser guardia era un Seis, me sugirió que me dedicara a hacer de modelo en lugar de seguir en el cuerpo.

Sus palabras exactas habían sido: «Si no gano, los dos estaremos igual. Búscame cuando salgas».

Celeste no era de esas que esperan, así que no me creí que sintiera ningún apego especial por mí. Supuse que la lengua se le había aflojado porque había bebido alguna copa de más. Pero tras nuestra conversación una cosa había quedado absolutamente clara: no quería a Maxon. En absoluto.

—Por supuesto —respondí, aunque sabía que no era cierto.

—Solo quería darle un consejo profesional. Debe de ser difícil adaptarse a un salto de casta tan grande. Le deseo suerte, por supuesto, pero quiero que quede claro que solo tengo ojos para el príncipe Maxon.

Estuve a punto de ponerlo en duda, pero vi la desesperación en su mirada, mezclada con un miedo que la consumía. A fin de cuentas, si la acusaba, me estaría acusando a mí mismo. Sabía que Maxon no le importaba, y tampoco estaba seguro de si a él le importaría alguna de aquellas chicas —al menos, no le importarían como debería hacerlo—, pero ¿de qué me serviría condenarla o seguirle el juego?

—Y lo único en lo que pienso yo es en protegerle. Buenas noches, señorita.

En sus ojos se veía la pregunta que había quedado por hacer. Sabía que mi respuesta no la había dejado completamente satisfecha. Pero sentir un poco de miedo le iría estupendamente a una chica como ella.

Tomé aire y giré la esquina que daba a la habitación de America, deseando entrar, abrazarla, hablar con ella. Me detuve frente a la puerta y apoyé la oreja. Oía a sus doncellas, así que no estaba sola. Pero luego escuché su respiración entrecortada y sus sollozos.

No podía soportar la idea de que se hubiera pasado todo el día llorando. Lo que me faltaba.

Les había dicho a sus padres que Maxon le tenía una especial consideración, y que tendría quien la consolara. Si seguía llorando, es que él no había hecho nada por ella. Y si no tenía que ser para mí, más valía que Maxon la tratara como una princesa. De momento, estaba fallando estrepitosamente.

Lo sabía…, lo sabía… Tenía que ser mía.

Llamé a la puerta, sin importarme un comino las consecuencias. Lucy fue a abrir. Me recibió con una sonrisa esperanzada que me hizo pensar que quizá sí pudiera ayudarla.

—Siento molestarlas, señoritas, pero he oído los lloros y quería asegurarme de que estaban bien.

Pasé junto a Lucy y me acerqué a la cama de America todo lo que me atreví. Nuestros ojos se encontraron. La vi tan desvalida que me dieron ganas de llevármela de allí.

—Lady America, siento mucho lo de su amiga. He oído que era especial para usted. Si necesita algo, aquí me tiene.

Ella no dijo nada, pero en su mirada vi que estaba recogiendo mentalmente cada mínimo recuerdo de nuestros últimos dos años y proyectándolos hacia el futuro que siempre habíamos esperado.

—Gracias —respondió, entre la timidez y la esperanza—. Este gesto significa mucho para mí.

Le dediqué la más breve de las sonrisas, aunque el corazón se me salía del pecho. Había escrutado su rostro bajo diferentes tonos de luz en un millar de momentos furtivos. Y aquellas palabras me bastaron para estar seguro: me quería.

Capítulo 4

*A*merica me quiere. America me quiere. America me quiere.

Tenía que conseguir estar con ella a solas, solos los dos. Me costaría un poco, pero podía lograrlo.

La mañana siguiente, horas antes de que me tocara empezar el turno, ya estaba listo. Supervisé todos los puestos de guardia, los turnos de limpieza, los horarios de las comidas de la familia real, los guardias y el servicio. Lo estudié todo hasta saberme cada detalle de memoria, y comprobé los puntos débiles de la seguridad. A veces me preguntaba si los otros guardias también lo harían, o si yo era el único que lo revisaba todo tan a fondo.

De cualquier modo, tenía un plan. Solo me quedaba encontrar la manera de pasarle el mensaje.

Por la tarde me tocaba trabajar en el despacho del rey, donde tendría que cubrir el puesto de guardia en la puerta, algo extraordinariamente aburrido. Yo prefería estar en movimiento, o al menos en una parte más abierta del palacio. Y, a ser posible, lejos de la gélida mirada del rey Clarkson.

Observé que Maxon hacía esfuerzos por concentrarse en el trabajo. Parecía distraído, sentado a su pequeña mesa, que tenía pinta de haber sido añadida al despacho a última hora. No pude evitar pensar que era un idiota por cuidar tan poco a America.

A media mañana, Smiths, uno de los guardias que llevaba años en palacio, llegó corriendo. Se dirigió al rey, haciendo una rápida reverencia.

—Majestad, dos de las chicas de la Élite, Lady Newsome y

Lady Singer, se han enzarzado en una pelea. —Todo el mundo en la sala se quedó inmóvil, mirando al rey, que suspiró.

—¿Chillando como gatas otra vez?

—No, señor, están en el pabellón hospitalario. Ha habido algo de sangre.

El rey miró a Maxon.

—Sin duda será cosa de esa Cinco. No puede ser que te la tomes en serio.

El príncipe se puso en pie.

—Padre, todas ellas tienen los nervios de punta después de lo de ayer. Estoy seguro de que les cuesta digerir lo de los azotes.

—Si ha empezado ella, se va —amenazó el rey, señalándole con el dedo—. Ya lo sabes.

—¿Y si hubiera sido Celeste? —replicó él.

—Dudo que una chica de esa categoría cayera tan bajo si no la provocan.

—Aun así, ¿la echarías?

—No ha sido culpa suya.

Maxon se puso en pie.

—Llegaré al fondo del asunto. Estoy seguro de que no ha sido nada.

Me sentí confundido. No le entendía. Era evidente que no estaba tratando a America lo bien que debería, pero, entonces, ¿por qué estaba tan empeñado en no dejar que se fuera? Y, si no conseguía demostrar que no era culpa suya, ¿me quedaría tiempo para verla antes de que la echaran?

La noticia corrió como la pólvora por todo el palacio. En poco tiempo, me enteré de que fue Celeste la que soltó las primeras palabras, pero que fue Mer la que soltó el primer puñetazo. Desde luego, me habría gustado darle a mi chica una medalla. No iban a echar a ninguna de las dos —daba la impresión de que la mala actitud de una exculpaba a la otra—, aunque parecía que America se quedaba de mala gana. Al oír aquello, mi corazón se convenció aún más de que la había recuperado.

Corrí hasta mi habitación, para que me diera tiempo a hacer todo lo que tenía que hacer en los pocos minutos de los que disponía. Escribí la nota lo más clara y rápidamente que pude. Luego subí a la segunda planta y esperé en el pasillo hasta que vi que las doncellas de America se iban a comer. Cuando llegué a su habitación, me quedé dudando sobre dónde debía dejar la carta, pero, en realidad, únicamente había un sitio donde podía dejarla. Solo esperaba que la viera.

Mientras volvía al pasillo principal, el destino me sonrió. America no parecía tener heridas sangrantes, así que debía de haberle dejado marcas a Celeste. Cuando se acercó, descubrí un pequeño chichón que el pelo casi le cubría por completo. Pero, más allá de todo aquello, en sus ojos vi emoción cuando se dio cuenta de que había ido a verla.

Dios, ojalá hubiera podido sentarme a su lado. Tomé aire. Tenía que contenerme ahora, para poder conseguir un momento de intimidad con ella más adelante.

Cuando la tuve cerca, me paré un momento y le hice una reverencia.

—El frasco —dije. Erguí el cuerpo y seguí mi camino, pero sabía que me había oído.

Tras pensárselo un momento, siguió adelante, casi a la carrera, sin mirar atrás.

Sonreí, contento de verla de nuevo llena de vida. Esa era mi chica.

—¿Muertos? —preguntó el rey—. ¿A manos de quién?

—No estamos seguros, majestad. Pero no sería nada raro que fueran simpatizantes de las castas bajas —le dijo su asesor.

Yo había entrado silenciosamente para entregarle el correo, y al momento supe que estaba hablando de la población de Bonita. Más de trescientas familias habían sido degradadas al menos una casta por ser sospechosas de haber ayudado a los rebeldes. Y daba la impresión de que no iban a resignarse a aceptarlo sin luchar.

El rey meneó la cabeza y luego soltó un palmetazo con la mano sobre la mesa. Di un respingo, igual que los demás presentes.

—¿Es que esta gente no ve lo que está haciendo? Se están cargando todo por lo que hemos trabajado. ¿Y para qué? ¿Para luchar por algo que puede llevarles a la ruina? Yo les he ofrecido seguridad. Les he procurado orden. Y ellos se rebelan.

Por supuesto, alguien como él, que tenía todo lo que pudiera desear o necesitar, no entendía por qué una persona de la calle iba a pedir sus mismas oportunidades.

Cuando me asignaron el destino, me sentí al mismo tiempo aterrado y emocionado. Sabía que había gente que lo consideraba una condena. Pero al menos la vida que me esperaba sería más excitante que la burocracia y las tareas domésticas que me aguardaban si me quedaba en Carolina. Además, aquello no era vida tras la marcha de America.

El rey se puso en pie y empezó a caminar por el despacho.

—Hay que detener a esta gente. ¿A quién tenemos gobernando Bonita?

—A Lamay. De momento ha decidido trasladarse con su familia a otro lugar, y ha empezado a organizar el funeral del difunto gobernador Sharpe. Parece orgulloso de su nuevo cargo, a pesar de los obstáculos.

El rey extendió la mano.

—Ahí lo tenéis: un hombre que acepta su papel en la vida, que cumple con su deber por el bien del pueblo. ¿Por qué no pueden hacerlo todos?

Le entregué el correo. El rey siguió hablando, a unos centímetros de mí.

—Le diremos a Lamay que elimine inmediatamente a todos los sospechosos de esos asesinatos. Aunque no acierte con todos, el mensaje estará claro. Y tenemos que buscar una manera de recompensar a todo el que nos aporte información. Necesitamos tener gente de nuestra parte en el sur.

Me giré enseguida. Habría preferido no oír todo aquello. No estaba del lado de los rebeldes. En su mayoría eran asesinos. Pero las decisiones del rey no tenían nada que ver con la justicia.

—¡Tú! Para.

Me volví, sin saber muy bien si el rey me estaba hablando a mí. Así era. Me quedé mirando mientras garabateaba una carta, la doblaba y la añadía al montón.

—Llévate esto al correo. Los chicos de allí tendrán la dirección exacta —dijo. La puso sobre el montón de cartas que llevaba yo en la mano sin inmutarse, como si el contenido de aquella carta no tuviera importancia. Me quedé allí, inmóvil, incapaz de cargar con aquel peso—. Venga —me apremió por fin y, como siempre, obedecí.

Cogí el montón de cartas y, a paso de tortuga, me dirigí hacia el despacho de correo.

«Eso no es asunto tuyo, Aspen. Estás aquí para proteger a la monarquía. Así son las cosas. Concéntrate en America. Si consigues estar con ella, qué mas da si el mundo se va al garete.»

Levanté la cabeza, saqué pecho e hice lo que tenía que hacer.

—Eh, Charlie.

Él soltó un silbido al ver el montón:

—¡Un día ajetreado!

—Eso parece. Hum… Esta de aquí… El rey no tenía la dirección a mano; creyó que tú la tendrías —dije yo, señalando la carta de Lamay, que estaba encima de todo el montón.

Charlie abrió la carta para ver el destinatario y la leyó por encima. Cuando acabó, parecía preocupado. Miró a sus espaldas y luego levantó la vista hacia mí.

—¿Has leído esto? —preguntó en voz baja.

Negué con la cabeza. Tragué saliva, sintiéndome culpable por no admitir que ya conocía su contenido. Quizá podía haber impedido que la carta llegara a su destino, pero me limitaba a cumplir con mi trabajo.

—Hmm —murmuró Charlie, dándose la vuelta enseguida y echando mano de un montón de correo clasificado.

—¡Venga, hombre, Charles! —protestó Mertin—. ¡He tardado tres horas en ordenarlas!

—¡Lo siento! ¡Luego lo arreglo yo! —se disculpó Charlie—. Mira, Leger, dos cosas —prosiguió, sacando un sobre—. Ha llegado esto para ti.

Inmediatamente reconocí la caligrafía de mamá.

—Gracias —dije, impaciente por abrir el sobre y tener noticias de los míos.

—De nada —respondió él, quitándole importancia y cogiendo un cesto de mimbre—. ¿Y podrías hacerme un favor y llevar estos papeles a quemar? Iba a llevármelos ahora mismo.

—Sí, claro.

Charlie asintió, y yo me guardé mi carta para poder coger mejor la cesta.

Los hornos crematorios estaban cerca de los barracones de los soldados. Dejé la cesta en el suelo con cuidado para abrir la puerta. Las brasas tenían poco fuego, así que tiré los papeles con cautela, para que no salieran volando y prendieran bien.

Si no hubiera tenido que ir con tanto cuidado, probablemente no habría visto la carta a Lamay pegada a los sobres vacíos y los listados de direcciones mal escritas.

¿Cómo había podido hacer Charlie algo así?

Me quedé allí, debatiéndome. Si la recogía, sabría que le había pillado. ¿Quería saber que le había pillado? ¿Quería acaso pillarle?

Eché la carta, comprobando que ardía bien. Había hecho mi trabajo, y el resto del correo saldría. No podrían culpar a nadie, y posiblemente de ese modo se salvarían muchas vidas.

Ya había habido demasiadas muertes, demasiado dolor.

Me alejé de allí, lavándome las manos respecto a todo aquello. Un día llegaría la justicia de verdad. Entonces se sabría quién hacía bien o mal las cosas. Porque ahora mismo resultaba difícil saberlo.

De vuelta en mi habitación, abrí mi carta, deseoso de saber cosas de casa. No me gustaba tener tan lejos a mamá. Me reconfortaba un poco poder enviarle dinero, pero la seguridad de mi familia no dejaba de preocuparme.

Daba la impresión de que el sentimiento era mutuo.

«Sé que la quieres. Pero no seas tonto.»

Por supuesto, ella iba siempre dos pasos por delante de mí, adivinando cosas sin preguntarlas. Sabía lo de America antes de que yo se lo dijera, sabía cómo me hacían sentir cosas de las que ni siquiera le había hablado. Y ahí estaba ella, en la otra punta del país, advirtiéndome de que no hiciera lo que sabía que haría.

Me quedé mirando el papel. Al parecer, el rey estaba en pleno ataque destructivo, pero yo estaba seguro de poder mantenerme lejos de su alcance. Es cierto que mi madre nunca me había dado un mal consejo, pero no sabía lo bien que se me daba mi trabajo. Rompí la carta en pedazos y, de camino a mi cita con America, la tiré en los hornos.

Capítulo 5

$\mathcal{H}$abía calculado el tiempo perfectamente. Si America llegaba en menos de cinco minutos, nadie nos vería a ninguno de los dos. Sabía lo que me estaba jugando, pero no podía mantenerme apartado. La necesitaba.

La puerta se abrió con un crujido y enseguida se cerró de nuevo.

—¿Aspen?

Reconocía aquel tono de antes.

—Como en los viejos tiempos, ¿eh?

—¿Dónde estás?

Asomé de detrás de la cortina y oí que contenía la respiración.

—Me has asustado —dijo, medio en broma.

—No sería la primera vez…, y no será la última —contesté yo.

America tenía muchas virtudes, pero desde luego el sigilo no era una de ellas. Fue a mi encuentro, en el centro de la habitación, pero por el camino dio contra el sofá y dos mesitas y tropezó con el borde de una alfombra. No quería ponerla nerviosa, pero tenía que ir con más cuidado.

—¡Chis! Todo el mundo se enterará de que estamos aquí si no dejas de tirar cosas —susurré, más en broma que protestando.

—Lo siento —dijo ella, reprimiendo una risita—. ¿No podemos encender una luz?

—No —respondí, poniéndome más a la vista—. Si alguien ve una luz por debajo de la puerta, podrían descubrirnos. No pasan mucho por este pasillo, pero prefiero ir con cuidado.

Por fin llegó a mi altura. En el momento en que toqué su piel, todo pareció arreglarse. Disfruté de aquel contacto un segundo antes de llevarla a un rincón.

—¿Cómo es que conoces esta habitación?

—Soy guardia —respondí encogiéndome de hombros—. Y se me da muy bien mi trabajo. Conozco todo el recinto del palacio, por dentro y por fuera. Hasta el último pasaje, todos los escondrijos y hasta la mayoría de las habitaciones secretas. También sé los turnos de los guardias, qué zonas son las que menos se vigilan y los momentos del día en que hay menos personal. Si alguna vez quieres moverte a escondidas por el palacio con alguien, yo soy la persona ideal.

—Increíble —dijo, escéptica y orgullosa al mismo tiempo.

Tiré de ella con suavidad y se sentó a mi lado. La tenue luz de la luna apenas me dejaba verla. Sonrió, pero enseguida se puso seria.

—¿Estás seguro de que no corremos peligro? —dijo.

Estaba claro que estaría pensando en la espalda de Woodwork y las manos de Marlee, en la vergüenza y el horror que nos esperaba si nos descubrían. Y eso, si teníamos suerte. Pero yo confiaba en mis habilidades.

—Confía en mí, Mer. Tendrían que pasar un número extraordinario de cosas para que alguien nos encontrara aquí. Estamos a salvo.

Aún podía ver la duda en sus ojos, pero entonces la rodeé con un brazo y se dejó llevar; necesitaba aquel momento tanto como yo.

—¿Cómo estás tú? —pregunté por fin.

Suspiró con tanta fuerza que me sorprendió.

—Bien, supongo. He estado muy triste y muy enfadada. —No parecía darse cuenta de que su mano había ido instintivamente a la zona de mi muslo, justo por encima de la rodilla, el lugar exacto donde solía juguetear con el agujero de mis vaqueros raídos—. No dejo de pensar en que me gustaría retroceder dos días y recuperar a Marlee. Y también a Carter. Ni siquiera pude conocerlo.

—Yo sí. Es un tipo estupendo. —De pronto pensé en su familia y me pregunté cómo sobrevivirían sin su sueldo—. He oído que durante el tiempo que duró el castigo no dejó de decirle a Marlee que la quería, para ayudarla a soportarlo.

—Es verdad. Al menos al principio. A mí me echaron antes de que acabara.

Sonreí y la besé en la cabeza.

—Sí, eso también lo he oído —dije yo. Al momento me pregunté por qué no le había dicho que lo había visto. Sabía lo que había hecho antes incluso de que el rumor empezara a correr por los pasillos de palacio. Pero quizás así me resultaba más fácil asimilarlo: a través de la sorpresa y, generalmente, la admiración de todos los demás—. Estoy orgulloso de que te rebelaras de aquella manera. Esa es mi chica.

Ella se acercó un poco más.

—Mi padre también estaba orgulloso. La reina me dijo que no debía haber actuado de ese modo, pero que estaba contenta de que lo hubiera hecho. No sé qué pensar. Es como si hubiera estado bien y mal a la vez. Pero la verdad es que no sirvió para nada.

—Sí sirvió —dije yo, abrazándola con más fuerza. No quería que dudara de lo que para ella era algo natural—. Significó mucho para mí.

—¿Para ti?

Me costaba admitir mi preocupación, pero tenía que saberlo.

—Sí. A menudo me pregunto si la Selección te habrá cambiado. Te están cuidando constantemente, tienes todos esos lujos… No dejo de pensar en si aún seguirás siendo la misma America. Eso me hizo ver que sí, que todo esto no te ha afectado.

—Bueno, sí que me ha afectado, pero no en ese sentido —reaccionó enseguida—. Este lugar no deja de recordarme que yo no nací para esto.

Entonces su rabia se tornó en tristeza. Se giró hacia mí, hundiendo la cabeza en mi pecho, como si presionando lo suficiente pudiera llegar a ocultarse bajo mis costillas. Yo quería tenerla ahí, entre mis brazos, tan cerca del corazón que prácticamente pudiera ser parte de él. Quería que todo el dolor que pudiera sentir se perdiera con mis latidos.

—Escucha, Mer —dije, sabiendo que el único modo de llegar a lo bueno sería pasando primero por lo malo—, lo que pasa es que Maxon es un gran actor. Siempre pone esa cara perfecta, como si estuviera por encima de todo. Pero solo es una persona, y tiene los mismos problemas que cualquiera. Yo sé que le aprecias, porque, si no, no seguirías aquí. Pero tienes que saber que no es real.

Ella asintió. Me dio la impresión de que aquella información no le venía de nuevas, como si en parte se la esperara.

—Es mejor que lo sepas ahora. ¿Y si te casas y luego descubres que era así?

—Tienes razón —respondió con un suspiro—. Yo también lo he estado pensando.

Intenté no prestar atención al detalle de que ya se había imaginado la vida una vez que se hubiera casado con Maxon. Era parte de la experiencia. Antes o después, tendría que pensar en ello. Pero eso había quedado atrás.

—Tú tienes un gran corazón, Mer. Sé que hay cosas que no puedes cambiar, pero me gusta que, aun así, quieras hacerlo. Eso es todo.

—Me siento tan tonta… —respondió, después de reflexionar un momento sobre mis palabras.

—Tú no eres tonta.

—Sí que lo soy.

Tenía que hacerla sonreír.

—Mer, ¿tú crees que yo soy listo?

—Claro —dijo sin más.

—Eso es porque lo soy. Y soy demasiado listo como para enamorarme de una tonta. Así que ya puedes dejar de decir esas tonterías.

Soltó una risita. Aquello bastó para dejar atrás la tristeza. Yo ya había padecido lo mío con la Selección. Ahora quería entender mejor por qué sufría ella. No era America la que quería presentarse al sorteo. Fui yo. Aquello era culpa mía.

Había querido explicarme una docena de veces, para obtener el perdón que ella ya me había concedido. No lo merecía. Quizás aquella era la ocasión para disculparme por fin.

—Me parece que te he hecho mucho daño —dijo ella, con vergüenza en la voz—. No entiendo cómo puedes seguir enamorado de mí.

Suspiré. Al parecer, era ella la que necesitaba que la perdonaran, cuando, sin duda, debía de ser al revés.

Yo no sabía cómo explicárselo. No había palabras para expresar lo que sentía por ella. Ni siquiera yo lo entendía.

—Así son las cosas. El cielo es azul, el sol brilla y Aspen está irremediablemente enamorado de America. Así es como diseñaron el mundo. —Sentí que su mejilla se tensaba en una sonrisa contra mi pecho. Si no conseguía disculparme, quizá podría dejar claro al menos que aquellos últimos minutos en la casa del árbol habían sido un accidente—. Ahora en serio, Mer, eres la única chica que he querido nunca. No puedo imaginarme con ninguna otra. He estado intentando prepararme para eso, por si acaso, y… no puedo.

Donde no llegaban las palabras, hablaban nuestros cuerpos. Sin besos. Bastaba con aquellos abrazos silenciosos. Eso era todo lo que necesitábamos. Sentía como si hubiera regresado a Carolina, y estaba seguro de que podríamos volver a aquello. O quizás ir aún más allá.

—No deberíamos quedarnos aquí mucho más —dije, deseando que no fuera así—. Confío bastante en mis cálculos, pero no querría arriesgar más de lo debido.

Ella se puso en pie sin muchas ganas. Tiré de ella para darle un último abrazo, esperando que me bastara para aguantar hasta que pudiera volver a verla. America me cogió con fuerza, como si le diera miedo separarse de mí. Sabía que los días siguientes serían duros para ella, pero, pasara lo que pasara, yo estaría a su lado.

—Sé que es difícil de creer, pero siento mucho que Maxon resultara ser tan mal tipo. Yo deseaba que volvieras, pero no quería que lo pasaras mal. Y, sobre todo, no de este modo.

—Gracias.

—Lo digo de verdad.

—Lo sé —respondió, y se quedó pensando—. Pero esto no ha acabado. No mientras siga aquí.

—Sí, pero te conozco. Lo llevarás lo mejor posible, para que tu familia siga cobrando su dinero y para poder verme, pero él tendría que deshacer el pasado para arreglar esto —dije, y apoyé la barbilla sobre su cabeza, sujetándola a mi lado todo lo que pude—. No te preocupes, Mer. Yo cuidaré de ti.

Capítulo 6

$\mathcal{T}$enía la vaga sensación de que estaba soñando. America estaba al otro lado de la sala, atada a un trono, y Maxon apoyaba una mano en su hombro, presionándola para que se sometiera. Ella me miraba con ojos de preocupación y se debatía para llegar hasta mí. Pero entonces vi que Maxon también me miraba, amenazador. En aquel momento, se parecía mucho a su padre.

Sabía que tenía que llegar a ella, desatarla para que pudiéramos salir corriendo. Pero no me podía mover. Yo también estaba atado, igual que Woodwork. El miedo me recorría la piel, frío e implacable. Por mucho que lo intentáramos, no podríamos salvarnos el uno al otro.

Maxon se acercó hasta un cojín, cogió la recargada corona que había encima y se la puso a America en la cabeza. Aunque ella la miraba con desconfianza, no se quejó cuando se la colocó sobre su brillante melena pelirroja. Pero no se le quedaba quieta. Se resbalaba una y otra vez.

Decidido, Maxon metió mano en el bolsillo y sacó lo que parecía un doble gancho. Colocó la corona en su sitio y presionó el gancho, fijándola así a la cabeza de America. En el momento en que entraba la púa, sentí dos pinchazos tremendos en la espalda y grité. Esperaba sentir manar la sangre, pero no sangraba.

Donde sí manaba la sangre era en la cabeza de America. Se mezclaba con su melena pelirroja y se le pegaba a la piel. Maxon sonreía mientras iba clavando los ganchos. Yo gritaba de dolor cada vez que uno de ellos perforaba la piel de America, contemplando horrorizado la sangre que iba cubriéndola desde la corona.

Me desperté de golpe. No había tenido una pesadilla así desde hacía meses, y America nunca había sido su protagonista. Me sequé el sudor de la frente, repitiéndome mentalmente que no era verdad. Con todo, aún sentía el dolor de los ganchos en la piel y estaba medio mareado.

Al momento, la mente se me fue a Woodwork y a Marlee. En mi sueño, yo habría aceptado con gusto todo el dolor si así America no tenía que sufrirlo. ¿Sentiría lo mismo Woodwork? ¿Habría deseado poder sufrir el doble para ahorrárselo a Marlee?

—¿Estás bien, Leger? —preguntó Avery.

La habitación aún estaba a oscuras, así que debía de haberme oído revolverme en la cama.

—Sí. Lo siento. Una pesadilla.

—No pasa nada. Yo tampoco duermo muy bien.

Me giré hacia él, aunque no veía nada. Solo los oficiales tenían habitaciones con ventanas.

—¿Qué pasa?

—No lo sé. ¿Te importa si pienso en voz alta un minuto?

—Claro que no.

Avery se había portado como un gran amigo. Lo mínimo que podía hacer era perder unos minutos de sueño por él.

Oí que se sentaba en la cama, pensándoselo antes de hablar.

—He estado dándole vueltas al asunto de Woodwork y Marlee. Y a lo de Lady America.

—¿Qué pasa con ella? —pregunté, levantando el cuerpo yo también.

—Al principio, cuando la vi correr hacia Marlee, me tocó las narices. ¿Es que no sabía que eso no serviría de nada? Woodwork y Marlee habían cometido un error, y debían recibir un castigo. El rey y el príncipe Maxon tenían que mantener el control, ¿no?

—Vale.

—Pero cuando oí a las doncellas y los mayordomos hablar del tema, era como si elogiaran a Lady America. A mi modo de ver no tenía sentido, porque pensaba que lo que había hecho estaba mal. Pero…, bueno, ellos llevan aquí mucho más tiempo que nosotros. A lo mejor han visto muchas más cosas. A lo mejor saben algo. Y si es así, y si creen que Lady America hizo bien al hacer lo que hizo… ¿Qué es lo que me estoy perdiendo?

Aquel era un terreno peligroso. Pero era mi amigo, el mejor que había tenido nunca. A Avery le habría confiado mi vida. Además, contar con un aliado en palacio no estaba de más.

—Sí, es una muy buena pregunta. Hace que te cuestiones cosas.

—Exactamente. Es como, a veces, cuando estoy de guardia en el despacho del rey, el príncipe está trabajando y sale a hacer algo. El rey Clarkson coge el trabajo del príncipe Maxon y le deshace la mitad. ¿Por qué? ¿No podría al menos consultarle? Pensaba que estaba intentando que cogiera práctica.

—No lo sé. ¿Control? —Al pronunciar la palabra, me di cuenta de que al menos en parte debía de ser verdad. A veces sospechaba que Maxon no sabía del todo lo que pasaba.

—A lo mejor, el rey considera que Maxon no es tan competente como debería serlo a estas alturas.

—¿Y si el príncipe es más que competente, y eso es precisamente lo que no le gusta al rey?

Contuve una risa.

—Me cuesta creerlo. Me parece que Maxon se distrae con facilidad.

—Hmm. —Avery cambió de postura en la oscuridad—. Quizá tengas razón. Pero parece que la gente no lo ve igual que al rey. Y, por la forma en que hablan de Lady America, da la impresión de que, si pudieran escoger ellos a la princesa, sería ella. Si es capaz de desobedecer así, ¿querrá decir que el príncipe Maxon también es capaz de hacerlo?

Sus preguntas planteaban cosas que yo no quería reconocer. ¿Estaba Maxon plantándole cara a su padre? Y, si ese fuera el caso, ¿estaría también enfrentándose a la Corona y a todo lo que representaba? Nunca había sido un gran defensor de la monarquía; la verdad es que no podría odiar a nadie que la combatiera.

Pero mi amor por America era más grande que ninguna otra cosa. Y como Maxon se interponía entre ese amor y yo, no creía que pudiera decir o hacer nada que me hiciera considerarle una persona decente.

—La verdad es que no lo sé —respondí con sinceridad—. Tampoco detuvo lo que le hicieron a Woodwork.

—Sí, pero eso no significa que le gustara. —Avery bostezó—. Lo único que digo es que hemos sido entrenados para observar a todo el que entra en palacio y para detectar cualquier intención oculta que pudieran tener. Quizá deberíamos hacer lo mismo con la gente que ya está dentro.

Sonreí.

—Eso me parece muy sensato —admití.

—Por supuesto. Yo soy el cerebro de toda la operación —bromeó, acomodándose de nuevo entre las sábanas.

—Duérmete ya, cerebrito. Mañana necesitaremos esa mente brillante.

—Estoy en ello —dijo. Se quedó inmóvil, quizás durante un minuto, y luego añadió—: Oye, gracias por escuchar.

—Cuando quieras. ¿Para qué están los amigos?

—Sí. —Bostezó de nuevo—. Echo de menos a Woodwork.

—Ya. —Suspiré—. Yo también.

Capítulo 7

*L*as inyecciones no me importaban mucho, pero cada vez que nos las ponían me dolía una barbaridad durante una hora. Peor aún, te daban ese extraño subidón de energía que te duraba casi todo el día. No era raro encontrar a un puñado de guardias dando vueltas a la pista durante horas o dedicándose a las tareas más duras del palacio para quemar aquella energía. El doctor Ashlar insistía en que el número de guardias que se pincharan al día fuera el menor posible.

—Soldado Leger —me llamó el doctor Ashlar.

Entré en la consulta y me quedé de pie junto a la pequeña camilla, al lado de su mesa. El pabellón hospitalario era lo suficientemente grande como para que cupiéramos todos, pero daba la impresión de que aquello era mejor hacerlo en privado.

Él asintió a modo de saludo. Me giré y me bajé los pantalones unos centímetros. Hice un esfuerzo para no dar un respingo al sentir el frío antiséptico sobre la piel o cuando la aguja la atravesó.

—Listo —dijo él alegremente—. Ve a ver a Tom para que te dé las vitaminas y tu compensación.

—Sí, señor. Gracias.

Me dolía a cada paso, pero no quería que se me notara.

Tom me proporcionó unas píldoras y agua. Después de tragármelas, firmé la nota que me pasó y cogí mi dinero, que dejé en la habitación antes de dirigirme a la leñera. Tenía unas ganas irrefrenables de moverme.

Cada hachazo me proporcionaba un alivio que necesitaba desesperadamente. Me sentía hipercargado, espoleado por las inyecciones, por las preguntas de Avery y por aquel sueño siniestro.

Pensé en el rey, que había dicho que America era un descarte. Parecía poco probable que pudiera ganar, ahora que estaba tan disgustada con Maxon, pero me pregunté qué sucedería si, finalmente, venciera la única persona que el rey nunca había querido que alcanzara la corona.

Y si Marlee era una de las favoritas, quizás incluso la elegida por el rey para ganar, ¿en quién habría puesto ahora sus esperanzas?

Intenté concentrarme, pero los pensamientos se me entremezclaban con aquella insaciable necesidad de moverme. Solté un hachazo tras otro. No me paré hasta dos horas más tarde, y porque ya no quedaba madera que trocear.

—Ahí atrás tienes todo un bosque, si necesitas más.

Me giré. El viejo mozo de cuadras estaba ahí, sonriendo.

—La verdad es que creo que con esto ya estoy —respondí, recuperando el aliento. Estaba seguro de que lo peor del efecto de la inyección ya había pasado.

—Tienes mejor aspecto —dijo acercándose—. Pareces más tranquilo.

Me reí, sintiendo cómo la medicina se repartía por mi flujo sanguíneo.

—Hoy necesitaba quemar una energía diferente.

Se sentó sobre un tocón, como si aquel fuera su entorno natural. No tenía ni idea de qué pensar de aquel tipo. Me sequé el sudor de las manos con los pantalones, intentando pensar en qué decir.

—Oye, siento lo del otro día. No pretendía ser desagradable. Yo…

Él levantó las manos.

—No hay problema. Y yo no pretendía ser pesado. Pero he visto a mucha gente a la que las cosas malas que hay en su vida la acaba por volver dura o testaruda. Y, al final, echa de menos la oportunidad de hacer mejor su mundo, solo porque únicamente ve lo peor de él.

Su voz y sus rasgos me seguían resultando algo familiares.

—Ya sé lo que quieres decir —respondí meneando la cabeza—. Yo no quiero ser así. Pero, en ocasiones, me pongo furioso. A veces tengo la sensación de que sé demasiado, o de que he hecho cosas que no puedo arreglar, y eso es algo que me persigue. Y cuando veo cosas que no deberían ser…

—No sabes qué hacer.

—Exactamente.

Él asintió.

—Bueno, yo empezaría por pensar en lo bueno. Y luego me preguntaría cómo hacer que esas cosas buenas sean aún mejores.

Me reí.

—Eso no tiene sentido.

—Tú piénsalo un poco —replicó poniéndose en pie.

Mientras volvía hacia el palacio, intenté pensar de dónde podía conocer yo a aquel tipo. A lo mejor había pasado por Carolina antes de trabajar en palacio. Muchos Seises viajaban sin rumbo fijo. Pero, allá donde hubiera estado, lo que fuera que hubiera visto no había dejado que le desanimara. Debería de haberle preguntado el nombre, pero daba la impresión de que nos cruzábamos a menudo, así que supuse que volveríamos a encontrarnos pronto. Cuando yo no estaba de un humor de perros, resultaba un tipo bastante agradable.

Después de limpiarme, me dirigí a mi habitación, sin dejar de pensar en las palabras del mozo de cuadras. ¿Qué había de bueno? ¿Y cómo podía hacerlo mejor?

Recogí el sobre con mi dinero. En palacio, no necesitaba ni un céntimo, así que todo iba a mi familia. Normalmente.

Le escribí una nota a mi madre:

> Siento que esta vez no sea tanto. Ha ocurrido algo.
> La semana que viene, más. Os quiere,
>
> ASPEN

Metí poco menos de la mitad de mi salario en un sobre con la carta, lo dejé en un lado y cogí otro trozo de papel.

Me sabía la dirección de Woodwork de memoria, ya que se la había escrito una docena de veces. El analfabetismo era algo más extendido de lo que sabía la mayoría, pero a Woodwork le preocupaba tanto que la gente pensara que era tonto o inútil que solo me había confesado su secreto a mí.

Dependiendo de un montón de cosas —de dónde vivías, de lo grande que era tu escuela, de si había más Sietes en clase—, podías pasarte una década yendo al colegio y no aprender casi nada.

No podía decir que Woodwork se hubiera perdido por el camino. La vida le había llevado a aquella situación.

Y ahora no teníamos ni idea de dónde estaba, de si estaba bien o de si Marlee seguía con él o no.

Señora Woodwork:

Soy Aspen. Todos sentimos lo que le ha pasado a su hijo. Espero que ustedes estén bien. Este fue su último sueldo. Quería asegurarme de que les llegaba.

Cuídense.

Dudé de si debía decir algo más. No quería que pensara que aquello era una limosna, así que me pareció que lo mejor era ser escueto. Pero quizá podría enviarle algo de forma anónima de vez en cuando.

Eran buena gente. Y Woodwork seguía por allí. Tenía que intentar ayudarlos.

Capítulo 8

*E*speré a estar seguro de que todo el mundo estuviera dormido antes de abrir la puerta de America. Me llevé una agradable sorpresa al ver que seguía despierta. Era lo que llevaba deseando toda la noche. La forma en que ladeó la cabeza y se me acercó me hizo pensar que ella también albergaba esperanzas de que yo apareciera por allí.

Dejé la puerta abierta, como siempre, y me acerqué a su cama:

—¿Cómo ha ido el día?

—Bien, supongo —respondió, pero estaba claro que no era así—. Celeste me enseñó un artículo hoy… —Sacudí la cabeza—. Ni siquiera sé si quiero hablar de ello. Estoy harta de esa chica.

¿Qué le pasaba a Celeste? ¿Es que se creía que podía torturar a la gente y manipular a todo el mundo para alcanzar la corona? Que aún siguiera allí era un ejemplo más del terrible gusto de Maxon.

—Supongo que ahora que se ha ido Marlee, Maxon no enviará a nadie a casa en un tiempo, ¿eh?

Se encogió de hombros, pero daba la impresión de que hasta aquello le costaba un gran esfuerzo.

—Venga… —dije, acercando una mano a su rodilla—. Todo saldrá bien.

Ella esbozó una débil sonrisa.

—Lo sé. Pero es que la echo de menos. Y me siento confusa.

—¿Confusa por qué? —pregunté, acercándome para escuchar mejor.

—Por todo —dijo con voz de desespero—. No sé muy bien lo que hago aquí, lo que soy. Pensé que lo sabía… —Movía sin parar los dedos de las manos, como si pudiera agarrar sus propias palabras—. Ni siquiera sé explicarlo.

Miré a America y tuve claro que perder a Marlee y descubrir la auténtica personalidad de Maxon le había mostrado una verdad que no quería siquiera pensar que existiera. Aquello le había hecho abrir los ojos, quizá demasiado de golpe. Ahora la notaba paralizada, asustada de dar un paso, porque no sabía si eso la apartaría demasiado del camino. America me había visto perder a mi padre y afrontar los azotes a Jemmy; era testigo de todo lo que tuve que hacer para dar alimento y seguridad a mi familia. Pero solo lo había visto; no lo había experimentado. Su familia estaba intacta, salvo por su hermano, el desarraigado. En realidad, nunca había perdido nada.

«Salvo quizá a ti, idiota», oí que me acusaba una voz en mi interior. Ahuyenté aquella idea. En aquel momento, tenía que pensar en ella, no en mí.

—Tú sabes quién eres, Mer. No dejes que te cambien.

Ella hizo un movimiento con la mano, como si fuera a extenderla para tocar la mía. Pero no lo hizo.

—Aspen, ¿te puedo preguntar una cosa? —En su rostro se reflejaba una preocupación evidente.

Asentí.

—Sé que es algo raro, pero si ser princesa no supusiera casarse con alguien, si no fuera más que un trabajo para el que pudieran seleccionarme, ¿tú crees que sería capaz de hacerlo?

Me esperaba cualquier cosa menos eso. Me costaba mucho pensar que aún se planteara ser princesa. Aunque quizá no fuera así. Aquello era una hipótesis. Y lo había dicho solo para pensar en ello, sin relacionarlo con Maxon.

Teniendo en cuenta cómo había vivido lo que había sucedido a la vista del público, me parecía que se sentiría impotente si tenía que enfrentarse a todo lo que pasaba entre las paredes del palacio. Era estupenda en muchas cosas, pero…

—Lo siento, Mer, pero creo que no. Tú no eres tan calculadora como ellos —dije, intentando que entendiera que no quería insultarla. A mí me gustaba que no fuera así.

Ella frunció el ceño.

—¿Calculadora? ¿Y eso?

Solté aire, intentando pensar en cómo explicárselo sin ser demasiado específico:

—Yo estoy en todas partes, Mer. Oigo cosas. Hay grandes altercados en el sur, en las zonas con mayor concentración de castas bajas. Por lo que dicen los guardias más veteranos, esa gente nunca estuvo especialmente de acuerdo con los métodos de Gregory Illéa. Las revueltas se suceden desde hace mucho tiempo. Según dicen, ese fue uno de los motivos por los que la reina le resultaba tan atractiva al rey. Procedía del sur, y eso los aplacó un tiempo. Aunque ahora parece que ya no tanto.

Ella se quedó pensando.

—Eso no explica qué querías decir con lo de «calculadora».

¿Tan malo sería que compartiera con ella lo que sabía? Había mantenido nuestra relación en secreto dos años. Podía confiar en ella.

—El otro día estaba en uno de los despachos, antes de todo el jaleo de Halloween. Hablaban de los simpatizantes de los rebeldes del sur. Me ordenaron que llevara unas cartas al departamento de correos. Eran más de trescientas cartas, America. Trescientas familias a las que iban a degradar. Les iban a bajar una casta por no informar de algo o por colaborar con alguien considerado una amenaza para el palacio.

Cogió aire de golpe. En su mirada vi que decenas de escenas posibles pasaban por su mente.

—Ya. ¿Te lo puedes imaginar? ¿Y si fueras tú, y lo único que supieras hacer fuera tocar el piano? De la noche a la mañana, tendrías que trabajar de empleada. ¿Sabrías siquiera dónde ir a buscar ese tipo de trabajo? El mensaje está bastante claro.

De pronto, lo que le preocupaba era otra cosa:

—¿Y tú…? ¿Maxon lo sabe?

Aquella era una buena pregunta.

—Creo que debe saberlo. No le falta tanto para gobernar el país él mismo.

Asintió, intentando comprender qué significaba eso, además de todo lo que había aprendido recientemente de aquella especie de novio que tenía.

—No se lo digas a nadie, ¿vale? —le rogué—. Una filtración podría costarme el empleo. —La verdad es que podía costarme mucho más.

—Claro. Ya está olvidado —respondió con tono desenfadado, intentando ocultar su preocupación. El esfuerzo que hacía por mantener el tipo me hizo sonreír.

—Echo de menos el tiempo que pasaba contigo, lejos de todo esto. Añoro nuestros problemas de antes —lamenté. Lo que habría dado yo por discutir en aquel momento por las cenas que insistía en prepararme.

—Sé lo que quieres decir —respondió con una risita sincera—. Escabullirme por la ventana era mucho mejor que escabullirme por un palacio.

—E ir mendigando un céntimo para poder dártelo a ti era mejor que no tener nada de nada que darte —dije, dando un golpecito al frasco junto a la cama. Siempre me había parecido buena señal que no se separara de él, incluso antes de llegar a palacio—. No tenía ni idea de que los habías ido ahorrando hasta el día antes de irte —añadí, recordando, asombrado, el peso de todas aquellas monedas en las manos.

—¡Claro que sí! —exclamó orgullosa—. Cuando tú no estabas, eran lo único a lo que me podía agarrar. A veces me los echaba sobre la mano, encima de la cama, solo para agarrarlos y volver a meterlos en el frasco. Era agradable tener algo que habías tocado tú antes.

En eso éramos iguales. Yo nunca tuve nada suyo que pudiera guardar, sino que atesoraba cada momento como si fuera algo físico. Cada vez que la situación se estancaba, rebuscaba entre mis recuerdos. Me pasaba más tiempo con ella de lo que podía imaginarse.

—¿Qué hiciste con ellos? —preguntó.

—Están en casa, esperando.

Antes de que se fuera, ya había ahorrado una pequeña cantidad de dinero para casarme con ella. Al llegar a palacio le había dicho a mi madre que me guardara una parte de cada sueldo. Seguro que lo estaba haciendo. Pero la porción más preciosa de mis ahorros eran aquellos céntimos.

—¿Para qué?

«Pues para poder pagar una boda decente. Anillos. Una casa para los dos», pensé.

—Eso no lo sé.

Ya se lo diría. Muy pronto. Aún estábamos recuperándonos el uno al otro.

—Muy bien, guárdate tus secretos. Y no te preocupes por no poder darme nada. Estoy contenta de que estés aquí, de que tú y yo podamos arreglar las cosas, aunque no sea como antes. Me basta con eso.

Fruncí el ceño. ¿Tan lejos estábamos de lo de antes? ¿Tan lejos que tuviéramos algo que arreglar? No. Yo no. Para mí aún éramos los mismos que en Carolina, y necesitaba que ella lo recordara. Quería poner el mundo en sus manos, pero, en aquel momento, lo único que tenía era la ropa que llevaba puesta. Bajé la mirada, me arranqué un botón y se lo entregué.

—No tengo nada más que darte, literalmente, pero puedes guardar esto. Es algo que he tocado. Así podrás pensar en mí en cualquier momento. Y sabrás que yo también estoy pensando en ti.

Ella me cogió el minúsculo botón dorado de la mano y se quedó mirándolo como si le hubiera regalado la luna. El labio le tembló y respiró despacio, como si fuera a llorar. A lo mejor lo había estropeado todo.

—Ahora no sé cómo hacerlo. Tengo la sensación de que no sé hacer nada a derechas… Yo… no te he olvidado, ¿vale? Sigue aquí —dijo llevándose la mano al pecho.

Vi que sus dedos se hundían en la piel, intentando aplacar lo que fuera que sucedía ahí dentro.

Sí, aún teníamos mucho camino por delante, pero sabía que lo soportaría si los dos estábamos unidos. Sonreí. No necesitaba nada más.

—Me basta con eso.

Capítulo 9

$\mathcal{H}$abía oído que el rey iba a tomar el té con las chicas de la Élite y sabía que America no estaría en su habitación cuando llamé.

—Soldado Leger, qué alegría verle —dijo Anne, abriendo la puerta con una gran sonrisa.

Al oírla, Lucy y Mary se acercaron a saludarme.

—Hola, soldado Leger —dijo Mary.

—Lady America no está ahora mismo. Toma el té con la familia real —añadió Lucy.

—Sí, lo sé. Me preguntaba si podría charlar con ustedes, señoritas, un momento.

—Por supuesto —respondió Anne, que me hizo pasar amablemente.

Me acerqué hasta la mesa y ellas se apresuraron a traerme una silla.

—No —dije yo—. Siéntense ustedes.

Mary y Lucy se sentaron, mientras Anne y yo permanecimos de pie.

Me quité la gorra y apoyé una mano en el respaldo de la silla de Mary. Quería que se sintieran cómodas hablando conmigo, y esperaba que fuera más fácil quitándole algo de formalidad a la escena.

—¿En qué podemos ayudarle? —preguntó Lucy.

—Solo estaba haciendo un control de seguridad, y quería saber si han visto algo raro. Probablemente les suene tonto, pero las cosas más insignificantes pueden ayudarnos a garantizar la seguridad de la Élite. —Aquello tenía algo de cierto, pero la verdad es que no era misión nuestra recabar ese tipo de información.

Anne bajó la cabeza, pensativa, mientras Lucy ponía los ojos en el techo.

—No creo —dijo Mary.

—Bueno, Lady America ha estado menos activa desde Halloween —se le ocurrió decir a Anne.

—¿Por lo de Lady Marlee? —sugerí.

Las tres asintieron.

—No estoy segura de que lo haya superado —dijo Lucy—. Y la verdad es que no me extraña.

—Claro —confirmó Anne, dándole una palmadita en el hombro.

—Así pues, aparte de las salidas a la Sala de las Mujeres y a las comidas, ¿pasa la mayoría del tiempo en su habitación?

—Sí —confirmó Mary—. Antes ya lo hacía, pero estos últimos días… es como si quisiera esconderse.

De aquello deduje dos cosas importantes. En primer lugar, America ya no estaba viendo a Maxon a solas. En segundo lugar, nuestros encuentros seguían pasando desapercibidos, incluso a las personas más próximas a ella.

Aquellos dos detalles supusieron para mí una inyección de esperanza.

—¿Es que tendría que hacer algo más? —preguntó Anne.

Sonreí, porque ese era el tipo de pregunta que yo haría si fuera ella, para intentar buscar la solución a un problema.

—No lo creo. Presten atención a lo que ven y oyen, como siempre. Pueden contactar conmigo directamente en cualquier momento, si creen que algo no va bien.

Las tres parecían muy animosas, dispuestas a ayudar en lo posible.

—Es usted un gran profesional, soldado Leger —dijo Anne.

—Solo hago mi trabajo —repliqué yo meneando la cabeza—. Y, como saben, Lady America es de mi provincia, y quiero protegerla.

Mary se giró hacia mí.

—Qué gracioso que sean de la misma provincia y que ahora prácticamente se haya convertido en su guardia personal. ¿Vivían cerca el uno del otro, en Carolina?

—Más o menos —respondí, intentando no dar muchas pistas.

—¿La había visto antes, cuando eran más jóvenes? —preguntó Lucy, con una sonrisa radiante—. ¿Cómo era de niña?

No pude reprimir una sonrisa.

—Me la encontré alguna vez. Era un trasto. Siempre iba por ahí con su hermano. Tozuda como una mula, y, por lo que recuerdo, tenía mucho talento.

Lucy soltó una risita.

—Vamos, que lo mismo que ahora —comentó, y todas se rieron.

—Más o menos —confirmé.

Aquellas palabras hicieron que el pecho se me hinchara de orgullo. America era mil cosas para mí y, bajo aquellos vestidos de gala y aquellas joyas, ahí seguían todas.

—Debería bajar. Quiero asegurarme de llegar a tiempo al *Report* —me disculpé, pasando entre ellas para recoger la gorra.

—Quizá nosotras también deberíamos ir —sugirió Mary—. Ya es casi la hora.

—Desde luego.

El *Report* era el único programa de televisión que el personal estaba autorizado a ver, y solo había tres sitios donde verlo: la cocina, los talleres de costura y una gran sala común que generalmente acababa convirtiéndose en otro espacio de trabajo, en lugar de un sitio de encuentro. Yo prefería la cocina. Anne abrió el camino, mientras que Mary y Lucy se quedaron atrás, conmigo.

—He oído que tendremos visitas, soldado Leger —dijo Anne, e hizo una pausa para ver nuestra reacción—. Pero quizá solo sea un rumor.

—No, es cierto —respondí—. No conozco los detalles, pero he oído que va a haber dos fiestas.

—Vaya —se lamentó Mary, bromeando—. Ya veo que me va a tocar planchar manteles otra vez. Oye, Anne, te toque lo que te toque, ¿me lo cambias? —preguntó, dando una carrerita para alcanzarla, mientras se enzarzaban en un debate sobre qué tarea le tocaría a cada una.

Yo le ofrecí el brazo a Lucy.

—Señorita.

Ella sonrió y pasó el brazo por el mío, levantando la barbilla en un gesto ampuloso.

—Gracias, caballero.

Recorrimos el pasillo. Mientras charlaban sobre tareas pendientes y vestidos que había que acortar, me di cuenta de que con las doncellas de America siempre estaba a gusto.

Con ellas podía ser un Seis.

Me senté en una encimera, con Lucy a un lado y Mary al otro. Anne iba de un lado para otro, haciendo callar a la gente cuando iba a empezar el *Report*.

Cada vez que las cámaras enfocaban a las chicas, resultaba evidente que había pasado algo. America parecía alicaída.

Lo peor era ver que intentaba disimular y fracasaba estrepitosamente. ¿Qué le preocupaba tanto?

Por el rabillo del ojo vi que Lucy se retorcía las manos.

—¿Qué pasa? —le susurré.

—A la señorita le pasa algo. Lo veo en su rostro —dijo, llevándose una mano a la boca y mordisqueándose una uña—. ¿Qué le ha pasado? Lady Celeste parece una gata agazapada, preparada para el ataque. ¿Qué haremos si gana?

Puse la mano sobre la suya, que tenía en el regazo, y milagrosamente dejó de moverse y me miró, asombrada. Me dio la impresión de que nadie se preocupaba del estado de nervios de Lucy.

—Lady America estará bien.

Ella asintió, reconfortada por aquellas palabras.

—A mí me gusta —susurró—. Querría que se quedara. Y parece que todo el mundo se va cuando yo quiero que se queden.

Así que Lucy había perdido a alguien. Quizás a muchas personas. Tuve la sensación de que entendía sus problemas de ansiedad un poco mejor.

—Bueno, pues a mí me vas a tener aquí cuatro años —broméé, dándole un suave codazo.

Ella sonrió, conteniendo las lágrimas.

—Eres muy buena persona, soldado Leger. Todas lo pensamos —dijo secándose las pestañas.

—Bueno, a mí también me parece que sois unas damas encantadoras. Siempre estoy a gusto en vuestra compañía.

—Nosotras no somos damas —respondió ella bajando la vista.

Negué con la cabeza.

—Si Marlee puede seguir siendo una dama porque se sacrificó por alguien que le importaba, vosotras desde luego también lo sois. Tal como yo lo veo, sacrificáis vuestra vida a diario. Dedicáis vuestro tiempo y vuestras energías a otra persona, y eso es exactamente lo mismo.

Vi que Mary miraba en mi dirección, para luego volver a concentrarse en el televisor. Quizás Anne también oyera mis palabras. Daba la impresión de que inclinaba el cuerpo para escuchar mejor.

—Eres el mejor guardia que tenemos, soldado Leger.

Sonreí.

—Cuando estemos aquí abajo, las tres me podéis llamar Aspen.

Capítulo 10

$\mathcal{M}$irar a la pared dejó de resultar interesante más o menos a la media hora de guardia. Ya era más de medianoche, y lo único que podía hacer era contar las horas hasta el alba. Pero al menos mi aburrimiento suponía que America estaba a salvo.

El día había transcurrido sin ningún hecho destacable, salvo la confirmación de los visitantes que iban a venir.

Mujeres. Muchas mujeres.

En parte, aquella noticia me animaba. Las damas que acudían a palacio solían ser menos agresivas físicamente. Pero con sus palabras podían provocar guerras, si no usaban el tono correcto.

Los miembros de la Federación Germánica eran viejos amigos, así que en cuestión de seguridad aquello contaba a nuestro favor.

Los italianos eran impredecibles.

Llevaba toda la noche pensando en America, preguntándome qué significaba aquella aparición suya en el *Report*. Aunque no estaba seguro de querer preguntárselo. Dejaría que fuera ella quien decidiera. Si tenía ocasión y quería explicármelo, la escucharía. Ahora mismo tendría que concentrarse en lo que se le venía encima. Cuanto más tiempo se quedara en palacio, más tiempo la tendría a mi lado.

Eché los hombros atrás e hice crujir los huesos. Ya solo me quedaban unas horas. Me enderecé y descubrí un par de ojos azules que asomaban por el borde del pasillo.

—¿Lucy?

—Hola —respondió ella, saliendo al descubierto.

Tras ella iba Mary, con una cestita en el brazo cubierta con un paño.

—¿Os ha llamado Lady America? ¿Pasa algo? —pregunté, echando mano de la manilla para abrirles la puerta.

Lucy se puso una mano sobre el pecho en un gesto delicado, aparentemente nerviosa.

—Oh, no, todo está bien. Hemos venido a ver si estabas tú.

Eché la mano atrás e hice una mueca de sorpresa.

—Bueno, sí, claro que estoy. ¿Necesitáis algo?

Ellas se miraron la una a la otra. Fue Mary la que habló:

—Nos hemos dado cuenta de que estos últimos días has hecho muchos turnos. Hemos pensado que quizá tendrías hambre —dijo, retirando el trapo y dejando al descubierto un pequeño surtido de bollos, pastas y pan, probablemente restos de los preparativos para el desayuno.

Esbocé una sonrisa.

—Es un detalle por vuestra parte, pero, en primer lugar, no puedo comer cuando estoy de servicio, y en segundo, habréis observado que estoy bastante fuerte. —Flexioné el brazo y ellas soltaron una risita—. Puedo cuidarme.

Lucy ladeó la cabeza.

—Ya sabemos que eres fuerte, pero aceptar ayuda también es de fuertes.

Sus palabras casi me dejan sin aliento. Ojalá alguien me hubiera dicho aquello meses atrás. Me podría haber ahorrado mucho dolor.

Las miré a los ojos. Tenían una expresión parecida a la de America aquella última noche en la casa del árbol: cálida, esperanzada, ansiosa. Fijé la vista en la cesta de comida. ¿De verdad iba a seguir apartando de mi lado a la gente que me hacía sentir bien?

—Bueno, pero con una condición: si viene alguien, me habéis reducido por la fuerza y me habéis obligado a comer. ¿De acuerdo?

Mary sonrió y me tendió la cesta.

—De acuerdo.

Cogí un trozo de bollo de canela y le di un bocado.

—Vosotras también vais a comer, ¿no? —pregunté mientras masticaba.

Lucy dio unas palmaditas de emoción y rápidamente echó mano a la cesta. Mary enseguida hizo lo mismo.

—Bueno, ¿y qué técnicas de lucha usáis? —bromeé—. Quiero decir, que tenemos que asegurarnos de que nuestras coartadas encajan.

Lucy se rio tapándose la boca.

—Pues la verdad es que eso no entra dentro de nuestras competencias.

Fingí asombro.

—¿Cómo? Esto aquí es muy importante. Limpiar, servir y combatir cuerpo a cuerpo.

Ellas siguieron comiendo, conteniendo una risita.

—Lo digo en serio. ¿Quién es vuestro jefe? Le voy a escribir una carta.

—Se lo comentaremos a la jefa de doncellas por la mañana —prometió Mary.

—Bien. —Di un bocado y sacudí la cabeza, haciéndome el ofendido.

Mary tragó un bocado.

—Eres muy divertido, soldado Leger.

—Aspen.

Ella volvió a sonreír.

—Aspen. ¿Piensas seguir aquí cuando acabes el periodo de servicio en palacio? Estoy segura de que, si lo solicitas, te darán el puesto de guardia permanente.

Ahora que era un Dos, tenía claro que quería seguir siendo soldado..., pero ¿en palacio?

—No lo creo. Mi familia está en Carolina, así que intentaré pedir el traslado allí.

—Es una pena —murmuró Lucy.

—Es pronto para ponerse triste. ¡Aún me quedan cuatro años!

—Es verdad —respondió ella con una sonrisa minúscula.

Pero estaba claro que aquello no la había tranquilizado. Recordé que Lucy me había dicho que la gente que era importante para ella siempre acababa yéndose de su lado. Me produjo una sensación agridulce pensar que, de algún modo, me había convertido en alguien importante para ella. Ella también me importaba, por supuesto. Igual que Anne y Mary. Pero la relación que tenía con ellas era casi exclusivamente a través de America. ¿Cómo era que me había convertido en alguien significativo en sus vidas?

—¿Tienes mucha familia? —me preguntó Lucy.

Asentí.

—Tres hermanos: Reed, Becken y Jemmy. Y tres hermanas: Kamber y Celia, que son gemelas, e Ivy, que es la más pequeña. Y mi madre.

Mary volvió a tapar la cesta.

—¿Y tu padre?

—Murió hace unos años.

Por fin había llegado a un punto en mi vida en que podía decirlo sin venirme abajo. Solía afectarme muchísimo, porque aún lo echaba de menos. Toda la familia lo añoraba. Pero tenía suerte. Algunos padres de las castas más bajas simplemente desaparecían, dejando atrás a sus familiares, que tenían que buscarse la vida o acababan hundiéndose en la miseria.

Mi padre no: había hecho todo lo que había podido por nosotros, hasta el final. Como éramos Seises, la vida siempre había sido dura, pero él nos mantenía a flote, nos permitió conservar cierto orgullo en lo que hacíamos y lo que éramos. Yo quería ser así.

La paga era mejor en palacio, pero podría ocuparme mejor de mi familia cuando estuviera más cerca de casa.

—Lo siento —dijo Lucy, en voz baja—. Mi madre también murió hace unos años.

Saber que Lucy había perdido a la persona más importante de su vida hizo que la viera de otro modo. Todo cuadraba un poco más.

—Nunca es lo mismo, ¿verdad?

Ella meneó la cabeza, con la vista fija en la moqueta.

—Pero, aun así, tenemos que buscar el lado bueno de las cosas.

Levantó la mirada y en su cara vi un leve rastro de esperanza. No pude evitar observarla detenidamente.

—Es gracioso que digas eso.

Ella miró a Mary y luego de nuevo a mí.

—¿Por qué?

Me encogí de hombros.

—No sé. —Me metí el último trozo de pan en la boca y me limpié las migas de los dedos—. Gracias por la comida, chicas, pero deberíais iros. No es muy seguro pasearse por el palacio de noche.

—Tienes razón —dijo Mary—. Y probablemente deberíamos estar practicando esas técnicas de lucha.

—Probad a echaros encima de Anne —le aconsejé—. Nunca subestiméis el factor sorpresa.

—No lo haremos —respondió, riéndose de nuevo—. Buenas noches, soldado Leger —añadió, y dio media vuelta para emprender el regreso.

—Esperad —les dije, y las dos se pararon. Señalé hacia la pared que ocultaba un pasaje secreto—. ¿Por qué no volvéis por ahí? Me sentiría mucho más tranquilo.

Ellas sonrieron.

—Por supuesto.

Mary y Lucy se despidieron saludando con la mano. Cuando llegaron a la pared y Mary empujó para abrir el pasaje, Lucy le susurró algo al oído. Mary asintió y se metió enseguida, pero ella volvió a mi lado.

Movía los dedos nerviosamente, con aquellos tics típicos en ella.

—No se… No se me da bien decir las cosas —reconoció, agitándose un poco—. Pero quería darte las gracias por portarte tan bien con nosotras.

—No es nada —dije yo, sacudiendo la cabeza.

—Para nosotras sí que lo es. —En sus ojos había una intensidad que no había visto hasta entonces—. Por mucho que las chicas de la lavandería o las de las cocinas nos digan la suerte que tenemos, no parece que sea tanta hasta que alguien te demuestra que te aprecia. Lady America lo hace, y ninguna de nosotras lo esperábamos. Pero tú también lo haces. Ambos sois amables, incluso sin proponéroslo. —Sonrió—. Solo quería decirte que para nosotras significa mucho. Quizá para Anne más que para nadie, pero ella nunca lo diría.

No sabía qué responder. Tras debatirme un momento, lo único que se me ocurrió fue:

—Gracias.

Lucy asintió y, sin saber qué más decir, se dirigió al pasaje.

—Buenas noches, señorita Lucy.

—Buenas noches, Aspen.

Cuando se marchó, la mente se me fue de nuevo a America. La había visto muy decaída, pero me preguntaba si tenía alguna idea de cómo afectaba su actitud a la gente que la rodeaba. Su padre tenía razón: era demasiado buena para aquel lugar.

Tendría que encontrar un momento para decirle lo mucho que, sin saberlo, estaba ayudando a la gente. De momento, esperaba que estuviera descansando, sin pensar en lo que fuera que…

De pronto, me giré al ver a tres mayordomos corriendo, uno de ellos tropezando. Fui al extremo del pasillo para ver de qué huían. Entonces sonó la sirena.

Era la primera vez que la oía, pero sabía lo que significaba: rebeldes.

Entré corriendo en la habitación de America. Si la gente estaba corriendo, quizá ya nos habíamos quedado atrás.

—¡Maldita sea! —murmuré. Tenía que vestirse enseguida.

—¿Eh? —dijo ella, adormilada.

Ropa. Tenía que encontrar su ropa.

—¡Levántate, Mer! ¿Dónde están tus malditos zapatos?

Ella retiró el edredón y bajó de la cama, metiendo los pies en los zapatos directamente.

—Aquí. Necesito mi bata —respondió, señalando, mientras se ajustaba los zapatos. Menos mal que entendía la urgencia de la situación.

Encontré la bata, hecha un ovillo a los pies de la cama, e intenté desenmarañarla.

—No te preocupes. Yo la llevo —dijo, cogiéndomela de las manos.

Salí corriendo hacia la puerta.

—Tienes que darte prisa. No sé lo cerca que están.

Asintió. Sentía la adrenalina corriendo por mis venas. Sabía que no era el momento, pero, aun así, tiré de ella, abrazándola en la oscuridad.

Apoyé mis labios contra los suyos, pasándole una mano por entre el cabello.

Aquello era una tontería. Enorme. Pero tenía que hacerlo. Me daba la sensación de que había pasado una eternidad desde la última vez que nos habíamos besado con aquella intensidad, y, aun así, fue algo de lo más natural. Sus labios eran cálidos y desprendían el sabor familiar de su piel. Bajo un suave aroma a vainilla, la olía también a ella, el olor natural de su cabello, sus pómulos y su cuello.

Me habría quedado allí toda la noche, y notaba que ella también, pero tenía que llevarla al refugio.

—Ahora vete —le ordené, empujándola hacia el pasillo.

Sin mirar atrás, doblé la esquina en busca de lo que fuera que me aguardara. Desenfundé la pistola, mirando en ambas direcciones, en busca de algo que estuviera fuera de lugar. Vi el vuelo de la falda de una doncella en el momento en que se metía en uno de los refugios. Esperaba que Lucy y Mary ya hubieran llegado junto a Anne, que las tres estuvieran ocultas en sus dependencias, lejos del peligro.

Distinguí el inconfundible ruido de disparos y me lancé por el pasillo hacia la escalera principal. Daba la impresión de que los rebeldes no habían pasado de la planta baja, así que me agazapé en la esquina de la pared, observando la curva de las escaleras, esperando.

Un momento más tarde, alguien subió las escaleras a la carrera. Tardé menos de un segundo en identificar al hombre como un intruso. Apunté y disparé. Le di en el brazo. Con un gruñido, el rebelde cayó atrás, y vi que un guardia se lanzaba sobre él para capturarlo.

Un estruendo al otro lado del pasillo me dijo que los rebeldes habían encontrado la escalera lateral y que habían llegado hasta el primer piso.

—¡Si encontráis al rey, matadlo! ¡Llevaos todo lo que podáis! ¡Que sepan que hemos estado aquí! —gritó una voz.

Avancé lo más silencioso que pude hacia el origen de las voces, escondiéndome en las esquinas y escrutando el pasillo repetidamente. Una de las veces que miré atrás, vi a otros dos hombres de uniforme. Les indiqué con un gesto que fueran despacio. Cuando se acercaron, comprobé que eran Avery y Tanner. No podía haber pedido mejores refuerzos. Avery era un excelente tirador, y Tanner siempre lo daba todo, porque tenía más que perder que la mayoría de nosotros si las cosas salían mal.

Tanner era uno de los pocos soldados que se habían alistado ya casado. Nos repetía una y otra vez lo mucho que se quejaba su mujer de que llevara el anillo de boda en el pulgar, pero era el de su abuelo, y no tenía modo de reducir el tamaño. Le prometió que sería lo primero en lo que se gastaría el dinero cuando volviera a casa, junto con un anillo mejor para ella.

Su mujer era su America. Lo hacía todo por ella.

—¿Qué pasa? —susurró Avery.

—Creo que acabo de oír al cabecilla. Ha ordenado a sus hombres que maten al rey y que roben todo lo que puedan.

Tanner irguió el cuerpo, con la pistola preparada.

—Tenemos que encontrarlos y asegurarnos de que siguen recto y se alejan del refugio.

Asentí.

—Puede que sean demasiados para nosotros, pero, si pasamos desapercibidos, creo que…

En el otro extremo del pasillo se abrió una puerta con gran estruendo; un mayordomo salió corriendo, con dos rebeldes tras él. Era el mayordomo joven, el de la cocina. Estaba desesperado. Los rebeldes llevaban lo que parecían aperos de labranza, así que no podrían devolvernos los disparos.

Me giré, me puse en posición y apunté:

—¡Al suelo! —grité.

El mayordomo obedeció. Disparé. Di a uno de los rebeldes en la pierna. Avery le dio al otro, pero, intencionadamente o no, su disparo fue mucho más letal.

—Voy a reducirlos —apuntó Avery—. Encontrad al cabecilla.

Vi que el mayordomo se ponía en pie y se metía a toda prisa en un dormitorio, sin pensar en lo fácil que sería que entrara cualquiera. Necesitaba sentirse seguro tras una puerta.

Oí más disparos. Aquel ataque sería de los duros. La mente se me aceleró; se aguzaron los sentidos. Tenía una misión. Eso era lo único que importaba.

Tanner y yo subimos hasta la segunda planta, donde encontramos varias mesas tiradas, obras de arte por los suelos y plantas destrozadas. Un rebelde estaba pintando algo en la pared con una especie de pintura grumosa. Enseguida me situé tras él y le asesté un golpe en la nuca con la culata de la pistola. Cayó al suelo. Me agaché para comprobar si iba armado.

Un segundo más tarde se oyó una nueva andanada de disparos en el otro extremo del pasillo. Tanner me arrastró detrás de un sofá volcado en el suelo. Cuando el ruido cesó, asomamos la cabeza para hacer balance de los daños.

—Yo he contado seis —dijo.

—Yo también. Puedo ocuparme de dos, quizá de tres.

—Con eso bastará. Los que queden quizá salgan corriendo. O puede que tengan pistolas.

Miré alrededor. Cogí una esquirla de espejo roto, corté un trozo de la tapicería del sofá y lo envolví con ella.

—Usa esto si se acercan demasiado.

—Bien —respondió Tanner, y apuntó con la pistola.

Yo hice lo mismo.

Los disparos fueron rápidos. Abatimos a dos rebeldes cada uno. Enseguida los otros dos se giraron y vinieron corriendo hacia nosotros, en lugar de huir. Recordé las órdenes de mantener a los rebeldes con vida para interrogarlos, así que les disparé a las piernas, pero, como se movían tan rápidamente, no acerté ni un disparo.

De pronto vimos a un tipo corpulento lanzándose hacia el lado del pasillo donde estaba Tanner, mientras otro mayor, enjuto y con una mirada rabiosa, se lanzó hacia mí. Enfundé el arma, preparándome para la lucha.

—Maldita sea, te ha tocado el bueno —comentó Tanner, antes de sortear el sofá y lanzarse a la carrera hacia su oponente.

Yo salí décimas de segundo después. El otro rebelde vino hacia mí, gritando con las manos extendidas como tenazas. Le agarré uno de los brazos y le clavé mi cuchillo improvisado en el pecho.

No era un tipo especialmente fuerte, y casi me dio pena. Cuando le agarré del brazo, sentí enseguida el contacto de sus huesos.

Soltó un quejido y cayó de rodillas; le agarré los brazos y se los puse tras la espalda. Se los inmovilicé con unas bridas, igual que las piernas. Mientras le ataba, alguien me agarró por detrás y me lanzó contra un retrato que había cerca, haciendo que me cortara la frente con el cristal.

Estaba mareado y me caía sangre en los ojos, con lo que me costaba aún más plantar cara. Por un momento, me entró el pánico, hasta que recordé lo que había aprendido en la instrucción. Me agaché al sentir que me agarraba por detrás, e hice palanca para lanzarlo por encima de mi hombro.

Aunque era mucho más grande que yo, cayó sobre el suelo, lleno de escombros. Estaba buscando más bridas para atarlo cuando otro rebelde cargó contra mí y me hizo caer.

Estaba en el suelo y tenía a un hombre enorme sentado sobre mi vientre y agarrándome los brazos. Desprendía un aliento fétido.

—Llévame adonde está el rey —ordenó con una voz rasposa.

Negué con la cabeza.

Me soltó los brazos, agarrándome por las solapas. Estiré las manos intentando darle en la cara. Pero entonces me empujó. Me di un buen golpe en la cabeza contra el suelo y mis manos cayeron hacia atrás. La mente se me nubló y sentí que me faltaba el aliento. El rebelde me agarró de la cabeza, obligándome a mirarle a la cara.

—¿Dónde... está... el... rey? —repitió, remarcando cada sílaba.

—No lo sé —respondí, jadeando y con la cabeza dolorida.

—Venga, guapito. Entrégame al rey, y puede que te deje vivir.

No podía mencionar lo del refugio. Aunque odiara las cosas que hacía el rey, entregarle significaba entregar a America, y eso era impensable.

Podría mentir. Quizá así ganaría tiempo para buscar una salida.

O podría morir.

—Tercer piso —mentí—. Refugio secreto en el ala este. Maxon también está ahí.

Sonrió, y con una risa corta me lanzó su asqueroso aliento.

—Bueno, no ha sido tan difícil, ¿ves? Quizá, si me lo hubieras dicho a la primera, ahora no tendría que hacer esto.

Me agarró el cuello con sus toscas manos y apretó. Aquello era una tortura que se sumaba al dolor de cabeza que ya tenía.

Agité las piernas y levanté la cadera, intentando quitármelo de encima. Era inútil. Era demasiado grande. Sentí que los miembros dejaban de responderme al perder todo el oxígeno.

¿Quién se lo diría a mi madre?

¿Quién se ocuparía de mi familia?

Al menos había podido besar a America una última vez.

Una última vez.

Vez.

Entre la bruma, oí un disparo y sentí cómo aquel tipo enorme quedaba inerte y caía de lado. La garganta me hacía ruidos raros al aspirar aire de nuevo.

—¿Leger? ¿Estás bien?

Lo veía todo negro, así que no distinguí el rostro de Avery. Pero le oía. Y con eso me bastaba.

Capítulo 11

*E*l parte lo dieron en el pabellón hospitalario, al ser tantos los soldados que habíamos acabado allí.

—Nos parece un éxito que solo hayamos perdido a dos hombres esta noche —nos informó el comandante—. Teniendo en cuenta sus fuerzas, el hecho de que hayáis sobrevivido es una prueba de vuestro gran entrenamiento y de vuestras habilidades personales.

Hizo una pausa, quizás esperando que aplaudiéramos, pero estábamos demasiado abatidos para eso.

—Tenemos retenidos a veintitrés rebeldes, a quienes se les dictará sentencia tras el interrogatorio. Eso es fantástico. No obstante, me ha decepcionado el recuento de cadáveres —añadió mirándonos—. Diecisiete. Diecisiete rebeldes muertos.

Avery bajó la cabeza. Ya me había confesado que dos de ellos eran cosa suya.

—No debéis matar a menos que vosotros mismos u otro guardia esté siendo amenazado directamente, o si veis a un rebelde atacando a un miembro de la familia real. Necesitamos a esta escoria viva, para interrogarla.

Oí unos cuantos murmullos apagados por el pabellón. Aquella era una orden que no me gustaba. Podíamos acabar mucho más rápido con el asunto simplemente eliminando a los rebeldes que entraban en palacio. Pero el rey quería respuestas, y corría el rumor de que tenía sus propios métodos para torturar a los rebeldes y sacarles información. Esperaba no llegar nunca a conocer aquellos métodos.

—Dicho esto, todos habéis hecho una labor excelente protegiendo el palacio y eliminando la amenaza. Salvo para los que tengan heridas graves, vuestros puestos serán los mismos que se os asignaron en un principio. Dormid todo lo que podáis y preparaos. Va a ser un día muy largo, tal como está el palacio.

El jefe de mayordomos había decidido que lo mejor sería que la familia real y la Élite trabajaran fuera mientras el personal se ocupaba de volver a poner el palacio presentable. Las mujeres de la Federación Germánica y la familia real italiana iban a llegar dentro de unos días, por lo que las doncellas ya no daban abasto con los preparativos.

Entre el sol cegador, el agotamiento y mi uniforme almidonado, ya me sentía incómodo. Eso, sumado al terrible dolor de la herida de la cabeza, a las magulladuras ocultas del cuello y a un porrazo que ni recordaba haber recibido en la pierna, hacía que me sintiera fatal.

Lo único bueno de aquel día era que, tal como habían montado las cosas, podía estar cerca de America. La miré, sentada junto a Kriss, planificando el evento. Aparte de con Celeste, nunca había visto a America disgustada con ninguna otra de las chicas, pero su lenguaje corporal me hacía pensar que estaba molesta con Kriss. Esta, no obstante, parecía del todo ajena a su enfado, charlando tranquilamente con America y lanzando miradas a Maxon una y otra vez. Me preocupó un poco que America siguiera la mirada de Kriss, pero dudaba de que sus sentimientos hubieran cambiado. ¿Cómo podía siquiera mirar al príncipe y no acordarse de los gritos de Marlee?

Por las carpas y las mesas dispuestas por el césped daba casi la impresión de que la familia real estuviera celebrando una fiesta al aire libre. Si no lo hubiera visto con mis propios ojos, no podría haber imaginado siquiera que el palacio había sido atacado. Allí, todo el mundo solía olvidarse enseguida de los ataques y seguía con su vida.

No tenía ni idea de si aquello era porque pensar demasiado en los ataques no hacía más que volverlos mucho más aterradores, o si era porque simplemente no tenían tiempo para ello. Se me ocurrió pensar que si la familia real se parara a pensar detenidamente en los ataques, quizás encontrarían un modo mejor de evitarlos.

—No sé ni por qué me preocupo siquiera —dijo el rey, levantando la voz un poco más de lo necesario—. Le entregó un papel a alguien y le dio una orden en voz baja—. Borra las anotaciones que ha hecho Maxon al margen: no hacen más que distraer.

Las palabras llegaban a mis oídos, pero mi vista estaba fija en la de America. Me miró atentamente. Estaba claro que le preocupaba el vendaje de mi cabeza y mi cojera. Le guiñé el ojo, esperando que así se calmara. No estaba seguro de poder aguantar todo un día de guardia y luego cambiarle el turno a alguien para vigilar frente a su puerta por la noche, pero si aquel era el único modo para...

—¡Rebeldes! ¡Corran!

Me giré hacia las puertas de palacio, seguro de que alguien se habría confundido.

—¿Qué? —respondió Markson.

—¡Rebeldes! ¡Dentro del palacio! —gritó Lodge—. ¡Vienen hacia aquí!

Vi que la reina se ponía en pie de un salto y echaba a correr hacia el lateral del palacio, en dirección a una entrada secreta, protegida por sus doncellas.

El rey agarró a toda velocidad sus papeles. Yo, en su lugar, me habría preocupado más de salvar el cuello que no de perder información, fuera lo que fuera lo que decían aquellos documentos.

America se había quedado inmóvil en su silla. Di un paso adelante para sacarla de allí, pero Maxon se me adelantó y me colocó a Kriss entre los brazos.

—¡Corre! —me gritó. Yo dudé, pensando en America—. ¡Corre!

Hice lo que tenía que hacer y salí corriendo de allí, mientras Kriss no dejaba de llamar a Maxon. Décimas de segundo más tarde, oí disparos y vi una marabunta de personas saliendo del palacio, soldados y rebeldes mezclados.

—¡Tanner! —grité, viendo que se dirigía hacia la refriega y cortándole el paso. Le coloqué a Kriss entre los brazos—. Sigue a la reina.

Obedeció sin preguntar. Di media vuelta en busca de Mer.

—¡America! ¡No! ¡Vuelve! —gritó Maxon.

Vi hacia donde miraba y la localicé corriendo desesperadamente hacia el bosque, con los rebeldes pisándole los talones. No.

El ruido rítmico de los disparos de los guardias acentuaba su carrera, acelerada y peligrosa. Los rebeldes estaban a punto de atraparla, cargados con bolsas llenas. Parecían más jóvenes y más en forma que el grupo de la noche anterior. Me pregunté si serían sus hijos, intentando acabar lo que habían empezado sus padres.

Saqué la pistola y apunté. Tenía en el punto de mira la nuca de un rebelde. Disparé tres tiros rápidos, pero el tipo trazó un zigzag y desapareció tras un árbol, de modo que no le di.

Maxon dio unos pasos desesperados en dirección al bosque, pero su padre le agarró antes de que llegara muy lejos.

—¡Agáchate! —gritó Maxon, zafándose de la mano de su padre—. ¡Vais a darle a ella! ¡Alto el fuego!

Aunque America no era miembro de la familia real, dudaba de que a nadie le importara si matábamos a aquellos rebeldes sin pensárnoslo. Corrí hacia delante, volví a apuntar y disparé dos veces. Nada.

Maxon me agarró por el cuello de la guerrera.

—¡He dicho que alto el fuego!

Aunque yo era cinco o seis centímetros más alto que él, y siempre lo había tenido por un cobarde, la rabia que vi en sus ojos exigía respeto.

—Perdóneme, señor.

Me soltó de un empujón, se giró y se pasó la mano por el cabello. Nunca le había visto tan tenso. Me recordó a su padre cuando estaba a punto de estallar.

Todo lo que él dejaba ver por fuera, yo lo sentía por dentro. Una de las chicas de su Élite se había ido; la única chica a la que yo había amado había desaparecido. No sabía si podría escapar de los rebeldes o encontrar un escondrijo. Tenía el corazón acelerado por el miedo y, al mismo tiempo, estaba desesperanzado.

Le había prometido a May que no permitiría que nadie le hiciera daño. Y no había cumplido mi promesa.

Miré hacia atrás, sin saber muy bien qué esperaba ver. Las chicas y el personal se habían puesto a salvo. Allí no quedaba nadie más que el príncipe, el rey y una docena de guardias.

Por fin Maxon levantó la vista y nos miró. Su expresión me recordó a la de un animal enjaulado.

—Id a por ella. ¡Rápido! —gritó.

Me planteé salir corriendo hacia el bosque; quería llegar hasta America antes que nadie. Pero ¿cómo la encontraría?

Markson dio un paso adelante:

—Venga, chicos, vamos a organizarnos —propuso, y le seguimos hacia el campo.

Caminaba con dificultad, pero intenté calmarme. Tenía que estar más despierto que nunca. «Vamos a encontrarla —me prometí—. Es más dura de lo que nadie se imagina.»

—Maxon, ve con tu madre —oí que ordenaba el rey.

—No lo dirás en serio. ¿Cómo voy a quedarme sentado en algún refugio mientras America está desaparecida? Podría estar muerta —respondió.

Me giré y le vi arqueando el cuerpo, con náuseas, a punto de vomitar solo de pensarlo.

El rey le puso derecho, agarrándolo firmemente por los hombros y sacudiéndolo.

—Recobra la compostura. Te necesitamos seguro. Vete. Ya.

Maxon apretó los puños y flexionó ligeramente los codos. Por un momento, incluso me pareció capaz de soltarle un puñetazo a su padre.

Quizá no fuera cosa mía, pero estaba seguro de que el rey podía hacer picadillo a Maxon si quería. Y no deseaba que el tipo muriera allí mismo.

Tras respirar con fuerza unas cuantas veces, Maxon se liberó del agarre de su padre y entró en palacio de mala gana.

Volví a mirar adelante, esperando que el rey no se hubiera dado cuenta de que alguien los había observado. Cada vez estaba más seguro de que el rey estaba insatisfecho con su hijo. Después de aquello, no podía dejar de pensar que la cosa iba mucho más allá de unas notas al margen mal puestas en un documento.

¿Por qué alguien tan preocupado por la seguridad de su hijo iba a mostrarse tan… agresivo con él?

Llegué a la altura del resto de los soldados justo cuando Markson empezaba a hablar:

—¿Alguno conoce bien este bosque?

Todos guardamos silencio.

—Es muy grande, y nada más entrar se ensancha muchísimo, como veis. Los muros del palacio se extienden más de cien metros y se unen atrás, pero el situado en la parte más alejada del bosque está algo abandonado. A los rebeldes no les costaría demasiado llegar a un tramo en mal estado, especialmente teniendo en cuenta lo poco que les ha llevado pasar por los tramos más seguros de delante.

Estupendo.

—Vamos a extendernos en línea y a caminar despacio. Buscad huellas, cosas que se les hayan caído, ramas rotas, cualquier cosa que pueda indicarnos dónde se la han llevado. Si oscurece, volveremos a buscar linternas y hombres de refresco —dijo mirándonos a todos—. No quiero volver con las manos vacías. Vamos a traer a la señorita, viva o muerta. No vamos a dejar al rey y al príncipe sin respuestas esta noche. ¿Me entendéis?

—Sí, señor —grité, y los demás me siguieron.

—Bien. Adelante.

No habíamos avanzado más que unos metros cuando Markson levantó una mano, haciéndome parar.

—Cojea bastante, Leger. ¿Está seguro de que puede hacer esto?

El corazón se me detuvo por un momento. Me imaginé explotando de cólera, como Maxon. Por nada del mundo iba a quedarme atrás.

—Estoy perfectamente, señor —le aseguré.

Markson me repasó con la mirada otra vez.

—Para esto necesitamos un equipo fuerte. Quizá debería quedarse atrás.

—No, señor —respondí enseguida—. Nunca he desobedecido una orden, señor. No me obligue a hacerlo ahora.

Mi expresión era de lo más seria. Seguro que vio en mis ojos que estaba decidido a ir. Esbozó una sonrisa, asintió y emprendió el camino hacia los árboles.

—Bien. Pues vamos.

Era como si todo avanzara a cámara lenta. Llamábamos a America, y nos parábamos a escuchar a la espera de alguna respuesta. Sin embargo, cuando oíamos algo, lo que, al principio, parecía una voz no era más que el rumor de la brisa. De vez en cuando, alguien encontraba una huella, pero la tierra estaba tan seca que el rastro desaparecía dos pasos más allá. Eso no nos hacía más que perder el tiempo. Dos veces encontramos jirones de tela en unas ramas bajas, pero nada encajaba con lo que America llevaba puesto. Lo peor fueron las gotas de sangre que encontramos. Nos detuvimos casi una hora para mirar entre cada árbol, para explorar cada piedra a la que podía dársele la vuelta.

Iba a anochecer. Muy pronto no tendríamos luz.

Los demás siguieron adelante, pero yo me detuve un minuto. En cualquier otra situación, aquel lugar, en aquel momento de la noche, me habría parecido bonito. La luz se filtraba, casi como si no fuera del sol, sino algo espectral. Los árboles extendían sus ramas unos hacia otros, como si buscaran compañía desesperadamente. El bosque presentaba un aspecto misterioso.

Debía prepararme ante la posibilidad de tener que salir de allí sin ella. O, peor aún, con su cadáver en los brazos. Aquella idea me resultaba insoportable. ¿Por qué iba a luchar en este mundo más que por ella?

Intenté buscar algo positivo. Pero lo único positivo que tenía era ella.

Reprimí las lágrimas y saqué fuerzas de flaqueza. Tenía que seguir luchando.

—Aseguraos de mirar por todas partes —nos recordó Markson—. Si la han matado, puede que la hayan colgado o que hayan intentado enterrarla. Fijaos bien.

Sus palabras me revolvieron el estómago de nuevo, pero realicé un esfuerzo por no hacer caso.

—¡Lady America! —grité.

—¡Estoy aquí!

Agucé el oído, incrédulo.

—¡Por aquí!

América apareció corriendo hacia mí, descalza y sucia. Enfundé el arma para abrirle los brazos.

—Gracias a Dios. —Suspiré. Quería besarla allí mismo. Pero respiraba entre mis brazos; tendría que conformarme con eso—. ¡La tengo! ¡Está viva! —les grité a los demás.

Poco a poco, nos fueron rodeando un buen número de hombres uniformados.

Temblaba un poco. Era evidente que todo aquello la había impresionado.

Cojo o no, la tenía entre mis brazos. La acerqué a mi cuerpo y ella me puso las manos tras la cabeza.

—Estaba aterrado, pensando que encontraríamos tu cadáver en algún sitio —confesé—. ¿Estás herida?

—Solo tengo rasguños en las piernas.

Miré hacia abajo; tenía algún corte con sangre. Con todo, habíamos tenido suerte.

Markson se detuvo frente a nosotros, intentando contener su alegría por haberla encontrado.

—Lady America, ¿está bien?

—Solo tengo unos rasguños en las piernas.

—¿Han intentado hacerle daño?

—No. No llegaron a pillarme.

«Esa es mi chica», pensé.

Al oír aquello, todos parecían sorprendidos y encantados, pero Markson era, con mucho, el más contento de todos.

—Ninguna de las otras chicas podría haber escapado corriendo, supongo.

América resopló y sonrió.

—Ninguna de las otras chicas es una Cinco.

Yo me reí, y oí que los demás también lo hacían. No toda la experiencia de las castas bajas resultaba inútil.

—Ahí tiene razón —concedió Markson, dándome una palmada en la espalda sin dejar de mirar a America—. Volvamos a palacio —añadió, y gritó algunas órdenes más.

—Sé que eres lista y que corres mucho, pero me has dado un susto de muerte —le dije cuando nos pusimos en marcha.

—Le he mentido al oficial —me respondió ella al oído.

—¿Qué quieres decir?

—Que sí llegaron a alcanzarme.

Me la quedé mirando, preguntándome qué le habría pasado para que no quisiera confesarlo delante de los demás.

—No me hicieron nada, pero una chica me vio. Me hizo una reverencia y salió corriendo.

Sentí alivio. Luego confusión.

—¿Una reverencia?

—A mí también me sorprendió. No parecía enfadada y no se mostró amenazante. De hecho, parecía una chica normal. —Hizo una pausa y luego añadió—: Llevaba libros. Muchos.

—Parece que eso ocurre a menudo —le dije—. No tenemos ni idea de para qué los utilizan. Supongo que los usarán para hacer fuego. Tal vez donde viven pasen frío.

Cada vez parecía más claro que los rebeldes simplemente querían acabar con todo lo que tenía el palacio: sus obras de arte, sus muros e incluso la sensación de seguridad; llevarse las preciadas posesiones del rey como combustible parecía un gran gesto de desprecio hacia la monarquía.

Si no hubiera visto en primera persona lo crueles que podían ser, me habría parecido gracioso.

Los otros estaban tan cerca que nos mantuvimos en silencio el resto del camino, pero la caminata me pareció mucho más corta con America tan cerca. Ojalá hubiera sido más larga. Después de aquello, no quería tenerla en ningún sitio donde no pudiera verla.

—Los próximos días puede que esté muy ocupado, pero intentaré ir a verte pronto —susurré en cuanto tuvimos el palacio a la vista. Ahora tendría que devolvérsela a ellos.

—De acuerdo —respondió acercándose.

—Llévela a ver al doctor Ashlar, Leger, y luego puede retirarse. Buen trabajo —dijo Markson, dándome una nueva palmada en la espalda.

Los pasillos aún estaban llenos de personal limpiando los destrozos del primer ataque; las enfermeras se dieron tanta prisa cuando llegamos al pabellón hospitalario que no pude volver a hablar con America. Pero, en el momento en que la tendía en la cama, observando su vestido hecho jirones y los cortes de sus piernas, no pude evitar pensar que todo aquello era culpa mía. Si volvía atrás, hasta el principio, no me quedaba duda. Tenía que hacer algo para arreglarlo.

America estaba durmiendo cuando me colé de nuevo en el pabellón hospitalario, entrada la noche. Estaba más limpia, pero su expresión parecía de preocupación, incluso durmiendo.

—Hola, Mer —susurré rodeando su cama.

No se movió. No me atreví a sentarme, aunque pudiera usar la excusa de haber ido a ver cómo estaba la chica a la que había rescatado. Me quedé de pie, con mi uniforme recién planchado, que me quitaría en cuanto hubiera entregado mi mensaje.

Alargué la mano para tocarla, pero luego la retiré. Miré su rostro somnoliento y hablé.

—Yo… he venido a decirte que lo siento. Por lo de hoy, quiero decir. —Cogí aire—. Debería haber salido detrás de ti. Tendría que haberte protegido. No lo hice, y pudiste haber muerto.

Ella fruncía y relajaba los labios en sueños.

—La verdad es que hay muchas otras cosas que siento —admití—. Siento haberme enfadado en la casa del árbol. Siento haberte dicho que enviaras aquel estúpido formulario. Es que siempre creo… —Tragué saliva—. Creo que quizá tú seas la única persona para quien puedo hacer bien las cosas. No pude salvar a mi padre. No pude proteger a Jemmy. Apenas puedo mantener a mi familia a flote… Pensé que debía darte la oportunidad de conseguir una vida mejor, mejor que la que tendrías conmigo. Y me convencí de que aquel era el modo correcto de amarte.

La observé, deseando tener el valor de confesarle todo aquello cuando estuviera despierta, cuando pudiera decirme lo mucho que me había equivocado.

—No sé si podré arreglarlo, Mer. No sé si alguna vez volveremos a estar como antes. Pero no dejaré de intentarlo. Es a ti a quien amo —dije, encogiéndome de hombros—. Eres la única persona por la que quiero luchar.

Había mucho más que decir, pero oí que la puerta del pabellón se abría. Incluso a oscuras, el traje de Maxon resultaba inconfundible. Me puse a caminar, alejándome de allí con la mirada gacha, como si estuviera de ronda.

No se fijó en mí; apenas me vio mientras se acercaba a la cama de America. Le observé coger una silla y colocarse a su lado.

No pude evitar sentirme celoso. Desde el primer día, en el apartamento de su hermano, desde el mismo momento en que supe lo que sentía por America, me había visto obligado a quererla desde lejos. Pero Maxon podía sentarse a su lado, tocarle la mano, y la diferencia entre sus castas no importaba.

Me detuve junto a la puerta y miré. La Selección había desgastado el hilo que nos unía a America y a mí. Y Maxon era un filo cortante, capaz de cortarlo del todo si se acercaba demasiado. Lo que no sabía muy bien era hasta dónde ella le dejaría acercarse.

Lo único que podía hacer era esperar y darle a America el tiempo que parecía necesitar. La verdad era que todos lo necesitábamos. El tiempo era lo único que podría arreglarlo todo.

La reina

Capítulo 1

Solo llevaba dos semanas y aquel era mi cuarto dolor de cabeza. ¿Cómo iba a explicarle algo así al príncipe? Como si no me bastara con que casi todas las chicas que quedaban fueran Doses. Como si mis doncellas no tuvieran suficiente trabajo haciendo todo lo posible para suavizar mis manos endurecidas por el trabajo. En algún momento, tendría que hablarle de aquel malestar que se presentaba una y otra vez sin previo aviso. Bueno, si es que en algún momento se fijaba en mí. La reina Abby estaba sentada en el otro extremo de la Sala de las Mujeres, casi como si quisiera poner espacio de por medio. Por el ligero escalofrío que parecía recorrerle los hombros, tenía la sensación de que no estaba precisamente encantada de tenernos allí.

Le tendió la mano a una doncella, que se puso a hacerle una manicura perfecta. Sin embargo, incluso con todos aquellos cuidados, la reina parecía irritada. No lo entendía, pero intenté no juzgarla. Si yo perdiera a un marido tan joven, como le había pasado a ella, quizá también me habría endurecido. Había tenido suerte de que Porter Schraeve, el primo de su difunto marido, la hubiera acogido como su propia consorte, cosa que le había permitido mantener la corona.

Examiné la sala, observando a las otras chicas. Gillian era una Cuatro como yo, pero una Cuatro como mandan los cánones: sus padres eran ambos chefs de cocina y, por la descripción que hacía de nuestras comidas, tenía la sensación de que ella había escogido la misma profesión. Leigh y Madison estaban estudiando Veterinaria y visitaban los establos siempre que se lo permitían.

Sabía que Nova era actriz y que tenía montones de fans que la adoraban y que deseaban verla en el trono. Uma era gimnasta, y tenía un cuerpo menudo y gracioso, incluso cuando no se movía. Varias de las Doses ni siquiera habían decidido aún qué querían ser. Supongo que si alguien me pagara los gastos, me diera de comer y un techo bajo el que vivir, a mí tampoco me preocuparía mucho.

Froté mis doloridas sienes y sentí la piel agrietada y encallecida sobre la frente. Paré y me miré las manos, estropeadas.

Era imposible que me escogiera.

Cerré los ojos y pensé en la primera vez que había visto al príncipe Clarkson. Recordaba la sensación que tuve cuando estrechó mi mano con la suya, tan fuerte. Menos mal que mis doncellas me habían encontrado unos guantes de encaje, o me habría enviado a casa en aquel mismo momento. Estuvo formal, educado e inteligente. Todo lo que se espera de un príncipe.

En las dos semanas anteriores ya había visto que no sonreía mucho. Parecía como si temiera que lo fueran a juzgar por encontrarle la gracia a las cosas. Pero, desde luego, cuando sonreía se le iluminaban los ojos. Aquel cabello rubio pajizo, los ojos de un azul claro, aquella apostura… Era perfecto.

Desgraciadamente, yo no. Pero debía de haber un modo de hacer que el príncipe Clarkson se fijara en mí.

Querida Adele:

Sostuve la pluma en el aire un minuto, consciente de que aquello no serviría de nada. Aun así…

Me encuentro muy bien en palacio. Es bonito. Bueno, es más que bonito, es enorme, pero no sé si sería capaz de encontrar las palabras adecuadas para describirlo. En Angeles el ambiente también es cálido, pero diferente del de casa. Tampoco sé cómo explicarte eso. ¿No sería fantástico si pudieras venir, ver y oler todo esto por ti misma? Y sí, hay mucho que oler.

En cuanto a la competición, aún no he pasado ni un segundo a solas con el príncipe.

La cabeza me dolía mucho. Cerré los ojos, respirando despacio, obligándome a concentrarme.

Estoy segura de que has visto por televisión que el príncipe Clarkson ya ha enviado a ocho chicas a casa, todas ellas Cuatros, Cincos, y esa Seis. Quedan otras dos Cuatros, y unas cuantas Treses. Me pregunto si se espera de él que escoja una Dos. Supongo que tendría sentido, pero lo lamentaría mucho.

¿Podrías hacerme un favor? ¿Puedes preguntarles a mamá y a papá si por casualidad no tenemos a algún primo o alguien en las castas más altas? Tendría que habérselo preguntado yo antes de irme. Me resultaría muy útil.

Me estaba invadiendo aquella sensación de náusea que a veces llega con los dolores de cabeza.

Tengo que dejarte. Aquí no dejan de pasar cosas. Te volveré a escribir muy pronto.

Con todo mi cariño,

AMBERLY

Me sentía débil. Doblé la carta y la metí en el sobre, donde ya había escrito la dirección. Volví a frotarme las sienes, con la esperanza de que la suave presión me aliviara un poco, aunque no lo hacía.

—¿Estás bien, Amberly? —me preguntó Danica.

—Oh, sí —mentí—. Debe de ser el cansancio, o algo así. Quizá vaya a dar un paseo, a ver si así me circula la sangre.

Sonreí a Danica y a Madeline, y salí de la Sala de las Mujeres en dirección al baño. Un poco de agua fría en el rostro no me estropearía el maquillaje, y quizá me hiciera sentir algo mejor. Pero antes de llegar volví a sentir aquel mareo. Apoyé la cabeza contra la pared esperando que pasara y me dejé caer, poniéndome en cuclillas.

Aquello no tenía ningún sentido. Todo el mundo sabía que el aire y el agua del sur de Illéa eran malos. Incluso algunos Doses tenían problemas de salud. Pero ahora que contaba con el aire limpio, la buena comida y todos los cuidados de palacio, ¿no debería pasárseme?

Así nunca tendría ocasión de darle una buena impresión al príncipe Clarkson. ¿Y si no me recuperaba para el juego de cróquet de la tarde? Era como si mis sueños se me escaparan de entre los dedos. Quizá fuera mejor asumir la derrota lo antes posible. Dolería menos a largo plazo.

—¿Qué haces?

Me separé de la pared instintivamente y vi que el príncipe Clarkson me miraba.

—Nada, alteza.

—¿No te encuentras bien?

—Sí, claro que me encuentro bien —dije, poniéndome en pie. Pero aquello fue un error. Las piernas me fallaron… y caí al suelo.

—¿Qué te pasa? —dijo él, situándose a mi lado.

—Lo siento —murmuré—. Esto es humillante.

—Cierra los ojos si te mareas —dijo, al tiempo que me cogía en brazos—. Vamos a la enfermería.

Aquello sí que sería una buena anécdota para contársela a mis hijos: que, un día, el rey me llevó por el palacio en brazos, como si fuera una pluma. Me gustaba estar entre sus brazos. Siempre me había preguntado qué se sentiría.

—Oh, Dios mío —exclamó alguien.

Abrí los ojos y vi que era una enfermera.

—Creo que está débil. No sé qué le pasa —dijo Clarkson—. No parece que tenga lesiones.

—Déjela aquí, alteza, por favor.

El príncipe Clarkson me puso sobre una de las camas que había en aquella sala y retiró los brazos con cuidado. Esperaba que pudiera ver el agradecimiento en mis ojos.

Supuse que se iría de inmediato, pero se quedó allí, de pie, mientras la enfermera me tomaba el pulso.

—¿Has comido algo hoy, querida? ¿Has bebido bastante?

—Acabamos de desayunar —respondió él por mí.

—¿Te encuentras mal?

—No. Bueno, sí. Quiero decir… En realidad, no será nada —dije, con la esperanza de que pareciera poca cosa, para poder llegar a tiempo al partido de cróquet.

Ella me miró con una expresión severa y dulce a la vez.

—Siento disentir, pero era necesario que te trajeran aquí.

—Me ocurre constantemente —respondí, desanimada.

—¿Qué quieres decir?

No era mi intención confesar aquello. Suspiré, intentando encontrar una explicación. Ahora el príncipe vería el daño que me había hecho la vida que llevaba en Honduragua.

—Tengo frecuentes dolores de cabeza. Y a veces me provocan mareos —dije, tragando saliva y preocupada por lo que pudiera pensar el príncipe—. En casa solía acostarme horas antes que mis hermanos, y eso me ayudaba a aguantar la jornada de trabajo. Aquí es más difícil dormir tantas horas.

—Mmmmmm. ¿Algo más, aparte de los dolores de cabeza y el cansancio?

—No, señora.

Clarkson se acercó un poco más. Esperaba que no pudiera oír lo fuerte que me latía el corazón.

—¿Cuánto tiempo hace que tienes este problema?

Me encogí de hombros.

—Unos años, quizá más. Para mí es algo normal.

—¿Existen antecedentes de esta dolencia en tu familia? —preguntó la enfermera, preocupada.

Hice una pausa antes de responder.

—No exactamente. Pero a mi hermana a veces le sangra la nariz.

—¿No será que procedes de una familia enfermiza? —dijo Clarkson, con una nota de decepción en la voz.

—No —respondí, a modo de defensa y al mismo tiempo algo avergonzada—. Es que vivo en Honduragua.

—Ah —dijo él, levantando las cejas. Aparentemente, lo entendía.

En el sur había mucha polución; aquello no era ningún secreto. El aire estaba contaminado. El agua también. Había muchos niños con deformidades, mujeres estériles y muertes prematuras. Cuando los rebeldes hacían incursiones, dejaban tras de sí un rastro de grafitis exigiendo respuestas de palacio a todo aquello. Lo raro era que toda mi familia no estuviera tan enferma como yo. O que yo no estuviera peor.

Respiré hondo. ¿Qué estaba haciendo en aquel lugar? Me había pasado las semanas anteriores a la Selección construyendo este cuento de hadas en mi mente. Pero, por mucho que lo deseara o que lo soñara, nunca sería digna de un hombre como Clarkson.

Me volví para que no me viera llorar.

—¿Puede dejarme sola, por favor?

Hubo unos segundos de silencio; luego oí sus pasos al alejarse. En el momento en que dejaron de oírse, me vine abajo.

—Tranquila, niña. No pasa nada —me consoló la enfermera. Estaba tan triste que me abracé con fuerza a ella, como habría abrazado a mi madre o a mis hermanos—. Esta competición provoca grandes tensiones, y eso el príncipe Clarkson lo entiende. Le diré al médico que te recete algo para el dolor de cabeza. Ya verás cómo te ayuda.

—Llevo enamorada de él desde que tenía siete años. Cada año le he cantado el cumpleaños feliz en voz baja, contra la almohada, para que mi hermana no se riera de mí por recordarlo. Cuando aprendí a escribir en caligrafía inglesa, practicaba escribiendo nuestros nombres juntos…, y resulta que, la primera vez que me dirige la palabra, me pregunta si soy una chica enfermiza. —Hice una pausa y dejé escapar un sollozo—. Nunca lo conseguiré.

La enfermera no intentó discutir conmigo. Se limitó a dejarme llorar mientras le embadurnaba el uniforme con mi maquillaje.

Estaba avergonzadísima. Seguro que, en el futuro, para Clarkson no sería más que la chica enfermiza que había enviado a casa. Estaba convencida de que había perdido la oportunidad de ganarme su corazón. No habría una segunda opción.

Capítulo 2

*R*esultó que al cróquet solo pueden jugar seis jugadores a la vez, lo cual a mí me iba de perlas. Me senté y observé, intentando comprender las reglas por si llegaba mi turno, aunque tenía la sensación de que acabaríamos aburriéndonos todos y de que el juego terminaría antes de que las demás pudiéramos jugar.

—¡Fíjate, qué brazos! —suspiró Maureen.

No me hablaba a mí, pero yo miré igualmente. Clarkson se había quitado la chaqueta y se había subido las mangas. Estaba muy, muy guapo.

—¿Cómo puedo conseguir que llegue a rodearme con ellos? —bromeó Keller—. No es fácil fingir una lesión jugando al cróquet.

Las otras chicas se rieron. Clarkson miró hacia ellas esbozando una sonrisa. Siempre era así: todo lo hacía de un modo discreto. Ahora que lo pensaba, nunca le había oído reírse. Quizá sí, alguna risa corta inesperada, pero no había nada que le hiciera tan feliz como para estallar en una carcajada.

Aun así, la sombra de una sonrisa en su rostro bastó para dejarme de piedra. A mí ya me valía.

Los equipos iban desplazándose por el campo. Cuando el príncipe se situó cerca, no pude evitar los nervios. Cuando una de las chicas consiguió dar un golpe certero, Clarkson me miró por un momento sin mover la cabeza. Yo levanté la vista, y él volvió a centrarse en el juego. Algunas chicas aplaudieron el golpe, y él se acercó.

—Ahí han puesto una mesa con refrescos —dijo en voz

KIERA CASS

baja, sin establecer contacto visual—. A lo mejor te convendría beber un poco de agua.

—No tengo sed.

—¡Bravo, Clementine! —le gritó a una chica que había dado otro tiro certero—. Aunque así sea. La deshidratación puede agravar los dolores de cabeza. Puede que te convenga.

Sus ojos se encontraron con los míos… y pasó algo. No era amor, seguramente ni siquiera afecto, pero sí algo un grado o dos más allá de la preocupación desinteresada.

Sabía que no podía decirle que no, así que me puse en pie y me acerqué a la mesa. Me empecé a servir agua, pero una doncella me quitó la jarra de la mano.

—Perdón —murmuré—. Aún no me acostumbro.

—No pasa nada —dijo ella, sonriendo—. Tome algo de fruta. En un día tan cálido resulta muy refrescante.

Me quedé de pie junto a la mesa, comiendo uvas con un tenedor diminuto. Aquello también tenía que contárselo a Adele: cubiertos para comer fruta.

Clarkson me miró unas cuantas veces, aparentemente comprobando que le hubiera hecho caso. No sabría decir si habían sido la comida o sus atenciones lo que me había puesto de buen humor.

No me llegó el turno de jugar.

Pasaron tres días más antes de que Clarkson volviera a hablarme.

Estábamos acabando de cenar. El rey se había excusado sin demasiada ceremonia, y la reina casi había dado cuenta de una botella de vino ella sola. Algunas de las chicas empezaron a despedirse con una reverencia, para no ver a la reina, que apoyaba la cabeza en un brazo, cada vez más aletargada. Yo era la única que quedaba en mi mesa, decidida a acabar hasta el último bocado de tarta de chocolate.

—¿Cómo te encuentras, Amberly?

Levanté la cabeza de golpe. Clarkson se había acercado sin que me diera cuenta. Di gracias a Dios de que no me hubiera pillado con la boca llena.

—Muy bien. ¿Y usted?

—Estupendamente, gracias.

Hubo un breve silencio, mientras esperaba que dijera algo más. ¿O se suponía que debía hablar yo? ¿Había reglas que determinaran quién tenía que hablar primero?

—Me acabo de dar cuenta de lo largo que tienes el pelo —comentó.

—Oh —exclamé, riéndome un poco al tiempo que bajaba la mirada. El cabello me llegaba casi hasta la cintura en esos días. Aunque me costaba mucho peinarlo, resultaba muy adecuado para hacerme recogidos, algo esencial para el trabajo en la granja—. Sí. Me va bien para hacer trenzados, que en casa me resultaban útiles.

—¿No te resulta incómodo, tan largo?

—Hum… No sé, alteza. —Me pasé los dedos por entre el cabello. Llevaba la melena limpia y peinada. Quizá yo no lo veía, y me daba cierto aspecto descuidado—. ¿Usted qué piensa?

Él ladeó la cabeza.

—Tiene un color muy bonito. No sé si te quedaría mejor algo más corto. —Se encogió de hombros y se dispuso a marcharse—. Solo era una idea —dijo, girándose mientras se alejaba.

Me quedé allí sentada un momento, pensando. Unos segundos más tarde abandonaba mi tarta y me dirigía a la habitación. Mis doncellas estaban allí, esperándome, como siempre.

—Martha, ¿tú te atreverías a cortarme el pelo?

—Por supuesto, señorita. Cortándole un par de centímetros se mantendrá más sano —respondió, dirigiéndose al baño.

—No —dije yo—. Lo quiero corto.

Ella se paró de golpe.

—¿Cómo de corto?

—Bueno…, por debajo de los hombros, pero ¿quizás a la altura de las escápulas?

—¡Eso es más de un palmo, señorita!

—Pues sí. ¿Puedes hacerlo?

Fui al baño yo también, pasando por delante de ella.

—Creo que es hora de hacer algún cambio.

Mis doncellas me ayudaron a quitarme el vestido y me pusieron una toalla sobre los hombros. Martha se puso manos a la obra; cerré los ojos, no muy segura de lo que estaba haciendo. Clarkson pensaba que estaría mejor con el cabello algo más corto, y Martha se aseguraría de que fuera lo suficientemente largo como para poder peinármelo hacia atrás. No había nada que perder.

No me atreví a mirar siquiera hasta que acabó. Me quedé escuchando el ruido metálico de las tijeras una y otra vez. Notaba que cada vez cortaba con más precisión, asegurándose de dejarlo todo uniforme. Poco después, se detuvo.

—¿Qué le parece, señorita? —me preguntó, no muy convencida.

Abrí los ojos. Al principio, ni siquiera noté la diferencia. Pero giré la cabeza ligeramente y una parte de mi cabello cayó más allá del hombro. Tiré de otro mechón hacia el otro lado, y era como si tuviera el rostro rodeado por un marco color caoba.

Clarkson tenía razón.

—¡Me encanta, Martha! —exclamé, casi sin aliento, acariciándome los mechones por todas partes.

—Le da un aspecto mucho más maduro —añadió Cindly.

—Sí, ¿verdad? —dije yo, asintiendo.

—¡Un momento, un momento! —exclamó Emon, que corrió hacia el joyero.

Buscó y rebuscó, como si quisiera algo en particular. Por fin sacó un collar con unas piedras brillantes rojas. No había tenido valor de ponérmelo aún.

Me recogí el pelo, pues supuse que querría que me lo probara, pero ella tenía otra idea. Lo colocó con suavidad sobre mi cabeza. Era tan elaborado que recordaba vagamente una corona.

Mis doncellas contuvieron una exclamación, pero yo me quedé sin aliento.

Había pasado muchos años imaginándome al príncipe Clarkson como mi marido, pero nunca lo había visto como el chico que podría convertirme en princesa. Por primera vez me di cuenta de que aquello también lo deseaba. No tenía muchos contactos ni procedía de una familia rica, pero tenía la sensación de que no solo podría cumplir con el papel, sino que lo haría eficazmente. Siempre había creído que encajaría bien con Clarkson, pero quizá también fuera una buena opción para la monarquía.

Me miré al espejo y, además de imaginar el apellido Schreave detrás de mi nombre, me imaginé el cargo de «princesa» delante. En aquel instante, me di cuenta de que no solo lo deseaba a él; también quería la corona como nunca antes.

Capítulo 3

*L*e pedí a Martha que me buscara una cinta para el pelo con pedrería que pudiera ponerme por la mañana y me dejé el pelo suelto. Nunca me había hecho tanta ilusión ir a desayunar. Estaba segura de estar guapa, y no veía el momento de comprobar si Clarkson también lo pensaba.

Si hubiera sido más lista habría llegado de las primeras, pero me entretuve con otras chicas, con lo que perdí la ocasión de reclamar la atención del príncipe. Cada pocos segundos miraba en dirección a la cabecera de la mesa, pero Clarkson estaba pendiente de su comida, cortando sus gofres con jamón con la máxima diligencia; solo apartaba la vista de vez en cuando para observar unos papeles que tenía al lado. Su padre prácticamente se limitaba a beber café; apenas comía alguna cucharada coincidiendo con alguna pausa en la lectura de sus documentos. Supuse que Clarkson y él estarían repasando la misma información; que ambos empezaran tan pronto quería decir que iban a tener un día muy ocupado. La reina no había aparecido, y aunque la palabra «resaca» nunca se decía en voz alta, todos la teníamos en mente.

Una vez acabado el desayuno, Clarkson salió con el rey, a hacer lo que fuera que hacían para que nuestro país funcionara como se esperaba.

Suspiré. Quizá por la noche.

Ese día, la Sala de las Mujeres estaba tranquila. Ya habíamos agotado todas las conversaciones sobre nuestro pasado: todas nos conocíamos y nos habíamos acostumbrado a estar juntas. Me senté con Madeline y Bianca, como casi siempre.

Bianca procedía de una de las provincias vecinas a Honduragua; nos habíamos conocido en el avión. Madeline ocupaba la
habitación contigua a la mía, y su doncella había llamado a mi
puerta el primer día para pedirles hilo a las mías. Media hora
más tarde, más o menos, Madeline se había presentado para
darnos las gracias, y nos habíamos hecho amigas enseguida.

Desde el principio, la jerarquía se había impuesto en la Sala
de las Mujeres. Estábamos acostumbradas a la separación por
grupos ya desde antes de llegar —las del nivel Treses aquí, las
del Cincos allá—, así que quizá fuera algo natural que se repi-
tiera el patrón en palacio. Y aunque no nos dividíamos exclusivamente por castas, yo habría deseado que las divisiones no
existieran en absoluto. ¿No nos igualaba el hecho de estar todas allí, al menos mientras durara la competición? ¿No estábamos pasando exactamente por lo mismo?

En cualquier caso, en aquel momento daba la impresión de
que estábamos atravesando un vacío existencial. No dejaba de
desear que ocurriera algo para que tuviéramos un pretexto
para hilar una conversación.

—¿Alguna tiene noticias de casa? —pregunté, intentando
iniciar una charla.

—Mi madre me escribió ayer —respondió Bianca, levantando la cabeza—, y me dijo que Hendly se había prometido.
¿Os lo podéis creer? ¿Cuánto hace que se fue? ¿Una semana?

—¿De qué casta es él? —preguntó Madeline, intrigada—.
¿Subirá de casta?

—¡Oh, sí! —exclamó Bianca—. ¡Un Dos! Una cosa así te
da esperanzas, ¿no? Quiero decir, que yo era una Tres al salir de
casa, pero me gusta la idea de casarme con un actor, en lugar de
con un médico aburrido.

Madeline asintió y soltó una risita. Yo no estaba tan segura.

—¿Ya lo conocía antes? Antes de entrar en la Selección,
quiero decir.

Bianca ladeó la cabeza, como si hubiera preguntado algo ridículo.

—No creo. Ella era una Cinco; él es un Dos.

—Bueno, creo que dijo que procedía de una familia de
músicos, así que quizás actuó alguna vez para él —sugirió
Madeline.

—Bien pensado —respondió Bianca—. Puede que no fueran dos completos desconocidos.

—Ah... —murmuré.

—¿Están agrias las uvas? —preguntó Bianca.

—No —respondí, sonriendo—. Si Hendly es feliz, me alegro. Pero me resulta un poco raro, eso de casarse con alguien que ni siquiera conoces.

Se hizo una breve pausa hasta que habló Madeline.

—¿Y no estamos haciendo eso mismo nosotras?

—¡No! —exclamé—. El príncipe no es un extraño.

—¿De verdad? Entonces cuéntame todo lo que sepas de él, porque yo tengo la sensación de que no sé nada.

—En realidad..., yo tampoco —confesó Bianca.

Cogí aire, dispuesta a soltar una larga lista de datos sobre Clarkson..., pero, en realidad, no había mucho que contar.

—No digo que sepa sus secretos más íntimos, pero no es como si fuera cualquier chico que pasa por la calle. Hemos crecido con él, le hemos oído hablar en el *Report*, hemos visto su cara cientos de veces. Puede que no sepamos todos los detalles, pero yo tengo una impresión muy clara de lo que es. ¿Vosotras no?

—Creo que tienes razón —dijo Madeline, sonriendo—. No es que hayamos llegado aquí sin saber nada de él.

—Exactamente.

La doncella llegó tan en silencio que no reparé en ella hasta que la tuve junto al oído, susurrándome:

—Se requiere su presencia un momento, señorita.

La miré, confusa. No había hecho nada malo. Me volví hacia las chicas y me encogí de hombros. Me puse en pie y la seguí hacia la puerta.

En el pasillo hizo una reverencia y se fue; me giré y me encontré con el príncipe Clarkson. Estaba allí de pie, con aquella sonrisa a medias en los labios y algo en la mano.

—Estaba dejando un paquete en conserjería, y el jefe de correos tenía esto para ti —dijo, sosteniendo un sobre con dos dedos—. Pensé que te gustaría recibirlo cuanto antes.

Me acerqué todo lo rápido que pude sin perder la compostura y tendí la mano para cogerlo. Su sonrisa se volvió traviesa en el momento en que levantaba el brazo.

Solté una risita, saltando e intentando hacerme con el sobre desesperadamente.

—¡No es justo!

—¡Venga!

No se me daba mal saltar, pero no podía hacerlo con aquellos tacones; incluso con ellos era algo más baja que él. Pero no me importó no conseguirlo, porque en alguno de aquellos intentos fallidos sentí un brazo que me rodeaba la cintura.

Por fin me dio la carta. Tal como sospechaba, era de Adele. El día se estaba llenando de diminutos detalles felices.

—Te has cortado el cabello.

—Sí —dije, levantando la vista de la carta. Me cogí un mechón y me lo pasé por delante del hombro—. ¿Le gusta?

Había algo en sus ojos… no era travesura, ni secretismo.

—Mucho. —Al momento se dio media vuelta y se alejó por el pasillo, sin ni siquiera mirar atrás.

Tenía razón en que sabía cosas de él. Aun así, viéndole en el día a día, me daba cuenta de que había mucho más de lo que había observado en el *Report*. No obstante, eso no me desalentaba lo más mínimo.

Al contrario, era un misterio que me apetecía mucho descubrir.

Sonreí y abrí la carta allí mismo, en el pasillo, bajo una ventana, para ver mejor.

Queridísima Amberly:

Te echo tanto de menos que me resulta doloroso. Tanto como pensar en todos esos vestidos preciosos que te pones y en la comida que debes de estar probando. ¡Ni siquiera puedo imaginar los aromas que olerás! Ojalá pudiera.

Mamá casi llora cada vez que te ve en la tele. ¡Pareces una Uno! Si no supiera ya las castas de todas las chicas, estaría convencida de que todas formáis parte de la familia real. Si alguien quisiera, podría fingir que esos números ni siquiera existen. Aunque desde luego para ti no existen, pequeña señorita Tres.

Hablando de eso, ojalá hubiera algún Dos perdido por la familia, pero ya sabes que no es así. He preguntado, y hemos sido Cuatros desde siempre, y no hay más. Las únicas incorporaciones a la familia dignas de mención no son una buena noticia. Ni siquiera sé si debería decírtelo, y espero que nadie lea esta carta antes que tú, pero la prima Romina está embarazada. Según parece, se enamoró de un Seis que conduce el camión de reparto de los Rake. Se van a casar este fin de semana, lo cual es un alivio para todo el mundo. El padre (¿por qué no recuerdo su nombre?) se niega a que un hijo suyo se convierta en Ocho, y eso es más de lo que harían algunos hombres más maduros. Así que siento que te pierdas la boda, pero nos alegramos por Romina.

En cualquier caso, esa es la familia que tienes ahora mismo. Un puñado de granjeros y alguna prima que incumple la ley. Tú sigue siendo la preciosa niña cariñosa que todos sabemos que eres: no tengo dudas de que el príncipe se enamorará de ti, sin pensar en tu casta.

Todos te queremos. Sigue escribiendo. Echo de menos oír tu voz. Tu presencia hace que las cosas por aquí parezcan más tranquilas, y creo que no me he dado cuenta de eso hasta que te has ido.

Hasta pronto, princesa Amberly. ¡No te olvides de tu pobre familia cuando te pongan la corona!

Capítulo 4

$\mathcal{M}$artha me estaba desenredando el cabello. Aunque fuera más corto que antes, no era una tarea fácil, teniendo en cuenta lo espesa que era mi melena. En el fondo, esperaba que tardara un buen rato. Era una de las pocas cosas que me recordaban a mi casa. Si cerraba los ojos y contenía la respiración, podía imaginar que era Adele la que me pasaba el cepillo.

Mientras imaginaba el color grisáceo de mi casa y a mi madre tarareando entre los ruidos constantes de las furgonetas de reparto, alguien llamó a la puerta, devolviéndome de nuevo al presente.

Cindly corrió a abrir; acto seguido, hizo una gran reverencia.

—Alteza…

Me puse en pie y me llevé los brazos al pecho en un gesto automático, sintiéndome increíblemente vulnerable. El camisón era finísimo.

—Martha —susurré, apremiándola. Ella deshizo la reverencia y levantó la cabeza—. Mi bata. Por favor.

Martha fue corriendo a traérmela, mientras yo me volvía hacia el príncipe Clarkson:

—Alteza, qué amable al venir a visitarme —saludé, con una reverencia yo también, para llevarme de nuevo los brazos al pecho, inmediatamente después.

—Quería ir a tomar algo dulce y me preguntaba si querrías acompañarme.

¿Una cita? ¿Había venido a pedirme una cita?

Y yo estaba en camisón, sin maquillaje y con el cabello a medio cepillar.

—Hum… ¿No debería… cambiarme?

Martha me pasó la bata, que me puse enseguida.

—No, estás bien así —insistió, entrando en mi habitación como si fuera la suya propia. Claro que, en el fondo, lo era.

A sus espaldas, Emon y Cindly se escabulleron y abandonaron el lugar. Martha me miró a la espera de recibir instrucciones; al ver que yo asentía, se fue también.

—¿Te gusta tu habitación? —preguntó Clarkson—. Es algo pequeña.

Solté una risa.

—Supongo que a alguien que haya crecido en un palacio puede parecérselo. Pero a mí me gusta.

—No tiene muchas vistas —añadió, acercándose a la ventana.

—Pero me gusta el ruido del agua de la fuente. Y, cuando alguien llega en coche, oigo el crujido de la grava. Estoy acostumbrada a mucho ruido.

—¿Qué tipo de ruido? —dijo él, con una mueca.

—Altavoces con la música fuerte. Nunca había pensado que eso no ocurría en todas las ciudades hasta que llegué aquí. O los motores de los camiones y las motos. Ah, y los perros. Estoy acostumbrada a oír ladridos.

—Menuda serenata nocturna —observó, acercándose—. ¿Estás lista?

Busqué discretamente mis zapatillas, las localicé junto a la cama y fui a ponérmelas.

—Sí.

Él se dirigió a la puerta, me miró y me tendió el brazo. Me mordí el labio para esconder la sonrisa y me coloqué a su lado.

No parecía gustarle demasiado que le tocaran. Observé que casi siempre caminaba con las manos tras la espalda y que mantenía el paso ligero. Incluso en aquel momento, mientras paseábamos por los pasillos, iba a un ritmo que desde luego no era de paseo.

Teniendo eso en cuenta, el hecho de que hubiera bromeado sobre la carta el otro día y el de que ahora quisiera estar en mi compañía adquirían un nuevo valor.

—¿Adónde vamos?

—Hay un salón precioso en el segundo piso, con unas vistas excelentes de los jardines.

—¿Le gustan los jardines?

—Me gusta «mirarlos».

Yo me reí, pero lo decía completamente en serio.

Llegamos ante unas puertas dobles abiertas, y pude sentir el aire fresco incluso desde el pasillo. Solo unas velas iluminaban la sala. Tenía la sensación de que el corazón podía estallarme de felicidad. En realidad, tuve que llevarme la mano al pecho para asegurarme de que seguía ahí, intacto.

Había tres grandes ventanales abiertos; las vaporosas cortinas se movían empujadas por la brisa. Frente al ventanal central, había una mesita con un adorno floral precioso y dos sillas. A su lado vi un carrito con al menos ocho tipos diferentes de dulces.

—Las señoritas primero —dijo él, indicando el carrito con un gesto.

No pude evitar sonreír al acercarme. Estábamos solos. Aquello lo había hecho para mí. Era la materialización de todos mis sueños de infancia y juventud.

Intenté concentrarme en lo que tenía delante. Vi bombones, y todos tenían formas diferentes; era imposible adivinar su contenido. Detrás había unas tartas en miniatura con nata montada encima que olían a limón, mientras que, en primer término, había unos pastelitos de hojaldre rociados con algo que no distinguía.

—No sé qué elegir —confesé.

—Pues no elijas —dijo él, que cogió un plato y colocó en él un dulce de cada.

Lo colocó en la mesa y me apartó la silla. Me puse delante y dejé que me la ajustara; luego esperé a que se sirviera.

Cuando lo hizo, me eché a reír otra vez.

—¿Ya tiene bastante? —bromeé.

—Me gustan las tartaletas de fresa —se defendió. Había amontonado cinco o seis en su plato—. Bueno, así que eres una Cuatro. ¿A qué te dedicas? —dijo, mientras cogía un trozo de tarta con el tenedor y se la llevaba a la boca.

—Trabajo en una granja —expliqué, jugueteando con un bombón.

—¿Tenéis una granja?

—Más o menos.

Dejó el tenedor y se me quedó mirando.

—Mi abuelo tenía un cafetal. Se lo dejó a mi tío, porque es el mayor, así que mi padre, mi madre, mis hermanos y yo trabajamos en él —confesé.

Él guardó silencio un momento.

—Bueno y… ¿qué es lo que haces exactamente?

Dejé de nuevo el bombón en el plato y apoyé las manos en el regazo.

—Sobre todo recolecto los granos. Y a veces ayudo en el tostado del café.

Él siguió callado.

—Antes ocupaba zonas montañosas de difícil acceso, el cafetal, quiero decir, pero ahora hay muchas carreteras, lo que facilita el transporte, pero aumenta la polución. Mi familia y yo vivimos en…

—Para.

Bajé la mirada. No podía ocultarle lo que hacía.

—¿Eres una Cuatro, pero haces el trabajo de una Siete? —preguntó en voz baja.

Asentí.

—¿Se lo has contado a alguien?

Pensé en mis conversaciones con las otras chicas. Solía dejar que hablaran de sí mismas. Yo contaba cosas de mis hermanos y disfrutaba comentando los programas de televisión que veían las otras, pero estaba segura de que no les había hablado de mi trabajo.

—No, no creo.

Miró al techo y luego volvió a mirarme a mí.

—No debes contárselo a nadie. Nunca. Si te preguntan, tu familia posee un cafetal, y tú ayudas en la gestión. No des detalles y nunca des a entender que haces un trabajo manual. ¿Está claro?

—Sí, alteza.

Me miró un momento más, como para asegurarse de que lo entendía. Pero no hacía falta; con aquella orden me bastaba. Nunca se me ocurriría incumplirla.

Siguió comiendo, clavando el tenedor con más agresividad que antes. Yo estaba tan nerviosa que no podía probar bocado.

—¿Le he ofendido, alteza?

Irguió la cabeza y la ladeó levemente.

—¿Cómo se te ocurre decir eso?

—Parece… disgustado.

—Qué cosas tienen las chicas —murmuró en un tono muy bajo—. No, no me has ofendido. Me gustas. ¿Por qué crees que estamos aquí?

—Para que pueda compararme con las Doses y las Treses y confirmar su decisión de enviarme a casa —dije, sin pensarlo.

No sé cómo me salió. Era como si mis mayores preocupaciones se disputaran el espacio en mi mente y una de ellas se me hubiera escapado. Volví a bajar la cabeza.

—Amberly —murmuró. Levanté la vista y lo miré desde detrás de las pestañas. Había un rastro de sonrisa en su rostro. Acercó la mano por encima de la mesa. Con cautela, como si la burbuja pudiera estallar en el momento en que tocara mi piel endurecida por el trabajo, apoyé mi mano sobre la suya—. No voy a enviarte a casa. Al menos hoy no.

Sentí los ojos húmedos, pero parpadeé para hacer desaparecer las lágrimas.

—Me encuentro en una situación muy particular —explicó—. Solo intento descubrir los pros y los contras de cada una de mis opciones.

—El que haga el trabajo de una Siete será un contra, supongo…

—Por supuesto —respondió, pero sin rastro de malicia en su voz—. Así que, por lo que a mí respecta, eso queda entre nosotros.

Asentí mínimamente.

—¿Algún otro secreto que quieras compartir conmigo?

Retiró la mano poco a poco y volvió a ponerse a cortar porciones de tartaleta. Intenté hacer lo mismo.

—Bueno, ya sabe que enfermo de vez en cuando.

Hizo una pausa.

—Sí. ¿De qué se trata, exactamente?

—No estoy segura. Siempre he tenido dolores de cabeza, y

a veces me agoto. Las condiciones de vida en Honduragua no son las mejores.

Asintió.

—Mañana, tras el desayuno, en lugar de ir a la Sala de las Mujeres, ve a la enfermería. Quiero que el doctor Mission te haga un examen. Si necesitas algo, estoy seguro de que él podrá ayudarte.

—De acuerdo.

Por fin conseguí tomar un bocado de la pasta de hojaldre; me entraron ganas de soltar un suspiro, de lo buena que estaba. En mi casa, los postres eran una rareza.

—¿Y tienes hermanos?

—Sí, un hermano y dos hermanas, todos mayores.

—Da la impresión de que… —Hizo una mueca—. La casa estará siempre llena.

Me reí.

—A veces. Yo comparto cama con Adele, que es dos años mayor que yo. Aquí me resulta hasta raro dormir sin ella. A veces amontono unas cuantas almohadas al lado para hacerme a la idea de que está ahí.

—Ahora tienes toda la cama para ti —dijo, moviendo la cabeza con aire pensativo.

—Sí, pero no estoy acostumbrada. No estoy acostumbrada a nada de todo esto. La comida me resulta rara. La ropa también. Incluso los olores son diferentes, pero no sé muy bien qué es lo que es.

Dejó los cubiertos sobre la mesa:

—¿Me estás diciendo que mi casa huele mal?

Por un segundo me asusté, pensando que le habría ofendido, pero en los ojos tenía un brillo que indicaba que bromeaba.

—¡En absoluto! Pero es diferente. Serán los libros viejos, la hierba o lo que usan las criadas para limpiar… Ojalá pudiera embotellarlo, para llevar ese olor siempre conmigo.

—De todos los recuerdos posibles, ese es con mucho el más peculiar que he oído nunca —comentó.

—¿Querría uno de Honduragua? Tenemos una basura de primera.

Contuvo la sonrisa una vez más, como si temiera dejar escapar una risa.

—Muy generoso por tu parte. ¿Estoy poniéndome impertinente al hacerte todas estas preguntas? ¿Hay algo que tú quisieras saber de mí?

—¡Todo! —exclamé, abriendo bien los ojos—. ¿Qué es lo que más le gusta de su trabajo? ¿Qué lugares del mundo ha visitado? ¿Ha participado en la elaboración de alguna ley? ¿Cuál es su color favorito?

Meneó la cabeza y me miró otra vez con una de esas sonrisas a medias.

—Azul, azul marino. Y deja de llamarme de usted. Por lo demás, prácticamente puedes nombrar cualquier país del planeta, que ya lo habré visto. Mi padre quiere que tenga una cultura muy amplia. Illéa es un gran país, pero, en realidad, es joven. El paso siguiente para asegurar nuestra posición en el mundo es hacer alianzas con países más afianzados. —Chasqueó la lengua, pensativo—. A veces, creo que mi padre desearía que hubiera sido una chica, para poder casarme con quien más conviniera para asegurar esas alianzas.

—Supongo que será demasiado tarde para que lo vuelvan a intentar, ¿no?

La sonrisa desapareció.

—Creo que hace mucho que se les pasó la ocasión.

Aquello era algo más que una declaración, pero no quise insistir.

—Lo que más me gusta de mi trabajo es lo estructurado que está. Todo sigue un orden. Alguien me plantea un problema, y yo encuentro un modo de solucionarlo. No me gusta dejar las cosas a medias o sin resolver, aunque eso no suele ser un problema. Soy el príncipe, y un día seré rey. Mi palabra es la ley.

Los ojos se le iluminaron con aquellas palabras. Era la primera vez que lo veía apasionarse por algo. Y lo entendía. Aunque yo no codiciaba el poder, era consciente de lo atractivo que podía resultar.

Siguió mirándome: una sensación cálida me recorría las venas. Quizá fuera porque estábamos solos, o porque parecía tan seguro de sí mismo, pero, de pronto, sentí intensamente su presencia. Era como si cada nervio de mi cuerpo estuviera conectado a cada nervio del suyo; mientras estábamos allí sentados, una extraña carga eléctrica empezó a acumularse en la sala. Clarkson trazaba círculos con el dedo sobre la mesa, evitando apartar la mirada. A mí se me aceleró la respiración. Cuando dejé que mis ojos se posaran en su pecho, tuve la impresión de que a él le había pasado lo mismo.

Observé cómo se movían sus manos. Parecían decididas, curiosas, sensuales, nerviosas… La lista se fue alargando en mi cabeza mientras contemplaba los caminos que iba trazando sobre la mesa.

En el pasado había soñado con sus besos, por supuesto, pero un beso raramente era solo un beso. Sin duda, me cogería de las manos, de la cintura o de la barbilla. Pensé en mis dedos, aún ásperos tras años de trabajo manual, y me preocupé pensando en qué pensaría si volvía a tocarle. En aquel momento, tenía unas ganas terribles de hacerlo.

Se aclaró la garganta y apartó la mirada, rompiendo el hechizo:

—Supongo que debería acompañarte de nuevo a tu habitación. Es tarde.

Apreté los labios y aparté la mirada yo también. Si me lo hubiera pedido, me habría quedado con él hasta ver el amanecer juntos.

Se puso en pie y le seguí hasta el pasillo principal. No tenía muy claro qué debía pensar de nuestra breve cita nocturna. A decir verdad, parecía algo más que una entrevista. Al pensarlo se me escapó una risita. Me miró.

—¿Qué es eso tan divertido?

Pensé en decirle que no era nada. Pero quería que acabara conociéndome, y eso supondría superar mis nervios.

—Bueno… —empecé a decir, pero vacilé. «Así es como os conoceréis, Amberly. Tenéis que hablar», pensé—. ¿Así es como sueles actuar con las chicas que te gustan? ¿Las interrogas?

Él puso los ojos en blanco, no enfadado, pero como si yo tuviera que entenderlo:

—Se te olvida que hasta hace muy poco yo nunca…

El ruido de un portazo interrumpió de golpe nuestra conversación. Reconocí a la reina al instante. Quise hacerle una reverencia, pero Clarkson me apartó, escondiéndome en otro pasillo de un empujón.

—¡No se te ocurra dejarme con la palabra en la boca! —resonó la voz del rey por toda la planta.

—Me niego a hablar contigo cuando estás así —respondió la reina, con la voz algo pastosa.

Clarkson me rodeó con los brazos, ocultándome aún más. Pero me dio la impresión de que él necesitaba el abrazo más que yo.

—¡Tus gastos de este mes son insultantes! —rugió el rey—. No puedes seguir así. ¡Este tipo de comportamiento es lo que pondrá este país en manos de los rebeldes!

—Oh, no, querido marido —respondió ella con una voz edulcorada—. Te pondrá «a ti» en manos de los rebeldes. Y créeme: no le importará a nadie.

—¡Vuelve aquí, zorra conspiradora!

—¡Porter, suéltame!

—Si crees que me puedes hundir con un puñado de vestidos carísimos, estás muy equivocada.

Uno de los dos golpeó al otro, o eso me pareció oír. Clarkson me soltó. Agarró el pomo de una de las puertas y lo giró, pero estaba cerrado con llave. Se fue al siguiente, que se abrió. Me agarró del brazo y me metió con un empujón, cerrando la puerta a nuestras espaldas.

Se puso a caminar arriba y abajo, agarrándose el cabello con las manos como si sintiera la tentación de arrancárselo. Se dirigió al sofá, agarró un cojín y lo destrozó, haciéndolo jirones. Cuando acabó, cogió otro cojín.

Le dio tal puñetazo a una mesita auxiliar que la rompió.

Tiró varios jarrones contra la repisa de piedra de la chimenea.

Rasgó las cortinas.

Mientras tanto, yo me quedaba pegada a la pared, junto a la puerta, deseando volatilizarme. Quizá debería haber salido corriendo a pedir ayuda. Pero no podía dejarle solo en aquel estado.

Una vez liberada toda la rabia, Clarkson recordó que estaba allí. Atravesó la habitación a la carrera y se plantó delante de mí, señalándome a la cara con un dedo:

—Si le cuentas a alguien lo que has oído, o lo que he hecho, que Dios me perdone, pero…

—Clarkson... —dije yo, moviendo la cabeza antes de que acabara la frase.

—¿No debes decir ni una palabra, lo entiendes? —me soltó con lágrimas de rabia brillándole en los ojos.

Levanté las manos, acercándolas a su rostro. Se echó un poco atrás. Paré y volví a intentarlo, acercándome más despacio esta vez. Tenía las mejillas calientes, ligeramente humedecidas por el sudor.

—No hay nada que contar —prometí.

Tenía la respiración aceleradísima.

—Por favor, siéntate —le pedí. Él vaciló—. Un momento.

Asintió.

Lo llevé hasta una silla y me senté en el suelo a su lado.

—Mete la cabeza entre las rodillas y respira.

Me miró, como interrogándome, pero obedeció. Le puse la mano sobre la nuca, acariciándole el cuello con los dedos.

—Los odio —murmuró—. Los odio.

—Chist. Intenta calmarte.

Levantó la vista.

—Lo digo de verdad. Los odio. Cuando sea rey, los mandaré muy lejos.

—Espero que no sea al mismo sitio a los dos —dije entre dientes.

Respiró hondo. Y luego se rio. Fue una risa profunda, genuina, de esas que no puedes cortar aunque lo intentes. Así que sabía reír. Era algo que tenía enterrado, oculto detrás de todo lo que estaba obligado a sentir, a pensar y a gestionar. Ahora lo entendía todo mucho mejor. No volvería a juzgar sus sonrisas, que bastante trabajo le costaban.

—Es un milagro que el palacio aún se mantenga en pie.

Suspiró. Por fin parecía haberse calmado.

A riesgo de volver a encender la mecha, volví a preguntar:

—¿Siempre ha sido así?

Asintió.

—Bueno, cuando era pequeño, no tanto. Pero ahora no se soportan. Nunca he sabido por qué. Ambos son fieles. O, si tienen algún lío, se les da estupendamente ocultarlo. Tienen todo lo que necesitan, y mi abuela me dijo que antes estaban muy enamorados. No tiene sentido.

—No es fácil ocupar su posición. Ni la tuya. Quizá les haya acabado pesando.

—¿Así que eso es lo que me espera? ¿Yo acabaré siendo él, mi esposa será ella, y acabaremos por estallar?

Levanté la mano de nuevo y se la apoyé en el rostro. Esta vez no se echó atrás. Más bien al contrario. Y aunque sus ojos aún reflejaban preocupación, parecía aliviado.

—No. Tú no tienes que ser nada que no quieras ser. ¿Te gusta el orden? Pues planifica, prepárate. Imagina el rey, el marido y el padre que quieres ser, y haz lo que haga falta para conseguirlo.

Me miró, casi con compasión:

—Me enternece que pienses que eso es lo único que hace falta.

Capítulo 5

*E*ra la primera vez que me hacían un examen médico. De pronto, caí en que, si llegaba a ser princesa, los exámenes pasarían a ser algo habitual en mi vida. Eso me horrorizaba.

El doctor Mission era amable y paciente, pero me sentía incómoda dejando que un extraño me viera desnuda. Me extrajo sangre, me hizo varias radiografías y me palpó por todas partes, en busca de cualquier cosa fuera de la norma.

Cuando salí de allí, estaba exhausta. Por supuesto, no había dormido bien. Eso no ayudaba. El príncipe Clarkson me había dejado en la puerta de la habitación y se había despedido dándome un beso en la mano. Y entre la emoción al sentir su tacto y la preocupación por su estado emocional, tardé bastante en dormirme.

Entré en la Sala de las Mujeres, algo nerviosa por tener que mirar a la reina Abby a los ojos. Me preocupaba que tuviera alguna marca visible en el cuerpo. Por supuesto, también podría ser que ella fuera la que le hubiera pegado al rey. No estaba segura de querer saberlo.

Pero de lo que estaba convencida era de que no quería que nadie más lo supiera.

La reina no estaba allí, así que entré y me senté junto a Madeline y Bianca.

—Hola, Amberly. ¿Dónde estabas esta mañana? —preguntó Bianca.

—¿Has estado enferma otra vez? —añadió Madeline.

—Sí, pero ahora me encuentro mucho mejor. —No estaba segura de si el examen médico era un secreto o no, pero decidí ser discreta de momento.

—¡Mejor, porque te lo has perdido todo! —dijo Madeline, acercándose y bajando la voz—. Se rumorea que Tia se ha acostado con Clarkson esta noche.

El corazón se me encogió.

—¿Qué?

—Fíjate —dijo Bianca, mirando por encima del hombro hacia la ventana, donde estaba sentada Tia, junto a Pesha y Marcy—. Mira lo satisfecha que se la ve.

—Pero eso va contra las normas —dije yo—. Va contra la ley.

—¿Y eso a quién le importa? —susurró Bianca—. ¿Tú le dirías que no?

Pensé en el modo en que me había mirado la noche anterior, en cómo sus dedos recorrían la superficie de la mesa. Bianca tenía razón; no le habría dicho que no.

—Pero ¿es cierto? ¿O es solo un rumor? —pregunté.

Al fin y al cabo, había pasado conmigo gran parte de la noche. No toda, claro: quedaban muchas horas entre el momento en que nos habíamos separado y cuando había vuelto a verle, a la hora del desayuno.

—Ella se muestra muy evasiva al respecto —respondió Madeline.

—Bueno, tampoco es que sea asunto nuestro. —Recogí las cartas que habían dejado tiradas por la mesa y me puse a barajar.

Bianca echó la cabeza atrás y suspiró con fuerza. Madeline apoyó una mano sobre la mía.

—Sí que es asunto nuestro. Esto cambia las reglas del juego.

—Esto no es un juego —respondí—. Al menos para mí.

Madeline estaba a punto de decir algo más, pero en aquel momento la puerta se abrió de golpe. En el umbral apareció la reina Abby, furiosa.

Si tenía algún cardenal, lo escondía muy bien.

—¿Quién de vosotras es Tia?

Todas nos giramos hacia la ventana, donde estaba Tia, paralizada y blanca como el papel.

—¿Y bien?

Tia levantó la mano lentamente; la reina se dirigió hacia

ella muy decidida, con los ojos encendidos. Esperaba que, cualquiera que fuera el reproche que fuera a hacerle la reina, se lo hiciera en privado. Por desgracia, ese no era el plan.

—¿Te has acostado con mi hijo? —le preguntó, sin preocuparse lo más mínimo por la discreción.

—Su majestad, no es más que un rumor —respondió ella, con apenas un hilo de voz, pero el silencio en la sala era tal que yo oía hasta la respiración de Madeline.

—¡Que no has hecho nada por atajar!

Tia balbució, iniciando quizá cinco frases diferentes antes de decidirse por una.

—Si no respondes a los rumores, acaban desapareciendo. Negar algo con vehemencia siempre implica que eres culpable.

—Así pues, ¿lo niegas o no?

Atrapada.

—No lo he hecho, majestad.

No creo que importara si decía la verdad o si mentía. El destino de Tia estaba sellado antes de decir la primera palabra.

La reina Abby la agarró por el cabello y tiró de ella hacia la puerta.

—Te vas ahora mismo.

Tia chilló de dolor y protestó:

—¡Pero eso solo lo puede hacer el príncipe Clarkson, majestad! ¡Son las normas!

—¡También está en las normas no ser una zorra! —le gritó la reina.

Tia tropezó y cayó; la reina la mantenía en pie cogida por el pelo. Mientras intentaba ponerse en pie de nuevo, la reina Abby la lanzó al pasillo, haciéndola caer de nuevo al suelo.

—¡FUERA… DE… AQUÍ!

Cerró de un portazo y, de inmediato, se giró hacia el resto de nosotras. Se tomó su tiempo para escrutarnos una a una, asegurándose de que éramos conscientes de su poder.

—Que quede muy claro —dijo muy despacio, avanzando lentamente por entre los sofás y las butacas en las que estábamos sentadas, con un aire imponente y aterrador a la vez—: si alguna de vosotras, mocosas engreídas, piensa que puede meterse en mi casa y quitarme la corona, que se lo piense muy bien.

Se detuvo frente a un grupito de chicas situadas junto a la pared.

—Y si creéis que podéis comportaros como escoria y seguir aspirando al trono, no sabéis lo que os espera —añadió, plantándole un dedo en la cara a Piper—. ¡No lo toleraré!

Piper tuvo que echar la cabeza hacia atrás, empujada por el dedo de la reina, pero no reaccionó al dolor hasta que la reina Abby hubo pasado de largo.

—Soy la reina. Y la gente me adora. Si queréis casaros con mi hijo y vivir en mi casa, tendréis que ser todo lo que yo os diga: obedientes…, refinadas y… calladas.

Se fue abriendo paso por entre las mesas y se detuvo frente a Bianca, Madeline y yo.

—A partir de ahora, vuestra única misión será presentaros donde os manden, ser unas damas, sentaros y sonreír.

Sus ojos se cruzaron con los míos en el momento en que acababa su discurso y yo, estúpidamente, me tomé aquello como una orden. Así que sonreí. A la reina no le hizo ninguna gracia: se puso muy recta y me quitó la sonrisa de la cara de un bofetón.

Solté un gruñido y caí sobre la mesa. No me atreví a moverme.

—Tenéis diez minutos para dejar todo esto despejado. Hoy recibiréis todas las comidas en las habitaciones. No quiero oíros chistar a ninguna.

Oí que la puerta se cerraba, pero quise asegurarme:

—¿Se ha ido?

—Sí. ¿Estás bien? —preguntó Madeline, sentándose delante de mí.

—La cara me duele como si me la hubiera abierto. —Me puse en pie, pero la mejilla me ardía y el dolor se extendía por mi cuerpo.

—¡Oh, Dios mío! —exclamó Bianca—. ¡Te ha dejado la marca de la mano!

—¿Piper? —dije—. ¿Dónde está Piper?

—Aquí —respondió, entre lágrimas.

Me puse en pie y la vi acercándose.

—¿Estás bien?

—Me duele un poco —dijo, pasándose la mano por el lugar

donde la reina le había clavado el dedo; vi la medialuna que había dejado la uña.

—Tienes una pequeña marca, pero, con un poco de maquillaje, será fácil cubrirla.

Se me echó a los brazos. Ambas nos abrazamos.

—¿Qué bicho le ha picado? —preguntó Nova, poniendo voz al pensamiento de todas.

—A lo mejor es su manera de proteger a su familia —sugirió Skye.

Cordaye resopló, frunciendo los labios:

—Todas hemos visto cómo bebe. Se olía a la legua.

—En la tele siempre está encantadora —reflexionó Kelsa, confusa con todo aquello.

—Escuchad —dije yo—. Una de nosotras sabrá un día lo que es ser reina. Debe de sufrir una presión tremenda. Se ve incluso desde fuera. —Hice una pausa y me froté la mejilla. Estaba ardiendo—. De momento, creo que deberíamos intentar evitar a la reina todo lo que podamos. Y no le mencionemos esto a Clarkson. No creo que hablarle mal de su madre, haya hecho lo que haya hecho, nos haga ningún bien a ninguna.

—¿Se supone que tenemos que pasar esto por alto? —preguntó Neema, indignada.

—Yo no puedo obligaros —respondí, encogiéndome de hombros—. Pero es lo que voy a hacer yo.

Volví a abrazar a Piper y las dos nos quedamos allí, en silencio. Antes esperaba poder llegar a crear lazos de unión con aquellas chicas hablando de música, aprendiendo a maquillarnos juntas… Nunca había imaginado que sería un miedo común lo que nos uniría como hermanas.

Capítulo 6

*D*ecidí que nunca se lo preguntaría. Si el príncipe Clarkson se había acostado con Tia, no quería saberlo. Y si no lo había hecho y se lo preguntaba, sería como romper nuestro vínculo de confianza mutua antes incluso de crearlo. Lo más probable es que fuera un rumor, sin duda lanzado por la propia Tia para intimidarnos a las demás, y estaba claro que le había salido el tiro por la culata.

Aquellas cosas más valía olvidarlas.

Lo que no podía olvidar era el intenso dolor en el rostro. Habían pasado horas tras el bofetón, y, sin embargo, aún sentía el dolor palpitante.

—Es hora de cambiar el hielo —dijo Emon, pasándome otra compresa fría.

—Gracias. —Le di la que tenía puesta.

Al volver a mi habitación y pedirles algo a mis doncellas para aliviar el dolor, ellas me preguntaron cuál de las seleccionadas me había pegado, asegurando que irían a decírselo inmediatamente al príncipe. Les había dicho que no había sido ninguna de las chicas. No podía ser ninguno de los criados. Ellas sabían que había estado en la Sala de las Mujeres toda la mañana, así que solo quedaba una opción.

No hicieron más preguntas. Lo sabían.

—Al ir a buscar el hielo, he oído que la reina se va a tomar unas breves vacaciones sola la semana que viene —comentó Martha, sentada en el suelo junto a mi cama.

Yo estaba sentada de cara a la ventana, mirando a la vez a la pared y al cielo abierto.

—¿Ah, sí?

Ella sonrió.

—Parece que tener tantas visitas en palacio la ha puesto de los nervios, así que el rey le ha sugerido que se tome algo de tiempo libre.

Puse los ojos en blanco. Primero se lamentaba de lo mucho que gastaba ella en vestidos, y luego la mandaba de vacaciones. Claro que no sería yo la que se quejara. Una semana sin ella, en aquel momento, me parecía una bendición.

—¿Aún le duele? —preguntó Martha.

Aparté la mirada y asentí.

—No se preocupe, señorita, para cuando acabe el día, se le habrá pasado.

Habría querido decirle que, en realidad, el problema no era el dolor. Mi verdadera preocupación era que aquello no fuera un indicio de lo difícil que podía llegar a ser la vida como princesa. Como poco, sería un reto.

Como mucho, podía llegar a ser una tortura.

Repasé los datos de los que disponía: en el pasado, el rey y la reina se habían querido, pero ahora ambos hacían un esfuerzo por contener su odio. La reina era una alcohólica y estaba obsesionada con la posesión de la corona. El rey, como poco, estaba al borde del ataque de nervios. Y Clarkson…

Él hacía lo que podía para parecer resignado, tranquilo, controlado. Sin embargo, debajo de todo eso había una risa infantil. Y, cuando estallaba, le costaba un esfuerzo supremo volver a recomponerse.

No es que el sufrimiento a mí me fuera algo ajeno. Yo había trabajado hasta el punto del agotamiento físico. Había soportado un calor sofocante. Aunque como Cuatro disponía de cierto nivel de seguridad económica, vivía casi en la pobreza.

Sería una dura prueba. Una más. Eso, claro, si el príncipe Clarkson me escogía a mí.

Pero si me acababa eligiendo significaría que me quería, ¿no? ¿Y eso no haría que todo lo demás valiera la pena?

—¿En qué está pensando, señorita? —me preguntó Martha.

Sonreí y le tendí la mano.

—En el futuro. Lo cual no tiene sentido, supongo. Será lo que tenga que ser.

—Usted es un encanto, señorita. Él sería afortunado de tenerla como esposa.

—Y yo sería afortunada de tenerlo a él.

Era cierto. Era todo lo que siempre había deseado. Lo que me asustaba era todo lo que venía detrás.

Danica se probó otro par de zapatos de Bianca.

—¡Me quedan perfectos! Vale, yo me quedo estos, y tú te quedas los míos azules.

—Hecho. —Bianca estrechó la mano de Danica y sonrió de oreja a oreja.

Nadie nos había dicho que no pudiéramos ir a la Sala de las Mujeres el resto de la semana, pero todas habíamos optado por evitarla. Solíamos reunirnos en grupos e íbamos de dormitorio en dormitorio, probándonos la ropa de una y de otra, y charlando, como siempre.

Solo que ahora era diferente. Sin la reina, las chicas nos convertíamos en…, bueno, eso, en chicas. Todas parecían de mejor humor. En lugar de preocuparnos por el protocolo o de mantener unas formas impecables, nos permitíamos ser las chicas que éramos antes de que nos seleccionaran, las chicas que éramos en casa.

—Danica, creo que tenemos más o menos la misma talla. Estoy segura de que tengo vestidos que te irían muy bien con esos zapatos —propuse.

—Te tomo la palabra. Tus vestidos son de los más bonitos. Los tuyos y los de Cordaye. ¿Has visto las cosas que le hacen sus doncellas?

Suspiré. No sabía cómo lo hacían, pero las doncellas de Cordaye conseguían que las telas de los vestidos le sentaran como a nadie. Los vestidos de Nova también estaban un punto por encima de los demás. Me pregunté si quien ganara la Selección podría elegir a sus doncellas. Yo dependía tanto de Martha, Cindly y Emon que no me imaginaba poder estar en palacio sin ellas.

—¿Sabéis lo que me resulta extraño? —dije.

—¿Qué? —respondió Madeline, mientras revolvía el joyero de Bianca.

—Que un día esto no será así. Al final, una de nosotras estará aquí, sola.

Danica se sentó a mi lado, junto a la mesa de Bianca.

—Lo sé. ¿Crees que en parte puede ser ese el motivo de que la reina esté tan enfadada? Quizás haya pasado demasiado tiempo sola.

Madeline negó con la cabeza.

—Creo que eso es por decisión propia. Podía tener los invitados que quisiera. Podría traerse a toda una familia a palacio.

—Salvo que al rey le moleste.

—Es cierto. —Madeline volvió a fijar la atención en el joyero—. No consigo entender mucho al rey. Parece distanciado de todo. ¿Creéis que Clarkson será así?

—No —respondí yo, sonriendo para mis adentros—. Clarkson tiene su propia personalidad.

Nadie añadió nada más; cuando levanté la vista me encontré de frente la sonrisa maliciosa de Danica.

—¿Qué?

—Lo tienes mal —dijo, casi como si le diera lástima.

—¿Qué quieres decir?

—Estás enamorada de él. Mañana mismo podrían decirte que se divierte pateando a cachorrillos de perro, y seguirías suspirando por él.

Erguí la espalda y levanté la cabeza un poco.

—Cabe la posibilidad de que se case conmigo. ¿No debería quererle?

Madeline chasqueó la lengua. Danica insistió:

—Sí, bueno, pero, por cómo te comportas, parece como si lo quisieras desde siempre.

Me sonrojé e intenté no pensar en la vez en que le sisé unas monedas del monedero a mamá para comprar un sello con su cara. Aún lo tenía, pegado a un papel, y lo usaba como punto de libro.

—Lo respeto —aduje—. Es el príncipe.

—Es más que eso. Sacrificarías tu vida por él.

No respondí.

—¡Lo harías! ¡Oh, Dios mío!

—Voy a buscar esos vestidos —dije, poniéndome en pie—. Enseguida vuelvo.

Intenté no asustarme con todo lo que me pasaba por la cabeza. Como se trataba de una elección entre él y yo, no me veía capaz de no ponerle a él por delante. Él era el príncipe; como tal, era un activo de valor incalculable para el país. Pero no solo eso: también tenía un enorme valor para mí.

Me encogí de hombros y me propuse no pensar más en ello.

Además, no parecía que fuera a darse el caso.

Capítulo 7

Siempre me costaba adaptarme a las cegadoras luces del estudio. Eso, sumado al peso de los vestidos cargados de joyas que mis doncellas insistían en que me pusiera para el *Report*, hacía que aquella hora me resultara insufrible.

El nuevo reportero estaba entrevistando a las chicas. Aún quedábamos bastantes, con lo que resultaba fácil pasar desapercibida. De momento, aquel era mi objetivo. Pero, si me tenían que entrevistar, no estaría tan mal si era Gavril Fadaye quien hacía las preguntas.

El anterior comentarista real, Barton Allory, se había retirado la misma noche en que se habían revelado las candidatas a la Selección; había compartido aquella emisión con su sustituto, elegido a dedo. Gavril, de veintidós años, procedente de una respetable familia de Doses, era un tipo con una gran personalidad y que enseguida te caía bien. Me entristeció ver marcharse a Barton…, pero no demasiado.

—Lady Piper, ¿cuál opina que debería ser el principal papel de una princesa? —preguntó Gavril con una sonrisa reluciente que hizo que Madeline me diera un codazo disimuladamente.

Piper mostró una sonrisa encantadora y respiró con fuerza. Volvió a respirar. Y luego el silencio se volvió incómodo.

Fue entonces cuando me di cuenta de que aquella era una pregunta que todas deberíamos temer. Miré en dirección a la reina, que iba a tomar un avión inmediatamente después de que se apagaran las cámaras. Ella estaba observando a Piper, desafiándola a hablar, después de habernos advertido que mantuviéramos silencio.

Observé el monitor: el miedo en su rostro resultaba insufrible.

—¿Piper? —le susurró Pesha, a su lado.

Finalmente, la chica negó con la cabeza.

A Gavril se le notaba en los ojos que estaba buscando un modo desesperado de salvar la situación, de salvarla a ella. Barton habría sabido qué hacer, por supuesto. Pero Gavril era demasiado inexperto.

Levanté la mano. Gavril miró en mi dirección, aliviado.

—El otro día tuvimos una larga conversación sobre esto. Supongo que Piper no sabe por dónde empezar. —Solté una risita, y algunas chicas me siguieron—. Todas estamos de acuerdo en que nuestra obligación prioritaria es para con el príncipe. Servirle a él es servir a Illéa. Puede que parezca raro, pero el que nosotras cumplamos con nuestro papel ayudará al príncipe a cumplir con el suyo.

—Bien dicho, Lady Amberly. —Gavril sonrió y pasó a la pregunta siguiente.

Yo no miré a la reina. Me concentré en mantener la postura erguida, pese al dolor de cabeza que empezaba a dejarse sentir. ¿Sería cosa de la tensión? Y si ese era el caso, ¿por qué se presentaba sin motivo algunas veces?

Observé en los monitores que las cámaras no me enfocaban a mí ni a las chicas de mi fila, así que decidí pasarme la mano por la frente. Era evidente que la piel se me estaba volviendo más tersa. Tenía ganas de apoyar la cabeza sobre el brazo, pero eso era impensable. Aunque se me excusara un gesto tan impropio, el vestido tampoco me lo permitiría.

Erguí el cuerpo, concentrándome en la respiración. El dolor avanzaba a ritmo constante, pero me obligué a mantener la posición. No era la primera vez que me enfrentaba a aquel malestar, y en condiciones mucho peores. «Esto no es nada —me dije—. Lo único que tengo que hacer es seguir sentada.»

Las preguntas no parecían acabarse nunca, aunque creo que Gavril no había hablado con todas las chicas. En un momento dado, las cámaras dejaron de filmar. Fue entonces cuando recordé que ahí no acababa el día. Aún me quedaba la cena antes de poder volver a mi habitación. Solía durar una hora, más o menos.

—¿Te encuentras bien? —preguntó Madeline.

—Será el cansancio —dije, asintiendo.

Oímos una risa y nos giramos. El príncipe Clarkson estaba hablando con algunas de las chicas de la primera fila.

—Me gusta cómo lleva hoy el pelo —comentó Madeline.

Se disculpó levantando un dedo ante las chicas con las que estaba hablando y rodeó al grupo con la vista fija en mí. Cuando se acercó hice una leve reverencia; en el momento en que volví a erguirme, sentí su mano tras la espalda, agarrándome de forma que los demás no nos vieran el rostro.

—¿Te encuentras mal?

Suspiré.

—He intentado ocultarlo. Me duele muchísimo la cabeza. Necesito estirarme.

—Cógete de mi brazo. —Me mostró el codo y yo le rodeé el brazo con mi mano—. Sonríe.

Fruncí los labios. A pesar del malestar, con él allí resultaba más fácil.

—Te agradezco mucho que vinieras a nuestra cita —dijo, lo suficientemente alto como para que pudieran oírlo las chicas que estaban más cerca—. Estoy intentando recordar qué postre es el que más te gusta.

No respondí, pero mantuve la sonrisa hasta que salimos del estudio. Sin embargo, en cuanto rebasamos la puerta, no pude aguantar más. Cuando llegamos al final del pasillo, Clarkson me cogió en brazos.

—Vamos a que te vea el médico.

Cerré los ojos con fuerza. Volvía a sentir náuseas; un sudor frío me cubría el cuerpo. Pero me sentía más cómoda entre sus brazos de lo que podría estar en una silla o en una cama. Incluso con todo el movimiento, estar hecha un ovillo con la cabeza apoyada en su hombro me parecía lo mejor del mundo.

En la enfermería había una enfermera nueva, pero igual de amable que la anterior. Ayudó a Clarkson a meterme en una cama, con las piernas apoyadas sobre una almohada.

—El médico está durmiendo —dijo—. Se ha pasado la noche entera en pie, y gran parte del día ayudando en el parto de dos doncellas diferentes. ¡Dos niños, uno tras otro! ¡Con solo quince minutos de diferencia!

—No hace falta que le molesten —respondí, sonriendo ante la feliz noticia—. No es más que un dolor de cabeza. Ya se me pasará.

—Tonterías —respondió Clarkson—. Vaya a buscar a una doncella y que nos traigan la cena aquí. Esperaremos al doctor Mission.

La enfermera asintió y se puso en marcha.

—No hacía falta que hicieras eso —susurré—. El médico ha pasado una mala noche, y yo no tengo nada grave.

—Sería una negligencia por mi parte si no me asegurara de que se ocupan de ti como corresponde.

Intenté interpretar aquello como algo romántico, pero sonaba más bien como si se sintiera obligado. Aun así, si hubiera querido, habría podido ir a comer con las otras, pero no, había elegido quedarse conmigo.

Picoteé algo de la cena, por no ser maleducada, aunque aún me encontraba mal. La enfermera me trajo una medicina. Cuando el doctor Mission apareció, con el cabello aún mojado de la ducha, me sentía mucho mejor. El dolor intenso, que antes era como una campana resonando desbocada, se había convertido más bien en una campanilla.

—Siento el retraso, alteza —se disculpó el médico, con una reverencia.

—No hay problema —respondió el príncipe Clarkson—. Hemos disfrutado de una cena espléndida en su ausencia.

—¿Cómo va su cabeza, señorita? —dijo el doctor Mission, cogiéndome la muñeca entre los dedos para tomarme el pulso.

—Mucho mejor. La enfermera me ha dado una medicina que me ha ido estupendamente.

Sacó una linternita y me enfocó los ojos.

—Quizá debería tomar algo a diario. Sé que intenta combatir los dolores cuando se presentan, pero podríamos intentar evitarlos antes de que aparezcan. No hay nada seguro, pero veré qué puedo darle.

—Gracias —respondí, cruzando los brazos sobre el regazo—. ¿Cómo están los niños?

—Absolutamente perfectos —dijo el médico, eufórico—. Sanos y gordos.

Sonreí, pensando en las dos nuevas vidas que habían iniciado su andadura en palacio aquel mismo día. ¿Serían grandes amigos y le contarían a todo el mundo la historia de su nacimiento, tan próximo en el espacio y en el tiempo?

—Hablando de bebés, quería hablar con usted de los resultados de sus análisis.

La alegría desapareció de mi rostro, de mi cuerpo entero. Me senté más erguida aún, preparándome para la mala noticia. Por su rostro, estaba claro que estaba a punto de sentenciarme.

—Los test muestran diferentes toxinas en la sangre. Si los valores siguen tan altos semanas después de alejarse de su región natal, debo suponer que serían mucho más altos cuando estaba allí. Para algunas personas, eso no sería un problema. El cuerpo responde, se ajusta y puede seguir viviendo sin ningún efecto secundario. Por lo que me ha contado de su familia, diría que dos de sus hermanos están haciendo eso exactamente.

—Pero una de tus hermanas tiene hemorragias nasales, ¿no? —preguntó Clarkson.

Asentí.

—¿Y usted tiene constantes migrañas? —preguntó el médico.

Asentí de nuevo.

—Supongo que su cuerpo no está anulando esas toxinas. A partir de las pruebas y de algunos de los datos personales que me ha dado, yo diría que esos accesos de fatiga, náuseas y dolor proseguirán, probablemente durante el resto de su vida.

Suspiré. Bueno, eso no era peor que lo que estaba experimentando en aquel momento. Y, por lo menos, Clarkson no parecía molesto.

—También tengo motivos para estar preocupado por su salud reproductiva.

Me lo quedé mirando con los ojos como platos. Por el rabillo del ojo vi que Clarkson cambiaba de postura en la silla.

—Pero… ¿por qué? Mi madre ha tenido cuatro hijos. Y tanto ella como mi padre proceden de familias numerosas. Simplemente me canso, nada más.

El doctor Mission mantuvo su imagen compuesta, profesional, como si no estuviera dispuesto a hablar de los aspectos más personales de mi vida.

—Sí, y aunque la genética ayuda, basándome en las pruebas, parece que su cuerpo sería… un hábitat no favorable para un feto. Y que cualquier niño que pudiera concebir —hizo una pausa, se quedó mirando al príncipe un momento y luego volvió a mirarme a mí— no sería apto para… determinadas tareas.

Determinadas tareas. Como que no sería lo suficientemente brillante, lo suficientemente sano o lo suficientemente bueno como para ser príncipe.

El estómago se me encogió.

—¿Está seguro? —pregunté con un hilo de voz.

Clarkson tenía los ojos fijos en el médico, a la espera de que le confirmara esa noticia. Aquella, sin duda, era una información vital para él.

—En el mejor de los casos. Eso, si consigue concebir.

—Discúlpenme. —Salté de la cama y corrí hasta el baño que había junto a la entrada de la enfermería, me metí en un cubículo y vomité hasta no poder más.

Capítulo 8

*P*asó una semana. Clarkson ni siquiera me miraba. Yo estaba destrozada. En mi ingenuidad, había creído que sería posible. Tras superar la incomodidad de nuestra primera conversación, él había buscado cualquier motivo para propiciar un encuentro conmigo, para cuidarme.

Evidentemente, eso era cosa del pasado.

Estaba segura de que un día, muy pronto, Clarkson me mandaría a casa. Luego, pasaría un tiempo, pero mi corazón se recuperaría. Con un poco de suerte conocería a otra persona y... ¿qué le diría? No ser capaz de dar un heredero digno al trono era algo teórico, quizás una hipótesis lejana. Pero ¿no poder dar un hijo a un Cuatro? La idea me resultaba insoportable.

Solo comía cuando creía que la gente me miraba. Solo dormía cuando estaba demasiado agotada como para no hacerlo. A mi cuerpo no le importaba yo, así que ¿por qué iba a preocuparme yo por él?

La reina volvió de sus vacaciones, los *Reports* continuaron, los días pasados allí sentadas, como muñecas, iban sucediéndose. A mí todo aquello ya no me importaba.

Estaba en la Sala de las Mujeres, sentada junto a la ventana. El sol me recordaba Honduragua, aunque aquí había menos humedad. Me puse a rezar, rogándole a Dios que Clarkson me enviara a casa. Estaba demasiado avergonzada como para escribir a mi familia y contarles las malas noticias, pero sentirme rodeada de todas aquellas chicas y de sus aspiraciones a subir de casta empeoraba aún más las cosas. Yo tenía límites. No podía compartir sus mismas aspiraciones. Al menos en casa no tendría que pensar más en ello.

Madeline se me acercó por detrás y me frotó la espalda con la mano.

—¿Estás bien?

No sin esfuerzo, esbocé una sonrisa.

—Solo estoy cansada. No es nada nuevo.

—¿Estás segura? —Se pasó la mano por el vestido para alisarlo y se sentó—. Pareces… diferente.

—¿Cuáles son tus objetivos en la vida, Madeline?

—¿Qué quieres decir?

—Quiero decir exactamente eso. ¿Qué sueños tienes? Si pudieras sacarle el máximo partido a la vida, ¿qué le pedirías?

Ella sonrió con timidez.

—Sería princesa, por supuesto. Con montones de admiradores y fiestas cada fin de semana, y Clarkson pendiente de mí. ¿Tú no?

—Es un sueño precioso. Y si tuvieras que pedirle «lo mínimo» a la vida, ¿qué le pedirías?

—¿Lo mínimo? ¿Por qué iba nadie a pedir lo mínimo de la vida? —Sonrió divertida, pese a no comprenderme.

—Pero ¿no debería haber un mínimo aceptable que la vida debería darnos? ¿Es demasiado pedir un trabajo que no odies o contar con algo propio que sabes que no puedes perder? ¿Es demasiado pedir? ¿Incluso para alguien desgraciado? ¿No podría tener eso yo, al menos? —La voz se me quebró y me llevé los dedos a la boca, como si mis dedos diminutos pudieran contener aquel dolor.

—¿Amberly? —susurró Madeline—. ¿Qué pasa?

Meneé la cabeza.

—Nada, necesito descansar.

—No deberías estar aquí. Déjame que te acompañe a tu habitación.

—La reina se enfadará.

Madeline chasqueó la lengua.

—¿Y cuándo no está enfadada?

Suspiré.

—Cuando está borracha.

La risa de Madeline esta vez fue más ligera y auténtica; se tapó la boca para no llamar la atención. Verla así me animaba, y cuando se levantó me costó menos seguirla.

No hizo más preguntas, pero pensé que se lo contaría antes de irme. Sería agradable tener a alguien en quien confiar.

Cuando llegué a mi habitación, me volví y la abracé. Tardé un rato en soltarla. Ella no me apremió. Al menos en aquel momento contaba con ese mínimo afecto necesario en la vida.

Me fui hasta la cama, pero antes de meterme dentro me dejé caer de rodillas y junté las manos, como si rezara: «¿Estoy pidiendo demasiado?».

Pasó otra semana. Clarkson envió a casa a dos de las chicas. Deseé con todas mis fuerzas que me hubiera mandado de vuelta a mí.

—¿Por qué no yo?

Sabía que Clarkson podía resultar duro, pero no me parecía alguien cruel. No pensaba que pudiera querer hacerme soñar con una posición inalcanzable para mí.

Me sentí como si estuviera sonámbula, pasando por la competición como un fantasma recorriendo una y otra vez las últimas fases de su vida. El mundo me parecía una sombra de sí mismo. Y yo iba arrastrándome por él, fría y cansada.

Las chicas no tardaron mucho en cansarse de hacer preguntas. De vez en cuando, sentía el peso de sus miradas sobre mí. Pero yo solía apartarme. Así parecían entender que no valía la pena el esfuerzo de pedirme una explicación. Llegué a pasar desapercibida a ojos de la reina… De hecho, pasé desapercibida a ojos de todo el mundo. Y no me importaba estar apartada de todo, sola con mis preocupaciones.

Podría haber seguido así infinitamente. Cierto día, tan anodino y triste como los anteriores, estaba tan distraída que ni siquiera me di cuenta de que recogían el comedor. No noté nada hasta ver a alguien vestido con traje justo delante, al otro lado de la mesa.

—Te encuentras mal.

Alcé la vista, vi a Clarkson y aparté los ojos casi a la misma velocidad.

—No, es que últimamente estoy más cansada de lo habitual.

—Estás delgada.

—Ya te lo he dicho, me he sentido fatigada.

Dio un puñetazo en la mesa y me hizo dar un respingo. No pude evitar mirarle de nuevo a la cara. Mi corazón adormecido no sabía qué hacer.

—No estás fatigada. Te estás hundiendo —dijo con firmeza—. Entiendo el motivo, pero tienes que superarlo.

¿Superarlo? ¿Superarlo?

Los ojos se me llenaron de lágrimas.

—Con todo lo que sabes, ¿cómo puedes ser tan cruel conmigo?

—¿Cruel? —replicó, prácticamente escupiendo la palabra—. ¿Porque intento apartarte del borde del abismo? Si sigues así, vas a acabar matándote. ¿Qué demostrarás? ¿Qué habrás conseguido, Amberly?

Por duras que fueran sus palabras, mi nombre dicho por él fue como una caricia.

—¿Te preocupa que quizá no puedas tener hijos? ¿Y qué? Si acabas matándote, desde luego no tendrás ninguna posibilidad. —Cogió el plato que tenía delante, aún lleno de jamón, huevos y fruta, y me lo acercó—. Come.

Me sequé las lágrimas de los ojos y me quedé mirando la comida. El estómago se me rebeló nada más verla.

—Es demasiado fuerte. No puedo comerme eso.

Bajó la voz y se acercó un poco.

—Entonces, ¿qué puedes comer?

Me encogí de hombros.

—Pan, quizá.

Clarkson levantó la cabeza y chasqueó los dedos, llamando a un mayordomo.

—Alteza —respondió este, con una reverencia.

—Ve a la cocina y tráele pan a Lady Amberly. De varios tipos.

—Inmediatamente, señor. —Se volvió y salió de la sala, casi a la carrera.

—¡Y, por Dios, trae también algo de mantequilla! —le gritó Clarkson, mientras desaparecía.

Sentí otra oleada de vergüenza. Por si no fuera suficiente perder todas mis oportunidades con cosas que quedaban fuera de mi control, tenía que sufrir la humillación de estropearlo aún más con cosas que sí podía controlar.

—Escúchame —me pidió, con voz suave. Conseguí levantar los ojos y mirarle de nuevo—. No vuelvas a hacer eso. No me evites.

—Sí, señor —murmuré.

—Para ti, soy Clarkson —dijo, meneando la cabeza.

Y aunque tuve que hacer un gran esfuerzo para sonreír, valió la pena.

—Tienes que estar impecable, ¿me entiendes? Tienes que ser una candidata ejemplar. Hasta hace poco, no pensaba que necesitaría decírtelo, pero ahora parece que sí: no des motivo a nadie para que dude de tu competencia.

Me quedé atónita, incapaz de reaccionar. ¿Qué quería decir? Si hubiera tenido la cabeza más clara, se lo habría preguntado.

Un instante después, el mayordomo regresó con una bandeja llena de panecillos, bollos y otros panes. Clarkson dio un paso atrás.

—Hasta la próxima. —Se inclinó levemente y se fue, con los brazos a la espalda.

—¿Está bien así, señorita? —preguntó el mayordomo, y yo arrastré mis fatigados ojos hasta el montón de comida.

Asentí, cogí un bollo y le di un bocado.

Es una sensación extraña cuando descubres cuánto le importas a gente a quien pensabas que no le importabas nada. O descubrir que, cuando te vas desintegrando lentamente, otra gente lo sufre también en menor medida.

Cuando le pregunté a Martha si le importaría traerme un plato de fresas, los ojos se le llenaron de lágrimas. Cuando me reí de un chiste que contó Bianca, noté que Madeline se emocionó un poco, antes de unirse ella también a las risas. Y Clarkson…

Antes de aquello, la única vez que le había visto realmente disgustado había sido la noche que habíamos pillado a sus padres peleándose, y tuve la sensación de que su ataque de ira posterior se había debido justo a lo mucho que le importaban. Que se preocupara tanto por mí..., habría preferido que me dijera que le importaba de algún otro modo. Pero si no sabía demostrarlo de otra manera, tampoco me parecía mal.

Aquella noche, cuando me metí en la cama, me prometí dos cosas: en primer lugar, si tanto le importaba a Clarkson, dejaría de comportarme como una víctima. A partir de ahora iba a ser una competidora. En segundo lugar, nunca más le daría motivo a Clarkson Schreave para que se disgustara de aquel modo.

Su mundo parecía una tormenta.

Yo sería el centro.

Capítulo 9

—*R*ojo —insistió Emon—. El rojo siempre le queda estupendamente.

—Pero no debería ser un color tan primario. Quizás algo más profundo, como un burdeos —propuso Cindly, sacando otro vestido mucho más oscuro que el anterior.

Yo suspiré, encantada.

—Sí, ese.

No tenía el gancho de otras chicas, y no era una Dos, pero empezaba a pensar que había otros modos de destacar. Había decidido que iba a dejar de vestirme como una princesa y que iba a comenzar a vestirme como una reina.

No tardé mucho en darme cuenta de que había una diferencia entre una cosa y la otra. A las chicas de la Selección se les daban estampados florales, o vestidos hechos de tejidos vaporosos. Los vestidos de la reina eran declaraciones de principios, atrevidos e imponentes. Si yo no era así, al menos mis vestidos sí lo serían.

Y estaba trabajando en el porte y la compostura. Si en Honduragua me hubieran preguntado qué era más duro, si tostar café todo el día con un calor abrasador o mantener una postura correcta diez horas, habría dicho lo primero. Ahora empezaba a tener mis dudas.

Lo que quería dominar eran los matices sutiles, esos detalles que distinguían a una Uno. Aquella noche, en el *Report*, quería que la gente viera en mí la opción evidente. Quizá si conseguía dar tal imagen, conseguiría convencerme a mí también.

Cuando me acechaba la mínima duda, pensaba en Clarkson. No había habido ningún momento trascendental, decisivo, entre los dos, pero, cuando no estaba segura de si sería suficiente para él, me aferraba a los pequeños detalles: me había dicho que le gustaba. Que no le evitara. Quizá se alejara en cierto momento, pero también había regresado. Aquello bastaba para darme esperanzas. Así que me puse mi vestido burdeos, me tomé una pastilla para evitar que me entrara dolor de cabeza y me dispuse a dar lo mejor de mí misma.

No es que estuviéramos advertidas exactamente sobre cuándo se nos preguntaría o acerca de cuándo tendríamos que charlar con el presentador. Suponía que sería parte del proceso de Selección: encontrar a alguien que pudiera pensar por sí misma. Así que me sentí algo decepcionada cuando el *Report* acabó sin que ninguna de nosotras hubiéramos tenido ocasión de hablar. Me dije que no tenía que preocuparme. Habría otras oportunidades. Pero, aunque todas las demás suspiraban, aliviadas, yo estaba algo decepcionada.

Clarkson se me acercó y yo levanté la cabeza. Venía hacia mí. Iba a pedirme una cita. ¡Lo sabía! ¡Lo sabía!

Sin embargo, se paró delante de Madeline. Le dijo algo al oído. La chica asintió, encantada, y soltó una risita. Él le tendió la mano para que pasara delante, pero, antes de seguirla, me susurró al oído:

—Espérame.

Se fue, sin mirar atrás. Pero tampoco hacía falta.

—¿Está segura de que no necesita nada más, señorita?

—No, Martha, gracias. Estoy bien.

Había bajado la intensidad de las luces de la habitación, pero no me había quitado el vestido. Estuve a punto de pedir que me trajeran algo de postre, pero estaba convencida de que él ya habría comido.

No estaba segura de por qué, pero sentía un calor que me recorría todo el cuerpo, como si mi piel quisiera decirme que aquella noche era importante. Quería que fuera perfecta.

—Me mandará llamar, ¿verdad? No debería quedarse sola toda la noche.

Le cogí de las manos, y ella no vaciló en dejarme hacerlo.

—En cuanto el príncipe se marche, te llamaré.

Martha asintió y me apretó las manos antes de dejarme sola.

Corrí al baño, comprobé mi peinado, me cepillé los dientes y me alisé el vestido. Tenía que calmarme. Cada centímetro de mi piel estaba en guardia, esperándole.

Me senté junto a mi mesa, repasando la postura de mis dedos, manos, muñecas. Codos, hombros, cuello. Fui paso a paso, intentando relajarme. Por supuesto, todo aquello no sirvió de nada cuando Clarkson llamó a la puerta.

No esperó a que contestara: entró directamente. Me puse en pie para recibirle. Quería hacer una reverencia, pero había algo en su mirada que me desorientó. Le vi avanzar por la habitación, con la mirada fija en mí.

Me llevé la mano al estómago, haciendo un esfuerzo por detener al puñado de mariposas que revoloteaban allí dentro, pero fue en vano.

Sin decir palabra, levantó una mano y la apoyó en mi mejilla, me apartó el cabello y luego la pasó por debajo de mi barbilla. Asomó en su rostro una sonrisa, justo antes de que acercara los labios.

A lo largo de los años, había imaginado un centenar de primeros besos con Clarkson. Pero aquello superó todos mis sueños.

Me guio, sujetándome muy cerca de su cuerpo. Pensé que quizá daría un paso en falso o dudaría, pero, de algún modo, mis manos acabaron entre su cabello, agarrándolo con la misma fuerza con que me agarraba él a mí. Movió el cuerpo y yo hice lo propio con el mío, adaptándolo al suyo, sorprendida de lo bien que encajábamos.

Aquello era la felicidad. Aquello era el amor. Todas esas palabras que se dicen o se leen y ahora…, ahora sabía lo que querían decir.

Cuando por fin se apartó, las mariposas y los nervios habían desaparecido. Una sensación completamente nueva recorría mi piel.

Se nos había acelerado la respiración, pero eso no le impidió hablar.

—Hoy estás imponente. Tenía que decírtelo —dijo, rozándome con la punta de los dedos los brazos, las clavículas, hasta llegar al cabello—. Absolutamente imponente.

Me besó una vez más y se marchó, deteniéndose al llegar a la puerta para mirarme una vez más.

Fui hasta la cama y me dejé caer. Quería llamar a Martha y pedirle que me ayudara a quitarme el vestido, pero me gustaba tanto que no me molesté en hacerlo.

Capítulo 10

$\mathcal{A}$ la mañana siguiente sentía cosquilleos intermitentes en la piel, que aparecían sin previo aviso. A cada movimiento, a cada roce o a cada respiración renacía esa sensación cálida que me invadía por completo. Y cada vez que eso ocurría, la mente se me iba hasta Clarkson.

En el desayuno cruzamos la mirada dos veces, y en ambas ocasiones mostró una expresión de satisfacción como la mía. Era como si un secreto delicioso flotara sobre nosotros.

Aunque ninguna de las chicas estábamos seguras de si los rumores sobre Tia eran ciertos, decidí tomarme su expulsión como un aviso y me guardé para mí el secreto de la noche anterior. El hecho de que nadie lo supiera lo hacía aún mejor; de algún modo, era algo más sagrado, algo que conservar como un tesoro.

El único inconveniente de haber besado a Clarkson era que hacía que cada momento que estábamos separados resultara insoportable. Necesitaba volver a verle, volver a tocarle. Si alguien me hubiera preguntado qué había hecho aquel día, no sería capaz de responder. Cada soplo de aire que respiraba era de Clarkson. Hasta la hora de vestirme para la cena, no hubo nada que me importara; lo único que me mantenía serena era la promesa de verlo después.

Mis doncellas comprendían perfectamente la nueva imagen que quería dar, y el vestido de aquella noche era aún mejor. De color miel, con la cintura alta y algo de vuelo hacia atrás. Quizá fuera un poco exagerado para la cena, pero a mí me encantaba.

Me senté en mi sitio a la mesa, ruborizándome cuando Clarkson me guiñó un ojo. Ojalá hubiera habido más luz, para verle bien el rostro. Estaba celosa de las chicas del otro lado del comedor, iluminadas por la luz del crepúsculo que entraba por los ventanales.

—Está rabiosa otra vez —murmuró Kelsa, inclinándose hacia mí.

—¿Quién?

—La reina. Mírala.

Miré en dirección a la cabecera de la mesa. Kelsa tenía razón. La reina tenía una expresión de profundo disgusto, como si le resultara molesto hasta el aire. Cogió un trozo de patata con el tenedor, se lo quedó mirando y volvió a dejarlo en el plato con un golpetazo.

Varias de las chicas se sobresaltaron al oírlo.

—Me pregunto qué le habrá pasado —respondí, también susurrando.

—No creo que le haya pasado nada. Es de esas personas que no puede estar contenta. Si el rey la mandara de vacaciones una semana de cada dos, no le bastaría. No estará satisfecha hasta que nos hayamos ido todas.

Se notaba que Kelsa estaba molesta con la reina y con su actitud de desprecio. Lo entendía, claro. Aun así, aunque solo fuera por Clarkson, no podía odiarla.

—Me pregunto qué hará cuando Clarkson elija.

—No quiero ni pensarlo —respondió Kelsa, mientras daba un sorbo a su zumo de manzana—. Sin duda, lo peor de Clarkson es ella.

—Yo no me preocuparía demasiado —bromeé—. El palacio es tan grande que si quisieras podrías evitarla casi todos los días.

—¡Bien pensado! —dijo, escrutando alrededor por si nos miraba alguien—. ¿Crees que tendrán una mazmorra donde podamos meterla?

No pude evitar reírme. En el palacio no había dragones que meter en jaulas, pero, desde luego, ella era lo que más se le parecía.

Todo había ocurrido muy rápido, aunque quizás así era como tenía que ser. De pronto, todas las ventanas se rompieron en añicos casi a la vez, mientras una lluvia de objetos las atravesaba. Entre la lluvia de cristales se oyeron varios chillidos de otras seleccionadas. Me pareció ver que Nova había recibido el impacto de lo que fuera que hubiera roto la ventana que tenía encima. Se agachó contra la mesa, encogiéndose, mientras algunos intentaban ver de dónde procedían los proyectiles.

Vi aquellas cosas raras en medio del comedor. Parecían enormes latas de sopa. Mientras yo fruncía los ojos, intentando descifrar algo de la que tenía más cerca, la que estaba junto a la puerta explotó, llenando el comedor de humo.

—¡Corred! —gritó Clarkson, en el momento en que otra lata explotaba—. ¡Salid de aquí!

Pese a los problemas que había entre ellos, el rey agarró a la reina del brazo y la sacó del comedor. Vi a dos chicas corriendo hacia el centro del comedor. Clarkson las sacó de allí enseguida.

Al cabo de unos segundos, el comedor quedó lleno de humo negro. Entre aquello y los gritos me costaba mucho concentrarme. Me giré, buscando con la vista a las chicas que tenía sentadas a mi lado. Habían desaparecido.

Habían salido corriendo, por supuesto. Volví a girarme, pero al momento me perdí entre el humo. ¿Dónde estaba la puerta? Respiré hondo, intentando calmarme, pero, en lugar de tranquilizarme, el humo me hizo toser. Tenía la impresión de que aquello era algo más que humo. Yo había estado más cerca de lo recomendable de alguna hoguera que otra, pero aquello… era diferente. Mi cuerpo me pedía descanso. Sabía que no estaba bien. Lo normal sería que reaccionara.

Me entró el pánico. Tenía que recuperar el control. La mesa. Si encontraba de nuevo la mesa, lo único que tenía que hacer era girar a la derecha. Moví los brazos a mi alrededor, tosiendo por efecto del gas y de mi respiración acelerada. Tropecé contra la mesa, que no estaba donde había pensado. Pero no me importaba, me bastaba con eso. Me apoyé sobre un plato, aún cubierto de comida. Pasé las manos por toda la mesa, tirando copas y sillas.

No iba a conseguirlo.

No podía respirar. Me sentía muy cansada.

—¡Amberly!

Levanté la cabeza, pero no veía nada.

—¡Amberly!

Golpeé la mesa con el puño, tosiendo del esfuerzo. No le oí más. Lo único que veía era el humo.

Volví a golpear la mesa. Nada.

Lo intenté una vez más. Entonces, al golpear la mesa, mi mano dio contra otra mano.

Nos buscamos el uno al otro, y él se apresuró a sacarme de allí.

—Ven —dijo, tirando de mí. Me pareció que la sala no se acababa nunca, hasta que di con el hombro contra el marco de la puerta. Clarkson me tiró de la mano, animándome a seguir, pero lo único que quería yo era descansar—. No. ¡Venga!

Seguimos avanzando por el pasillo. Allí vi a otras chicas, tendidas en el suelo. Algunas jadeaban en busca de aire; al menos dos habían vomitado por efecto del gas.

Clarkson me llevó más allá de las otras chicas y entonces ambos nos dejamos caer al suelo juntos, aspirando con fuerza el aire limpio. El ataque —porque estaba segura de que era un ataque— no había durado más de dos o tres minutos, pero yo me sentía como si hubiera corrido una maratón.

Estaba tendida sobre el brazo y me dolía mucho, pero me costó moverme. Clarkson no se movía, pero veía que su pecho se hinchaba y se hundía regularmente. Un momento después, se giró hacia mí.

—¿Estás bien?

Tuve que hacer acopio de fuerzas para responder:

—Me has salvado la vida. —Hice una pausa y cogí aire—. Te quiero.

Me había imaginado diciendo esas palabras muchísimas veces, pero nunca así. Pese a todo, no me arrepentía. Al momento, perdí la conciencia, mientras oía el ruido de los guardias resonando en mis oídos.

Cuando me desperté, tenía algo pegado a la cara. Acerqué la mano: era una máscara de oxígeno, como la que había visto después de que Samantha Rail se hubiera visto atrapada en aquel incendio.

Me giré hacia la derecha y vi que la mesita de la enfermera y la puerta estaban prácticamente a mi lado. En la otra dirección, casi todas las camas de la enfermería estaban ocupadas. No sabía cuántas de las chicas estarían allí, lo que me hizo preguntar cuántas habrían salido ilesas... o si alguna no habría sobrevivido.

Intenté levantar la cabeza, con la esperanza de ver más. Cuando ya casi tenía la espalda erguida, Clarkson me vio y se acercó. No estaba demasiado mareada ni me costaba respirar, así que me quité la máscara. Él se movía despacio, aún algo afectado por el gas. Cuando por fin llegó a mi lado, se sentó en el borde de mi cama y me habló despacio.

—¿Cómo te sientes? —dijo con tono grave.

—¿Qué importancia...? —Intenté aclararme la garganta. Mi voz también sonaba rara—. ¿Qué importancia tiene eso? No puedo creer que volvieras a entrar. Aquí hay más de veinte versiones de mí. Pero tú eres único.

Clarkson me tendió la mano.

—Tú no eres lo que se dice reemplazable, Amberly.

Apreté los labios para no llorar. El heredero al trono había puesto en peligro su vida para salvarme. Aquello me resultaba tan bonito que casi no podía contener la emoción.

—Lady Amberly —dijo el doctor Mission, acercándose—. Me alegro de ver que por fin se ha despertado.

—¿Las otras chicas están bien? —pregunté, con una voz que casi no reconocía como mía.

Él cruzó una mirada rápida con Clarkson.

—Estamos en ello —dijo. Había algo que no me contaban, pero ya me preocuparía de eso más tarde—. Aunque ha tenido usted mucha suerte. Su alteza sacó a cinco chicas del salón, incluida usted.

—El príncipe Clarkson es muy valiente, estoy de acuerdo. Tengo mucha suerte. —Aún tenía mi mano en la suya, y le di un apretón rápido.

—Sí —respondió el doctor Mission—, pero permítame que dude de que tanta valentía fuera necesaria.

Ambos nos giramos hacia él, pero fue Clarkson el que habló.

—¿Perdone?

—Alteza —respondió, en voz baja—, sin duda sabe que su padre no aprobaría que le dedicara tanto tiempo a una chica que no es digna de usted.

Si me hubiera dado un puñetazo no me habría hecho tanto daño.

—Las posibilidades de que conciba un heredero son mínimas, siendo generosos —prosiguió—. ¡Y casi pierde usted la vida rescatándola! Aún no he informado de su estado al rey, ya que estaba seguro de que usted, para no hacerla sufrir más, la mandaría a casa al saberlo. Pero, si esto sigue adelante, tendré que ponerle al corriente.

Se hizo una larga pausa.

—Creo que he oído decir a varias de las chicas que mientras las examinaba las ha tocado un poco más de lo necesario —respondió Clarkson, muy frío.

—¿Qué…? —replicó el médico, frunciendo los párpados.

—¿Y cuál es la que ha dicho que le ha susurrado algo muy inapropiado al oído? Supongo que da igual.

—Pero si yo nunca…

—Eso importa poco. Yo soy el príncipe. Nadie cuestiona mi palabra. Y si insinúo mínimamente que se ha atrevido a tocar a mis chicas de un modo no profesional, podría acabar frente al pelotón de fusilamiento.

Mi corazón latía desbocado. Quería decirle que parara, que no hacía falta amenazar a nadie. Sin duda habría otras maneras de resolver aquel asunto. Pero sabía que no era momento de hablar. El doctor Mission tragó saliva, mientras Clarkson proseguía:

—Si valora su vida lo más mínimo, le sugiero que no se meta con la mía. ¿Está claro?

—Sí, alteza —respondió el doctor Mission, haciendo una rápida reverencia para zanjar el asunto.

—Excelente. Y ahora, ¿se encuentra Lady Amberly en buen estado de salud? ¿Puede retirarse a descansar cómodamente a su habitación?

—Llamaré a una enfermera para que le tome las constantes enseguida.

Clarkson, con un gesto, le dio permiso para que se fuera, y el médico obedeció.

—¿Te lo puedes creer? Debería librarme de él de todos modos.

—No. No, por favor, no le hagas daño —dije, apoyando la mano en el pecho de Clarkson, que sonrió.

—Quería decir enviarlo a otro destino, buscarle una posición adecuada en otro lugar. Muchos de los gobernadores tienen médicos privados. Algo así le iría bien.

Suspiré, aliviada. Mientras no muriera nadie…

—Amberly —me susurró—. Antes de que el médico te lo dijera, ¿sabías que quizá no pudieras tener hijos?

Negué con la cabeza.

—Me preocupaba la posibilidad. He visto algunos casos, donde vivo. Pero mis hermanos mayores están casados y ambos tienen hijos. Esperaba que yo también pudiera tenerlos —dije, y al final se me quebró la voz.

—No te preocupes por eso ahora —me consoló él—. Vendré a verte más tarde. Tenemos que hablar.

Me besó en la frente, en plena enfermería, donde cualquiera podía vernos. Todas mis preocupaciones desaparecieron, aunque solo fuera por un momento.

Capítulo 11

*T*engo un secreto para ti.

Me desperté con el susurro de Clarkson al oído. Era como si mi cuerpo supiera cómo responderle, y ni siquiera me había asustado. Más bien me había desperezado suavemente con su voz: era el despertar más dulce del mundo.

—¿De verdad? —Me froté los ojos y observé su sonrisa traviesa.

Asintió.

—¿Te lo cuento?

Respondí con una risita. Él volvió a acercar la cabeza a mi oído:

—Vas a ser la próxima reina de Illéa.

Eché la cabeza atrás para mirarle a la cara, buscando cualquier indicio que me dijera que era una broma. Pero lo cierto era que nunca le había visto tan tranquilo.

—¿Quieres que te diga cómo lo he sabido? —añadió, aparentemente encantado consigo mismo por la sorpresa que me había dado.

—Por favor —murmuré, aún incrédula.

—Espero que me perdones por haberos sometido a pequeñas pruebas, pero hace tiempo que sé lo que buscaba. —Cambió de postura. Erguí la cabeza, hasta quedarnos el uno frente al otro—. Me gustaba tu pelo.

Instintivamente me lo toqué.

—¿Qué quieres decir?

—No tenía nada de malo cuando lo llevabas más largo. Les pedí a varias de las chicas que se lo cortaran, pero tú fuiste la única que me dio la satisfacción de cortárselo más de tres centímetros.

Me lo quedé mirando, atónita. ¿Qué significaba eso?

—Y la noche que vine a buscarte para nuestra primera cita… ¿Lo recuerdas?

Claro que me acordaba.

—Vine tarde, consciente de que ya estarías lista para acostarte. Tú me dijiste que querías cambiarte, pero, cuando te dije que no, no discutiste. Viniste conmigo, tal como estabas. Las otras me echaron al pasillo y me hicieron esperar hasta vestirse. Es cierto que se dieron prisa, pero, aun así…

Me quedé pensando en ambas cosas un momento y confesé:

—No lo entiendo.

—Has visto a mis padres —dijo cogiéndome la mano—. Se pelean por tonterías. Les preocupan muchísimo las apariencias. Y, aunque eso es importante para el país, dejan que altere la poca paz que puedan tener, por no hablar de la felicidad. Si te pido cualquier cosa, tú me lo das. No eres vanidosa. Tienes la suficiente seguridad en ti misma como para ponerme por delante de tu imagen, de cualquier cosa. Lo sé por cómo recibes cualquier petición que te haga. Pero es más que eso…

Respiró hondo y se quedó mirando nuestras manos, como si estuviera decidiendo si decírmelo o no.

—Has guardado mis secretos. Te aseguro que, si te casas conmigo, habrá muchos más secretos que guardar. No me juzgas ni pareces agitarte demasiado. Me das paz. —Sus ojos buscaron los míos—. Busco la paz desesperadamente. Creo que eres la única oportunidad que tengo de conseguirla.

—¿El centro de tu tormenta? —dije yo, sonriendo.

Él suspiró, aliviado.

—Sí.

—Me encantaría ser eso para ti, pero solo hay un pequeño problema.

Él ladeó la cabeza.

—¿Tu casta?

—No. —Eso se me había olvidado—. Los hijos.

—Oh, eso —dijo él, casi como si se lo tomara a broma—. No me preocupa lo más mínimo.

—Pero tienes que tener un heredero.

—¿Para qué? ¿Para seguir con la línea sucesoria? Estás hablando de darme un hijo. Supón que conseguimos tener descendencia y es una niña. No tendría ninguna posibilidad de heredar la corona. ¿No crees que hay alternativas para eso?

—Yo quiero tener hijos —murmuré.

Él se encogió de hombros.

—No hay garantías de que los tengas. Personalmente, a mí no es que me encanten los niños. Creo que para eso están las niñeras.

—Y vives en una casa tan grande que nunca oirías a uno si levantara la voz.

Clarkson chasqueó la lengua.

—Es cierto. Bueno, en cualquier caso, eso para mí no es ningún problema —dijo.

Parecía tan tranquilo, tan despreocupado, que le creí. Así que, de pronto, me quité de encima el peso de toda aquella preocupación. Los ojos se me humedecieron, pero no me permití verter ni una lágrima. Me las guardaría para más tarde, para cuando estuviera sola.

—Para mí el problema es tu casta —confesó—. Bueno, no tanto para mí como para mi padre. Necesitaremos tiempo para estudiar cómo afrontar eso, lo que significa que la Selección puede durar aún un tiempo. Pero confía en mí —dijo, acercándose más—: tú serás mi esposa.

Me mordí el labio, demasiado contenta como para creer que aquello pudiera ser verdad.

Me colocó un mechón de cabello tras la oreja.

—Tú serás lo único en este mundo que es mío de verdad. Y te voy a poner en un pedestal tan alto que será impensable que alguien pueda no adorarte.

Meneé la cabeza, embriagada de felicidad.

—No sé qué decir.

Me dio un beso rápido.

—Di que sí. Así practicas. Cuando llegue el momento, quiero que estés lista.

Apoyó su frente en la mía y guardamos silencio un momento. No podía creer que aquello fuera de verdad. Clarkson había dicho todas las palabras que yo esperaba oír: «reina, esposa, adorar». Los sueños que había atesorado en mi corazón se estaban volviendo realidad.

—Deberías dormir un poco más. Ese ataque de hoy ha sido uno de los más crueles hasta el momento. Quiero que te recuperes del todo.

—Como quieras.

Me pasó un dedo por la mejilla, contento con mi respuesta.

—Buenas noches, Amberly.

—Buenas noches, Clarkson.

En cuanto se fue, volví a meterme en la cama, pero sabía que no podría dormir. ¿Cómo iba a hacerlo, con el corazón latiéndome con aquella fuerza y la mente desbocada, pensando en todos los escenarios posibles de nuestro futuro?

Me levanté despacio y fui al escritorio. Solo se me ocurría un modo de sacarme aquello de dentro.

Querida Adele:
¿Me guardas un secreto?

La favorita

PRIMERA PARTE

$\mathcal{M}$e subí un poco los tirantes del vestido, para cubrirme los hombros. Carter estaba callado; su silencio me provocaba más escalofríos que la falta de calefacción en las celdas de palacio. Había sido horrible oír sus gruñidos de dolor mientras los guardias le golpeaban una y otra vez, pero al menos entonces sabía que respiraba.

Estremecida, encogí las piernas y acerqué las rodillas al pecho. Otra lágrima me cayó por la mejilla, y lo agradecí, aunque solo fuera por la calidez del líquido sobre la piel. Lo sabíamos. Sabíamos que podía acabar así. Y, aun así, nos habíamos visto. Era inevitable.

Me pregunté cómo moriríamos. ¿Ahorcados? ¿De un tiro? ¿O quizás algo mucho más elaborado y doloroso?

No pude evitar desear que el silencio de Carter significara que ya había muerto. O, por lo menos, que fuera él quien muriera primero. Antes que permitir que su último recuerdo fuera mi muerte, preferiría que fuera su fallecimiento lo último que recordara yo. En aquel mismo momento, solos, en aquella celda, lo único que deseaba era que cesara su dolor.

Algo se movió en el pasillo, y el corazón se me aceleró. ¿Había llegado el momento? ¿Era el fin? Cerré los ojos, intentando contener las lágrimas. ¿Cómo había ocurrido todo? ¿Cómo había pasado de ser una de las candidatas más queridas de la Selección a la sentencia por traición, a estar allí encerrada, a la espera de mi castigo? Oh, Carter… Carter, ¿qué hemos hecho?

Y

No me tenía por una persona vanidosa. Aun así, casi cada día, después del desayuno, sentía la necesidad de volver a mi habitación y retocarme el maquillaje antes de dirigirme a la Sala de las Mujeres. Sabía que era una tontería: Maxon ni siquiera me vería hasta la noche. Y para entonces, por supuesto, ya me habría maquillado de nuevo y habría cambiado de vestido.

Tampoco es que tuviera mucho efecto lo que yo pudiera hacer. Maxon se mostraba educado y agradable, pero no me parecía que hubiera entre nosotros una conexión como la que tenía con otras chicas. ¿Qué tenía yo de malo? Aunque sin duda me lo estaba pasando muy bien en el palacio, tenía la sensación de que había algo más, algo que las otras chicas entendían —bueno, al menos algunas de ellas— y yo no. Antes de entrar en la Selección, me tenía por una chica divertida, guapa y lista. Pero ahora que me encontraba en medio de un puñado de chicas cuya misión diaria era la de impresionar a un solo chico, me sentía poca cosa, aburrida e insignificante. Me daba cuenta de que habría tenido que hacer más caso a mis amigas de casa, que parecían tener prisa por encontrar marido y formar un hogar. Se habían pasado la vida hablando de vestidos, del maquillaje y de los chicos, mientras yo prestaba más atención a lo que me enseñaban mis tutores. Tenía la sensación de haberme perdido alguna clase importante, y ahora me sentía rezagada.

No. Era cuestión de no dejar de intentarlo, nada más. Había memorizado hasta el último detalle de la clase de historia que nos había dado Silvia unos días antes. Incluso había puesto por escrito algunos conceptos para tenerlos a mano por si se me olvidaba algo. Quería que Maxon pensara que era una chica lista y completa. También quería que pensara que era guapa, así que tenía la sensación de que aquellos viajes a mi habitación eran absolutamente necesarios.

¿Cómo lo haría la reina Amberly? Ella estaba espléndida en todo momento, sin hacer ningún esfuerzo aparente para conseguirlo.

Me detuve un momento en las escaleras para mirarme el

zapato. Parecía que uno de los tacones se me había enganchado en la alfombra. No vi nada, así que seguí adelante, impaciente por llegar a la Sala de las Mujeres.

Al llegar a la planta baja me eché el cabello atrás por encima del hombro y pensé si lo que estaba haciendo no tendría un sentido más profundo. La verdad es que quería ganar. No había pasado mucho tiempo con Maxon, pero parecía amable, divertido y…

—¡Ahhh! —El tacón se me enganchó con el borde de un escalón y caí aparatosamente sobre el suelo de mármol—. ¡Auch!

—¡Señorita! —Levanté la vista y vi a un guardia que se acercaba a la carrera—. ¿Se encuentra bien?

—Estoy bien. No ha sido nada. Solo el golpe… ¡Y el ridículo!

—No sé cómo pueden caminar con esos zapatos. Es un milagro que no tengan todas algún tobillo roto.

Me ofreció la mano, y se me escapó una risita.

—Gracias —dije, echándome el cabello atrás y alisándome el vestido.

—A su disposición. ¿Está segura de que no se ha hecho daño? —dijo, mirándome algo nervioso, por si tenía algún corte o magulladura.

—Me duele un poco la cadera por el golpe, pero, por lo demás, estoy perfectamente —dije, y era cierto.

—Quizá debería llevarla a la enfermería, para asegurarnos.

—No, de verdad —insistí—. Estoy bien.

Él suspiró.

—¿No le importaría hacerme un favor e ir de todos modos? Si estuviera herida y yo no hubiera hecho nada para ayudar, me sentiría fatal. —Me miró con unos ojos azules que resultaban terriblemente convincentes—. Y apuesto a que el príncipe querría que fuera.

Seguramente en aquello tenía razón.

—De acuerdo —accedí—. Iré.

Él sonrió, frunciendo mínimamente los labios.

—Muy bien —dijo, y me cogió en sus brazos. Me quedé sin aliento de la sorpresa.

—No creo que esto sea necesario —protesté.

—No importa —dijo él, y se puso a caminar, así que ya no podía bajar.

—Corríjame si me equivoco, pero usted es la señorita Marlee, ¿verdad?

—Así es.

No dejaba de sonreír, y yo no pude evitar sonreírle a él.

—He estado estudiando los nombres de todas para no equivocarme. Lo cierto es que no creo que fuera el mejor en la instrucción, y no tengo ni idea de cómo he acabado destinado en palacio. Pero quiero asegurarme de que no se arrepientan de esa decisión, así que al menos intento aprenderme los nombres. De este modo, si alguien necesita algo, sabré de quién están hablando.

Me gustaba su forma de hablar. Era como si contara una historia, aunque solo estuviera hablándome de sí mismo. Tenía la voz ligera y se le animaba el rostro al hablar.

—Bueno, ya has cumplido con tu deber holgadamente —dije yo, para animarle—. Y no seas tan duro contigo mismo. Estoy segura de que harías una instrucción excelente, si te destinaron aquí. Tus jefes debieron de ver un gran potencial en ti.

—Es usted demasiado amable. ¿Quiere recordarme de dónde es?

—De Kent.

—Oh, yo soy de Allens.

—¿De verdad?

Allens estaba justo al este de Kent, al norte de Carolina. En cierto modo, éramos vecinos.

—Sí, señorita —dijo, asintiendo sin dejar de caminar—. Esta es la primera vez que salgo de mi provincia. Bueno, la segunda, contando la instrucción.

—Igual que yo. Me cuesta un poco acostumbrarme al clima.

—¡A mí también! No veo la hora de que llegue el otoño, pero no estoy seguro siquiera de que aquí haya otoño.

—Ya te entiendo. El verano está muy bien, pero no si dura eternamente.

—Exacto —dijo, convencido—. ¿Se imagina lo rara que será la Navidad?

—No puede ser lo mismo, sin nieve —respondí yo, con un suspiro. Y estaba convencida de ello. Soñaba con el invierno todo el año. Era mi estación favorita.

—Desde luego que no —dijo él.

No sabía muy bien por qué sonreía tanto. Quizá fuera porque la conversación me resultaba muy natural. Nunca me había sido fácil hablar con un chico. Lo cierto era que no tenía mucha práctica, pero era agradable pensar que quizá no fuera tan difícil como pensaba.

Al acercarnos a la entrada del hospital frenó el paso.

—¿Te importaría dejarme en el suelo? —le dije—. No quiero que piensen que me he roto una pierna, o algo así.

—En absoluto —contestó él, sonriendo y chasqueando la lengua. Me dejó en el suelo y me abrió la puerta.

En el interior había una enfermera sentada ante una mesa. El guardia habló por mí:

—Lady Marlee se ha caído en el vestíbulo y se ha dado un pequeño golpe. Quizá no sea nada, pero queríamos estar seguros.

La enfermera se puso en pie, aparentemente contenta de tener algo que hacer.

—Oh, Lady Marlee, espero que no sea gran cosa.

—No, solo me duele un poco aquí —dije yo, tocándome la cadera.

—Le echaré un vistazo enseguida. Muchas gracias, guardia. Ya puede volver a su puesto.

El guardia saludó agachando la cabeza y se dispuso a marcharse. Justo antes de que la puerta se cerrara, me guiñó el ojo y me sonrió, y yo me quedé allí, sonriendo como una idiota.

Las voces del pasillo aumentaron de volumen y me devolvieron al presente: oí los saludos de los guardias solapándose unos a otros, todos diciendo una única palabra: «Alteza».

Maxon estaba ahí.

Me levanté corriendo y me asomé al ventanuco de mi celda justo a tiempo para ver cómo abrían la puerta de la celda del otro lado del pasillo —la de Carter— y Maxon entraba, escoltado por otros guardias. Hice un esfuerzo por oír lo que se decía, pero no pude descifrar ni una palabra. También oí algún débil murmullo de respuesta, y supe que era de Carter. Estaba despierto. Y vivo. Suspiré y me estremecí al mismo tiempo, y luego volví a recolocarme los tirantes de tul sobre los hombros.

Al cabo de unos minutos, la puerta de la celda de Carter se abrió de nuevo; vi que Maxon se acercaba a mi celda. Los guardias le dejaron entrar y la puerta se cerró tras él. Me miró y se quedó sin aliento.

—¡Dios Santo! ¿Qué te han hecho? —dijo, acercándose y desabrochándose la chaqueta al mismo tiempo.

—Maxon, lo siento mucho —dije, entre lágrimas.

Él se quitó la chaqueta y me envolvió con ella.

—¿Te han roto el vestido los guardias? ¿Te han hecho daño?

—Yo no quería traicionarte. Nunca quise hacerte ningún daño.

Él levantó las manos y me cogió las mejillas.

—Marlee, escúchame. ¿Te han pegado los guardias?

Negué con la cabeza.

—Uno de ellos me arrancó las alas del disfraz al empujarme para que entrara en la celda, pero no me han hecho nada más.

Suspiró, evidentemente aliviado. Qué buen hombre que era, aún preocupándose por mi bienestar, incluso después de haber descubierto lo mío con Carter.

—Lo siento muchísimo —susurré otra vez.

Las manos de Maxon se posaron en mis hombros.

—Ahora empiezo a darme cuenta de lo inútil que es resistirse cuando se está enamorado. Desde luego no te culpo por ello —dijo.

Yo le miré y vi la bondad en sus ojos.

—Intentamos parar. Te lo prometo. Pero le amo. Me casaría con él mañana mismo… si aún siguiéramos con vida.

Dejé caer la cabeza, sollozando incontroladamente. Habría querido comportarme como una dama, aceptar mi castigo con elegancia. Pero me parecía tan injusto… Era como si me lo quitaran todo antes incluso de tener ocasión de disfrutarlo. Maxon me frotó la espalda con suavidad.

—No vais a morir.

Le miré, incrédula.

—¿Qué?

—No habéis sido sentenciados a muerte.

Suspiré con fuerza y lo abracé.

—¡Gracias, gracias! ¡Muchísimas gracias! ¡Es más de lo que nos merecemos!

—¡Para, para! —dijo, tirándome de los brazos.

Di un paso atrás, avergonzada por haber reaccionado de un modo tan inapropiado después de todo lo que había pasado.

—No habéis sido sentenciados a muerte —repitió—, pero, aun así, se os va a castigar. —Miró al suelo y meneó la cabeza—. Lo siento, Marlee, pero mañana os van a azotar en público —dijo. Parecía que le costaba mirarme a los ojos; si no supiera que aquello era imposible, habría pensado que entendía nuestro dolor—. Lo siento. He intentado evitarlo, pero mi padre insiste en que hay que mantener las apariencias; y como ya han circulado imágenes vuestras por ahí, no puedo hacer nada para hacerle cambiar de opinión.

Me aclaré la garganta.

—¿Cuántas veces?

—Quince. Creo que la intención es ser mucho más duros con Carter que contigo, pero, en cualquier caso, va a ser increíblemente doloroso. Sé que hay gente que incluso pierde el conocimiento. Lo siento muchísimo, Marlee.

Parecía decepcionado consigo mismo. Yo, en cambio, no podía pensar en nada más que en su bondad.

Levanté la cabeza, intentando mostrarme segura de que podría superarlo.

—¿Vienes a decirme que me devuelves la vida y la del hombre que quiero, y te disculpas? Maxon, no he estado más agradecida en mi vida.

—Van a convertiros en Ochos —dijo—. Todo el mundo lo verá.

—Pero Carter y yo estaremos juntos, ¿verdad?

Asintió.

—Entonces, ¿qué más puedo pedir? Soportaré los azotes, si ese es el precio. Aceptaría también los suyos, si fuera posible.

Maxon esbozó una sonrisa triste.

—Carter me ha suplicado, literalmente, que le dieran a él los tuyos.

—No me sorprende —dije, sonriendo yo también, mientras los ojos se me llenaban de nuevo de lágrimas, esta vez de felicidad.

Maxon meneó la cabeza de nuevo.

—Y yo que pensaba que empezaba a entender lo que es estar enamorado, y de pronto os veo a vosotros dos, que queréis asumir el uno el dolor del otro, y me pregunto si he entendido algo.

Me cubrí mejor con su chaqueta.

—Sí que lo has entendido. Sé que lo has entendido —dije, mirándole a los ojos—. Ella, por otra parte…, puede que necesite tiempo.

Esbozó una sonrisa.

—Va a echarte de menos. Solía animarme para que saliera más a tu encuentro.

—Solo una amiga de verdad renunciaría a ser princesa en favor de otra persona. Pero yo no estaba hecha para ti, ni para la corona. Ya he encontrado a la persona ideal para mí.

—Una vez me dijo algo que nunca olvidaré —recordó él, hablando lentamente—: «El amor de verdad suele ser el más inconveniente».

—Tenía razón —dije yo, pasando la mirada por la celda, y nos quedamos en silencio unos momentos—. Tengo miedo.

Me abrazó.

—Acabará enseguida. Los momentos previos serán lo peor, pero procura pensar en otra cosa mientras hablan. Y yo intentaré conseguirte las mejores medicinas, las que usan conmigo, para que te cures más rápido.

Me eché a llorar, abrumada por el miedo, el agradecimiento y mil sensaciones más.

—De momento, intenta dormir todo lo que puedas. Le he dicho a Carter que descanse también todo lo que pueda. Eso os ayudará.

Asentí, con la cabeza aún apoyada en su hombro, y él me abrazó con fuerza.

—¿Qué ha dicho? ¿Está bien?

—Le han golpeado, pero, de momento, está bien. Me ha pedido que te diga que te quiere y que hagas lo que yo te diga.

Suspiré, reconfortada por sus palabras.

—Siempre estaré en deuda contigo.

Maxon no respondió. Simplemente me abrazó, hasta que estuve más tranquila. Por fin me besó en la frente y se giró para marcharse.

—Adiós —susurré.

Él me sonrió y dio dos golpes en la puerta. Un guardia le abrió y le acompañó a la salida. Yo volví a mi lugar junto a la pared y encogí las piernas bajo el vestido, usando la chaqueta de Maxon como manta improvisada. Y me dejé llevar de nuevo por mis recuerdos...

Jada me aplicó una loción en la piel, ritual al que ya me había acostumbrado y que me encantaba. Aunque apenas había pasado la hora de la cena y no tenía sueño, el roce de sus diestras manos significaba que la jornada de trabajo había acabado y que ya podía relajarme.

Aquel día había sido especialmente intenso. Además del moratón que tenía en la cadera, en el que me tenía que aplicar hielo constantemente, el *Report* había sido algo tenso. Había sido nuestra presentación ante el público, y Gavril nos había preguntado a cada una qué pensábamos del príncipe, qué echábamos de menos de nuestras casas y cómo nos llevábamos entre nosotras. A mí la voz me había salido más bien como un trino. Aunque intentaba calmarme, a cada respuesta elevaba la voz una octava por los nervios. Estaba segura de que Silvia tendría algo que decir al respecto.

Por supuesto, no podía evitar compararme con las otras. Tiny no lo había hecho muy bien, así que al menos yo no habría sido la peor. Pero era difícil decir quién lo había hecho mejor. Bariel se sentía muy cómoda ante las cámaras, igual que Kriss. No me habría sorprendido que llegaran a formar parte de la Élite.

America también había estado estupenda. Aquello no debía sorprenderme, pero ahora me daba cuenta de que nunca había tenido amigas de una casta inferior, y al pensarlo me sentía una esnob. Desde nuestra llegada al palacio, America había sido mi gran confidente; si yo no podía plantar batalla entre las más destacadas del grupo, me alegraba enormemente que ella sí pudiera hacerlo.

Por supuesto, sabía que cualquiera de nosotras sería mejor para Maxon que Celeste. Aún no podía creer que le hubiera roto el vestido a America. Y saber que se había ido de rositas también resultaba desalentador. No me podía imaginar que nadie fuera a decirle a Maxon lo que había hecho Celeste, así que podía seguir torturándonos a las demás libremente. Entendía que quisiera ganar —como todas—, pero había ido demasiado lejos. No la soportaba.

Gracias a Dios, los hábiles dedos de Jada estaban eliminando toda la tensión de mi cuello. Celeste empezó a desaparecer de mi mente, igual que mi voz estridente en el *Report* y la incómoda postura, y la lista de preocupaciones que iban asociadas a nuestro intento por convertirnos en princesas.

De pronto alguien llamó a la puerta. Alberguéla esperanza de que fuera Maxon, aunque sabía que era una esperanza vana. Quizá fuera America y pudiéramos tomarnos un té en mi balcón o dar un paseo por los jardines.

Sin embargo, cuando Nina abrió la puerta, el que estaba ahí era el guardia de antes. Me miró por encima de Nina, olvidándose del protocolo.

—¡Señorita Marlee! He venido a ver cómo está —dijo. Parecía tan contento de estar allí que no pude evitar reírme.

—Pasa, por favor —respondí, poniéndome en pie y acercándome a la puerta—. Siéntate. Puedo pedirles a mis doncellas que nos traigan un té.

—No quiero entretenerla demasiado —dijo él, que rechazó la oferta con un movimiento de la cabeza—. Solo quería asegurarme de que la caída no le había dejado secuelas.

Pensé que tenía las manos tras la espalda para mantener cierta compostura, pero resultó que, tras el cuerpo, ocultaba un ramo de flores, que me presentó con una floritura.

—¡Oh! —exclamé, acercándome el ramo a la nariz—. ¡Gracias!

—No ha sido nada. Tengo buena relación con uno de los jardineros, que me las ha conseguido.

—¿Voy a buscar un jarrón, señorita? —preguntó Nina, que se había acercado silenciosamente.

—Por favor —respondí, entregándole las flores.

—Para tu información —dije, girándome hacia el guardia—, me encuentro muy bien. No ha sido más que un morado, nada serio. Y he aprendido una gran lección sobre los tacones altos.

—¿Que son muchísimo mejores las botas?

Me reí de nuevo.

—Por supuesto. Pienso incorporarlas a mi vestuario mucho más a menudo.

—¡Será la creadora de una nueva tendencia en moda palaciega! ¡Y yo podré decir que conocí a la autora! —dijo, y se rio de su propia broma.

Nos quedamos los dos de pie, sonriéndonos el uno al otro. Tenía la sensación de que no quería marcharse… y me di cuenta de que yo tampoco quería. Su sonrisa era cálida; me sentí más a gusto con él de lo que había estado con nadie en mucho tiempo.

Desgraciadamente, se dio cuenta de que sería raro que se quedara mucho rato en mi habitación, así que se despidió con una rápida reverencia.

—Creo que debo irme. Mañana tengo un turno largo.

—En cierto modo, yo también —le respondí, y suspiré.

Él sonrió.

—Espero que esté mejor, y estoy seguro de que la veré por aquí.

—Seguro. Y gracias por toda tu ayuda, soldado… —miré su placa—… Woodwork.

—A su disposición, señorita Marlee.

Con una nueva reverencia, salió al pasillo y se retiró. Shea cerró la puerta con suavidad.

—Qué caballeroso, venir a ver cómo seguía —comentó.

—Es verdad —dijo Jada—. A veces con estos guardias una no sabe qué puede esperarse, pero este grupo parece agradable.

—Desde luego, este es un buen tipo —dije—. Debería hablarle de él al príncipe Maxon. Quizá recompense al soldado Woodwork por su amabilidad.

Aunque no estaba cansada, me metí en la cama. Si me acostaba, el número de doncellas presentes se reduciría de tres a una, y eso era la máxima intimidad a la que podía aspirar. Nina se acercó con un jarrón azul que quedaba precioso con las flores amarillas.

—Ponlas aquí, por favor —le dije, y ella las colocó junto a mi cama.

Me quedé mirando las flores y una sonrisa se instaló en mis labios. Aunque acababa de sugerirlo, no le hablaría al príncipe del soldado Woodwork. No estaba segura del motivo, pero sería algo que me guardaría para mí.

El crujido de la puerta al abrirse me despertó bruscamente. Me puse en pie de golpe, ajustándome la chaqueta de Maxon sobre los hombros.

Un guardia entró y no se molestó siquiera en mirarme a los ojos.

—Las manos a la vista.

Me había acostumbrado tanto a que todo el mundo añadiera «señorita» a cada frase cuando me hablaban que tardé un segundo en responder. Afortunadamente, ese guardia no parecía dispuesto a castigarme por mi lentitud. Extendí los brazos hacia delante y me puso unos pesados grilletes en las muñecas. Cuando dejó caer las cadenas, el peso me echó el cuerpo ligeramente hacia delante.

—Camina —ordenó, y yo le seguí al pasillo.

Carter ya estaba allí. Tenía un aspecto horrible. Sus ropas estaban aún más sucias que las mías, y parecía que le costaba mantenerse en pie. Pero en el momento en que me vio su rostro se iluminó con una sonrisa que era como un castillo de fuegos artificiales, lo que hizo que un corte que tenía en el labio volviera a abrirse y sangrara. Esbocé una sonrisa mínima. Al momento, los guardias se pusieron en marcha, llevándonos hacia las escaleras al final del pasillo.

Por nuestros viajes anteriores a los refugios, sabía que bajo el palacio había más pasajes de los que nadie podía imaginarse. La noche anterior nos habían llevado a nuestras celdas por una puerta que yo siempre había pensado que sería un armario de ropa de cama, y ahora salimos a la planta baja por aquel mismo camino.

Cuando llegamos al rellano, el guardia que indicaba el camino se giró y se limitó a decir:

—Esperad aquí.

Carter y yo nos quedamos tras la puerta entreabierta, a la espera de que nos llevaran al lugar donde nos aplicarían nuestro humillante y doloroso castigo.

—Lo siento —susurró Carter.

Le miré a los ojos. Pese a su labio sangrante y su cabello revuelto, lo único que veía yo era al chico que había insistido en llevarme a la enfermería, al chico que me había traído flores.

—Yo no —respondí, con toda la energía que pude.

En un instante me pasaron por la mente todos los momentos furtivos que habíamos compartido. Ante mis ojos desfilaron las veces que nos habíamos encontrado y que nos habíamos separado a toda prisa; las veces que había procurado sentarme o situarme en algún rincón de una sala porque sabía que él estaría cerca; cada guiño que me había lanzado al entrar en el comedor para la cena; cada risita contenida al pasar a su lado por algún pasillo.

Habíamos construido una relación buscando huecos entre nuestras obligaciones de palacio. Si ahora estuviera caminando hacia mi muerte, intentaría pensar en el último mes en positivo, sintiéndome satisfecha por ello. Había encontrado a mi alma gemela. Lo sabía. Y había tanto amor en mi corazón que no quedaba espacio para los remordimientos.

—Estaremos bien, Marlee —prometió Carter—. Pase lo que pase a partir de ahora, yo te cuidaré.

—Y yo te cuidaré a ti.

Carter quiso acercarse para besarme, pero los guardias se lo impidieron.

—¡Ya basta! —nos gritó uno de ellos.

Por fin se abrió la puerta, y empujaron a Carter al exterior, por delante de mí.

El sol de la mañana se colaba en el palacio a través de las puertas, y yo tuve que mirar al suelo para poder soportarlo.

Sin embargo, pese a lo que me desorientaba tanta luz, aún

era peor los gritos ensordecedores de la multitud reunida para disfrutar del espectáculo. Al salir al exterior, entrecerré los párpados y pude ver una tribuna especial a un lado. Me rompió el corazón ver a America y a May en la primera fila. Después de que un tirón de un guardia casi me tirara al suelo, volví a levantar la vista, en busca de mis padres, rezando para que no estuvieran allí.

Pero mis rezos no surtieron efecto.

Sabía que Maxon era demasiado bueno como para hacerme algo así. Si había intentado evitarme aquel castigo, no podía ser idea suya que mi madre y mi padre tuvieran que presenciar aquello en primera fila. Yo no quería dejar espacio a la rabia en mi corazón, pero sabía quién era el responsable de aquello. Sentí en mi interior una llamarada de odio dirigida hacia el rey.

De pronto me quitaron la chaqueta de Maxon de encima de los hombros. Me empujaron y caí de rodillas frente a un bloque de madera. Me quitaron los grilletes y me ataron las muñecas con tiras de cuero.

—¡Este delito se castiga con la muerte! Pero el príncipe Maxon ha tenido piedad y va a perdonarles la vida a estos dos traidores. ¡Larga vida al príncipe Maxon!

Las correas de las muñecas hacían que todo aquello resultara aún más real. El miedo se apoderó de mí y me eché a llorar. Miré la piel delicada de mis manos, para recordar su aspecto más adelante. Deseaba poder usarlas para limpiarme las lágrimas. Luego me giré hacia Carter.

Aunque la cosa a la que le habían atado me tapaba la vista, él estiró el cuello para verme. Pensé en él. No estaba sola. Nos teníamos el uno al otro. El dolor solo duraría un rato, pero a Carter lo tendría para siempre. A mi amor. Para siempre.

Aunque sentía cómo mi propio cuerpo temblaba del miedo, también me sentía extrañamente orgullosa. No es que fuera a presumir nunca de haber recibido azotes por haberme enamorado, pero me daba cuenta de que habría gente que nunca sabría el privilegio que era vivir un amor así. Yo lo tenía. Había encontrado a mi alma gemela. Y haría cualquier cosa por él.

—Te quiero, Marlee. Lo superaremos —dijo Carter, le-

vantando la voz para hacerse oír pese al ruido de la gente—.
Esto pasará y estaremos bien, te lo prometo.

Tenía la garganta seca. No podía responderle. Asentí, para
que supiera que le había oído, y sentí no poder decirle que yo
también le quería.

—¡Marlee Tames y Carter Woodwork —dijo una voz, y
yo me giré al oír nuestros nombres—, quedáis despojados de
vuestras castas! Sois lo más bajo de lo más bajo. ¡Sois Ochos!

La multitud gritó y aplaudió, disfrutando con nuestra humillación.

—Y para corresponderos con la misma vergüenza y dolor
que habéis hecho pasar a su alteza real, recibiréis quince golpes de vara en público. ¡Que vuestras cicatrices os recuerden
vuestros pecados!

El locutor se hizo a un lado, levantando los brazos para reclamar una última ovación del público. Yo me quedé mirando
mientras los hombres enmascarados que nos habían atado a
Carter y a mí echaban mano de un cubo largo y sacaban unas
largas varas mojadas. El momento de los discursos ya había
acabado. El espectáculo estaba a punto de empezar.

De todas las cosas en las que podía pensar, en aquel momento recordé una clase de lengua de años atrás en la que habíamos estudiado frases hechas. Habíamos hablado de la expresión «la vara de la justicia», pero nunca me había
imaginado que esa vara pudiera ser tan gruesa.

Mientras sacudían las varas para calentarlas, aparté la mirada. Carter respiró hondo varias veces, tragó saliva y volvió
a fijar la vista en mí. Una vez más, el corazón se me hinchó de
amor. Los azotes serían mucho peores en su caso —quizá no
pudiera caminar siquiera cuando acabaran—, pero a él lo que
le preocupaba era yo.

—¡Uno!

No estaba preparada en absoluto para el golpe; solté un
grito al sentir el impacto. De hecho, el dolor menguó un momento, y pensé que quizá aquello no sería tan horrible.
Luego, sin aviso previo, la piel me ardió de pronto. El ardor
aumentó y aumentó hasta que…

—¡Dos!

Midieron la cadencia perfectamente. En el momento en

que el dolor alcanzaba su punto máximo, un nuevo azote lo aumentaba. Yo imploré piedad patéticamente, viendo cómo me temblaban las manos del dolor.

—¡Pasará! ¡Estaremos bien! —insistía Carter, soportando su propia tortura y al mismo tiempo intentando aliviar la mía.

—¡Tres!

Tras el tercer azote cometí el error de cerrar los puños, pensando que aquello aliviaría de algún modo el dolor, pero, en cambio, la presión lo hizo diez veces peor, y se me escapó un extraño sonido gutural.

—¡Cuatro!

¿Aquello era sangre?

—Cinco.

Sin duda era sangre.

—Pasará muy pronto —insistía Carter. Pero su voz sonaba ya débil.

Yo habría deseado que ahorrara esfuerzos.

—¡Seis!

No podía más. No lo soportaba. No había modo de soportar aquello. Si el dolor iba en aumento, sin duda supondría la muerte.

—Te... quiero.

Esperé a que llegara el siguiente azote, pero daba la impresión de que había habido alguna interrupción. Oí que alguien gritaba mi nombre; casi parecía como si fueran a salir en mi rescate. Intenté girarme para mirar: fue un error.

—¡Siete!

Grité con todas mis fuerzas. Aunque los segundos de espera antes de cada golpe resultaban prácticamente insoportables, no verlos venir era mucho peor. Las manos se me estaban convirtiendo en masas hinchadas y carnosas. Cuando la vara cayó de nuevo, mi cuerpo se rindió. Gracias a Dios, todo se volvió negro completamente y pude volver a mis sueños del pasado...

Los pasillos estaban muy vacíos. Ahora que solo quedábamos seis, el palacio empezaba a resultar muy grande. Y también pequeño al mismo tiempo. ¿Cómo podía vivir así la reina Amberly? Debía de llevar una vida muy aislada. A veces me entraban ganas de gritar, aunque solo fuera por oír algo.

Una risita lejana llamó mi atención. Al girarme descubrí a America y Maxon en el jardín. Él tenía los brazos tras la espalda; ella caminaba hacia atrás, moviendo los brazos en el aire, como si le estuviera contando una historia. Explicó algo, exagerándolo con sus gestos. Maxon se inclinó hacia delante, riéndose y entrecerrando los párpados. Parecía como si él tuviera los brazos tras la espalda para contenerse, porque, si no, la habría abrazado allí mismo. Daba la impresión de que sabía que un movimiento así podría ser demasiado rápido y que podría llegar a asustarla. Admiré su paciencia y me alegró ver que iba por el camino de hacer la mejor elección posible.

Quizá no debería hacerme tan feliz perder, pero no podía evitarlo. Parecían estar tan bien juntos. Maxon aportaba control al caos de ella; America aligeraba el peso de la seriedad de él.

Seguí mirando, pensando que no tanto tiempo atrás las dos estábamos en el mismo sitio. Había estado a punto de confesarle mi secreto. Pero me había contenido. Confundida como estaba, sabía que no debía decir nada.

—Un día precioso.

Aquellas palabras me sobresaltaron un poco, pero, en cuanto mi mente procesó aquella voz, viví una docena de reacciones diversas: me ruboricé, el corazón se me aceleró de pronto y me sentí de lo más tonta al darme cuenta de lo que me alegraba verle.

Un lado de su boca se movió ligeramente, insinuando una sonrisa, y yo me fundí.

—Sí que lo es —dije—. ¿Cómo estás?

—Bien —respondió él. Pero su sonrisa se disipó ligeramente y arrugó la frente.

—¿Qué pasa? —le pregunté, bajando la voz.

Él tragó saliva, pensativo. Luego, mirando atrás para comprobar que estábamos solos, se acercó.

—¿Hay algún momento del día en que sus doncellas

no estén? —susurró—. ¿Cuándo podría pasar a hablar con usted?

El corazón me latía tan fuerte que me daba vergüenza.

—Sí. Salen a comer hacia la una.

—De acuerdo. Pues la veré poco después de la una, entonces —dijo, con una sonrisa triste en la cara.

Y se alejó. Quizá debía de haberme preocupado más por lo que estaba pasando. Pero lo único en que podía pensar era en que muy pronto lo vería otra vez.

Miré por la ventana y observé a America con Maxon. Ahora caminaban uno al lado del otro. Ella llevaba en la mano una flor que agitaba adelante y atrás. De vez en cuando, Maxon alargaba un brazo y hacía ademán de rodearla con él, pero luego hacía una pausa y lo retiraba de nuevo.

Suspiré. Antes o después se darían cuenta. Y no sabía si lo deseaba o no. No estaba lista para abandonar el palacio. Aún no.

Apenas toqué la comida. Estaba demasiado nerviosa. Y aunque no llegaba al extremo de lo que hacía por Maxon unas semanas antes, me sorprendí mirando mi reflejo en cada espejo que encontraba, para comprobar que todo estaba igual.

Pero no era así. La Marlee que veía tenía los ojos más abiertos; la piel, más brillante. Incluso su postura era diferente. Ella era diferente. Yo era diferente.

Pensé que, si mis doncellas se iban, eso me ayudaría a tranquilizarme, pero solo hizo que estuviera más pendiente de la hora. ¿Qué era lo que tenía que decirme? ¿Y por qué tenía que decírmelo a mí? ¿Tendría que ver conmigo?

Dejé la puerta abierta mientras esperaba, lo cual era una tontería, porque seguro que me había estado mirando un rato antes de aclararse la garganta para hacerse notar.

—Soldado Woodwork —dije, con un tono más alegre de lo esperado. Otra vez ese dichoso trino.

—Hola, señorita Marlee. ¿Le va bien ahora? —dijo, entrando con paso incierto.

—Sí. Mis doncellas se acaban de ir y tardarán una hora más o menos en volver. Por favor, siéntate —dije, señalando la mesa con un gesto.

—Creo que no, señorita. Tengo la sensación de que es

mejor decir lo que tengo que decir rápido y marcharme enseguida.

—Oh.

Me había forjado ciertas esperanzas, frágiles, con respecto a aquella visita, por estúpido que fuera, y ahora... Bueno, ahora no sabía qué esperar.

Veía lo inquieto que estaba. Aquello me resultaba insoportable, pues pensaba que tal vez yo misma contribuyera a aquella intranquilidad.

—Woodwork —dije, templando la voz—, puedes decirme lo que tú quieras. No tienes por qué estar tan nervioso.

Él suspiró con fuerza.

—¿Lo ve? Son precisamente las cosas así...

—¿Perdón?

Meneó la cabeza y volvió a empezar:

—No es justo. No la culpo por nada. De hecho, quería venir para asumir mi responsabilidad y pedir que me perdonara.

—Aún no lo entiendo —dije yo, frunciendo el ceño.

Él se mordió el labio, observándome.

—Creo que le debo una disculpa. Desde que la conozco, he estado apartándome de mis puestos de guardia, esperando la ocasión de cruzarme con usted o de poder saludarla —dijo. Yo intenté ocultar mi sonrisa. Era lo mismo que había estado haciendo yo—. Los ratos en que conseguíamos hablar eran los mejores desde que estoy en palacio. Escuchar sus risas, oírla hablar de cómo le había ido el día o de cualquier cosa que quizá ninguno de los dos entendiera... Bueno..., todo eso me ha encantado.

Levantó de nuevo las comisuras de los labios, con aquella sonrisa lateral tan habitual en él. Yo chasqueé la lengua, pensando en aquellas conversaciones. Siempre eran demasiado breves o demasiado silenciosas. No me gustaba hablar con nadie tanto como me gustaba hablar con él.

—A mí también me encantan —admití, y de pronto su sonrisa desapareció.

—Por eso creo que debemos ponerles fin.

¿Realmente me habían dado un puñetazo en el estómago o era solo mi imaginación?

—Creo que estoy rebasando una frontera. Yo solo quería ser amable con usted, pero cuanto más la veo, más tengo la sensación de que tengo que ocultarlo. Y si lo oculto, es señal de que no me es indiferente.

Contuve una lágrima. Desde el primer día, yo había hecho lo mismo. Me había dicho a mí misma que no era nada, aun sabiendo que sí lo era.

—Usted le pertenece a él —dijo, fijando la mirada en el suelo—. Sé que es la favorita del pueblo. Cómo no lo iba a ser. La familia real tendrá eso en cuenta antes de que el príncipe tome su decisión final. Si yo sigo susurrándole cosas en los pasillos, ¿estaré cometiendo un acto de traición? Quizá sí.

Meneó la cabeza de nuevo, intentando aclarar sus sentimientos.

—Tienes razón —dije, en un susurro—. Yo vine aquí por él, y le prometí lealtad. Si cualquier cosa que hubiera entre nosotros puede considerarse algo más que platónico, deberíamos pararlo.

Nos quedamos allí, mirando al suelo. Me costaba recuperar la respiración. Estaba claro que yo esperaba que aquel encuentro tomara la dirección opuesta, pero ni siquiera me había dado cuenta de ello hasta que se había producido.

—Esto no debería resultar tan difícil —murmuré.

—No, no debería —coincidió él.

Agaché la cabeza, frotándome con la base de la mano un punto del pecho donde sentía dolor. Vi que Carter estaba haciendo exactamente lo mismo. En aquel momento lo supe. Supe que él sentía lo mismo que yo. No sería lo que se esperaba de nosotros, pero ¿cómo iba a negarlo? ¿Y si Maxon finalmente me escogía? ¿Tenía que decir que sí? ¿Y si acababa casada con otro hombre distinto del que amaba, a quien tendría que ver caminando por mi casa día tras día?

No. No me haría eso a mí misma. Olvidé cualquier principio relacionado con el protocolo y la compostura, y me lancé a la puerta, cerrándola de golpe. Volví junto a Carter, le puse una mano en la nuca y le besé. Dudó una fracción de segundo antes de rodearme con sus brazos, pero luego lo hizo como si su vida dependiera de ello. Cuando nos separamos, meneó la cabeza, como reprendiéndose a sí mismo.

—Es una guerra perdida. Ya no hay esperanza de retirada —dijo.

Pero aunque sus palabras estaban llenas de remordimiento, la sonrisa apenas visible en su rostro revelaba que estaba tan contento como yo.

—Yo no puedo estar sin ti, Carter —dije, usando su nombre de pila, que hasta hacía poco desconocía.

—Esto es peligroso. Lo entiendes, ¿verdad? Podría significar la muerte para los dos.

Cerré los ojos y asentí. Unas lágrimas surcaron mis mejillas. Con su amor o sin él, en cualquier caso estaba invitando a la muerte.

Me desperté al oír los gemidos. Tardé un segundo en darme cuenta de dónde estaba. Entonces lo recordé todo. La fiesta de Halloween. Los azotes. Carter...

La habitación estaba mal iluminada. Al mirar alrededor, vi que apenas había espacio en ella para los jergones en los que estábamos tendidos los dos. Intenté levantarme, pero al hacerlo no pude evitar soltar un chillido. Me pregunté cuánto tiempo tendría las manos inutilizadas.

—¿Marlee?

Me giré hacia Carter, apoyándome en los codos.

—Estoy aquí, estoy bien. Es que he intentado apoyarme en las manos.

—Oh, cariño, lo siento —dijo, con una voz que sonaba como si tuviera piedras en la garganta.

—¿Cómo estás?

—Vivo —bromeó. Estaba tendido boca abajo, pero veía la sonrisa en su rostro—. Cualquier movimiento me duele.

—¿Puedo hacer algo para ayudar? —dije, poniéndome en pie y mirándolo.

Tenía la parte inferior del cuerpo cubierta con una sábana. No sabía cómo aliviar su dolor. Vi una mesita en una esquina con frascos y vendas, así como un trozo de papel. Me acerqué a leerlo.

No estaba firmado, pero conocía la caligrafía de Maxon.

Cuando os despertéis, cambiaos las vendas. Usad el ungüento del frasco. Aplicáoslo con algodones para evitar infecciones e intentad no apretaros mucho las gasas. Las píldoras también os ayudarán. Y descansad. No intentéis salir de esta habitación.

—Carter, tengo unas medicinas —dije, desenroscando el tapón del frasco, procurando usar únicamente la punta de los dedos.

El olor de aquella sustancia algo espesa me recordaba el aloe.

—¿Qué? —dijo él, girándose.

—Hay vendas e instrucciones —dije. Me miré las manos vendadas e intenté pensar en cómo iba a hacerlo.

—Yo te ayudaré —se ofreció Carter, leyéndome el pensamiento.

Sonreí.

—Esto va a ser duro.

—Desde luego —murmuró—. No es exactamente como me imaginaba que me verías desnudo por primera vez.

No pude evitar reírme. Y le quise más aún por eso. En menos de un día me habían azotado y me habían convertido en una Ocho, a la espera de ser exiliada a un lugar desconocido. Y, aun así, me estaba riendo.

¿Qué más podría desear una princesa?

Era imposible calcular el tiempo que había pasado, pero no intentamos llamar a la puerta ni buscar a nadie.

—¿Has pensado adónde nos pueden enviar? —me preguntó Carter. Yo estaba en el suelo, a su lado, pasándole los dedos por el cabello—. Si pudiera escoger, preferiría un sitio donde hiciera calor, en lugar de un sitio frío.

—Yo también tengo la sensación de que será uno de los dos extremos. —Suspiré—. Me da miedo no tener un hogar.

—No lo tengas. Puede que ahora mismo sea un completo inútil, pero puedo cuidar de ti. Incluso sé cómo construir un iglú, si acabamos en un lugar helado.

—¿De verdad?

Asintió.

—Te construiré el iglú más bonito del mundo, Marlee. Todo el mundo estará celoso.

Le besé la cabeza una y otra vez.

—Y no eres inútil, que lo sepas. No es que…

La puerta se abrió de pronto con un crujido. Entraron tres personas con túnicas y capuchas marrones. El miedo me atenazó. Entonces la primera persona se quitó la capucha, mostrando el rostro. Contuve una exclamación y me puse en pie de un salto para abrazar a Maxon, olvidándome una vez más de mis manos y soltando un quejido al sentir el dolor.

—Os curaréis —me prometió Maxon, mientras yo retiraba las manos—. El ungüento tarda unos días en surtir efecto, pero incluso tú, Carter, volverás a caminar por ti mismo muy pronto. Te curarás mucho más rápido que la mayoría.

Maxon se giró hacia las otras dos figuras encapuchadas:

—Estos son Juan Diego y Abril. Hasta ahora trabajaban en el palacio. Ahora vosotros ocuparéis sus puestos. Marlee, si Abril y tú vais a esa esquina, los caballeros y yo nos giraremos mientras os cambiáis las ropas. Toma —dijo, dándome una túnica similar a la de ella—. Tápate con esto para hacerlo más fácil.

—Sí, claro —dije, observando a Abril, que tenía una mirada tímida.

Nos fuimos a un rincón y ella se quitó la falda. Luego me ayudó a ponérmela. Me quité el vestido y se lo pasé a ella.

—Carter, vamos a tener que ponerte unos pantalones. Te ayudaremos a levantarte.

No quise mirar. Intenté no ponerme nerviosa al oír los sonidos que emitía Carter al vestirse.

—Gracias —le susurré a Abril.

—Fue idea del príncipe —respondió ella en voz baja—. Debe de haberse pasado todo el día repasando los registros, buscando a alguien que viniera de Panamá, después de enterarse de dónde os habían destinado. Nosotros nos vendimos como sirvientes al palacio para ayudar a nuestras familias. Hoy volveremos con ellos.

—Panamá. Teníamos curiosidad por saber dónde acabaríamos.

—Después de todo lo ocurrido, ha sido una crueldad por parte del rey enviaros allí —murmuró.

—¿Qué quieres decir?

Abril miró por encima del hombro, en dirección al príncipe, para asegurarse de que no la oía.

—Yo vivía allí. Era una Seis, y no era fácil. Los Ochos…, a veces acaban matándolos por diversión.

—¿Qué? —respondí, sin poder creer lo que me decía.

—Cada pocos meses aparece algún mendigo muerto en medio de la carretera. Nadie sabe quién ha sido. ¿Otros Ochos, quizá? ¿Ricos Doses o Treses? ¿Rebeldes? No sé, pero ocurre. Teníais muchas posibilidades de morir.

—Ahora agárrate a mi brazo —ordenó Maxon.

Al girarme vi a Carter apoyado en el príncipe, con la cabeza ya cubierta con la capucha.

—Muy bien. Abril, Juan Diego, los guardias vendrán a esta habitación. Poneos las vendas y caminad como si os doliera. Creo que os van a meter en un autobús. Vosotros no levantéis la cabeza. Nadie os mirará muy de cerca. Se supone que sois Ochos. A nadie le importará.

—Gracias, alteza —dijo Juan Diego—. Nunca pensé que volveríamos a ver a nuestra madre.

—Gracias a vosotros —respondió Maxon—. Accediendo a abandonar el palacio, les salváis la vida. No olvidaré lo que habéis hecho por ellos.

Miré a Abril por última vez.

—Muy bien. —Maxon se puso la capucha—. Vamos.

El príncipe nos condujo al pasillo. Carter cojeaba, apoyándose en él.

—¿No sospechará la gente? —susurré.

—No —respondió Maxon, que, aun así, miraba tras cada esquina.

—El personal de los sótanos, como pinches de cocina o limpiadores, no deben dejarse ver en las plantas superiores. Cuando tienen que subir por algún motivo, se tapan así. Cualquiera que nos vea pensará que hemos acabado de hacer algún trabajo y que volvemos a nuestras habitaciones.

Maxon nos llevó por una larga escalera que bajaba hasta llegar a un pasillo estrecho con muchas puertas a ambos lados.

—Por aquí.

Le seguimos hasta un cuartito. Había una cama encajada en una esquina y una minúscula mesita al lado. Parecía que había una jarra de leche y algo de pan encima; mi estómago rugió al ver comida. En el centro de la habitación había una fina estera; en la pared junto a la puerta, unos estantes.

—Sé que no es mucho, pero aquí estaréis seguros. Siento no poder hacer más.

Carter sacudió la cabeza.

—¿Cómo puede ser que nos pida excusas? Se supone que teníamos que haber muerto hace horas; pero estamos vivos, juntos, y tenemos un hogar. —Maxon y él se miraron a los ojos—. Sé que, técnicamente, lo que hice es traición, pero no pretendía faltarle al respeto a usted.

—Lo sé.

—Bien. Así pues, espero que me crea cuando digo que nadie en este reino le será tan leal como yo —dijo Carter.

En cuanto acabó la frase, soltó un gemido y cayó sobre el príncipe.

—Túmbate en la cama —dijo Maxon.

Me coloqué bajo el otro hombro de Carter y entre los dos lo tendimos boca abajo. Ocupaba la mayor parte de la cama. Esa noche tendría que dormir en la estera.

—Por la mañana vendrá una enfermera a ver cómo estáis —añadió Maxon—. Podéis tomaros unos días de descanso. Deberéis permanecer aquí dentro todo lo que podáis. Dentro de tres o cuatro días, os pondré en el registro oficial de trabajadores. Alguien de la cocina os dará trabajo. No sé en qué consistirá exactamente, pero procurad hacer las tareas que se os asignen lo mejor que podáis.

»Yo vendré a veros siempre que pueda. De momento, nadie sabrá que estáis aquí. Ni los guardias, ni la Élite, ni vuestras familias siquiera. Tendréis contacto con un pequeño grupo de trabajadores de palacio; las probabilidades de que os reconozcan son mínimas. Aun así, vuestros nombres a partir de ahora serán Mallory y Carson. Es el único modo en que puedo protegeros.

Levanté la vista y lo miré, pensando que, si pudiera escoger un marido para mi mejor amiga, sería él.

—Gracias por todo lo que has hecho por nosotros —dije.

—Ojalá pudiera hacer más. Voy a intentar recuperar algunos de vuestros efectos personales, si puedo. Aparte de eso, ¿hay algo más que pueda traeros? Si es algo razonable, prometo intentarlo.

—Una cosa, sí —dijo Carter, con voz cansada—. Cuando tenga ocasión, ¿nos puede buscar un sacerdote?

Tardé un segundo en comprender el motivo de su petición. En cuanto lo hice, los ojos se me llenaron de lágrimas de felicidad.

—Lo siento —añadió—. Sé que no es la proposición de matrimonio más romántica del mundo.

—Sí que lo es —murmuré.

Los ojos se le humedecieron. Por un momento, me olvidé incluso de que Maxon estaba en la habitación, hasta que respondió.

—Será un placer. No sé cuánto tardaré, pero me encargaré de ello.

Sacó las medicinas de la planta superior, que se había metido en el bolsillo, y las dejó junto a la comida.

—Aplicaos el ungüento otra vez esta noche y descansad todo lo que podáis. La enfermera se encargará de todo lo demás mañana.

—Yo me ocuparé —dije, asintiendo.

Maxon salió de la habitación, sonriendo.

—¿Quieres comer algo, prometido? —le pregunté.

Carter sonrió.

—Oh, gracias, prometida, pero, en realidad, estoy algo cansado.

—Muy bien, prometido. ¿Por qué no duermes un poco?

—Dormiría mejor con mi prometida al lado.

Y entonces, olvidándome completamente del hambre, me acurruqué en aquella minúscula cama, medio colgando del borde y medio apretada contra Carter. Fue sorprendente lo poco que me costó dormirme.

SEGUNDA PARTE

Doblé las manos una y otra vez. Por fin se habían curado, pero, a veces, tras un largo día de trabajo, las palmas me dolían y se me hinchaban. Hasta mi pequeño anillo me apretaba más de lo normal esa noche. Estaba deshilachándose por un lado, y me propuse pedirle uno nuevo a Carter al día siguiente. Había perdido ya la cuenta de los anillos de bramante que habíamos tenido, pero para mí era muy importante llevar aquel símbolo en la mano.

Cogiendo el rascador una vez más, limpié la harina de la mesa y la eché a la basura. Otros criados estaban fregando el suelo o guardando ingredientes. Ya habíamos preparado todo lo necesario para el desayuno. Muy pronto podríamos irnos a dormir.

Sentí un par de manos que me agarraban por la cintura y me sobresalté.

—Hola, mujercita —dijo Carter, besándome en la mejilla—. ¿Aún trabajando?

Olía a su trabajo: hierba cortada y luz del sol. Yo estaba convencida de que acabaría en los establos —o en algún otro lugar donde pudiera esconderse de los ojos del rey—, igual que a mí me habían metido en las cocinas. En cambio iba por ahí con docenas de otros jardineros, oculto a plena vista. Llegaba por la noche, oliendo a jardín. Por un momento, era como si yo también hubiera salido.

—Ya casi estoy —dije con un suspiro—. En cuanto recoja, iré a dormir.

Él apoyó la nariz contra mi cuello.

—No trabajes demasiado. Luego puedo darte una friega en las manos, si quieres.

—Eso sería estupendo —respondí.

Me encantaban aquellos masajes de manos al final del día, quizás aún más ahora que era Carter quien me los daba. No obstante, si la jornada acababa tarde, eran un lujo del que solía prescindir.

A veces la mente se me perdía en los recuerdos de mis días en la Élite. En lo agradable que era sentirse adorada, ver a mi familia orgullosa, verme guapa. Había sido difícil pasar de recibir atenciones constantes a ser parte del servicio; aun así, sabía que las cosas podían haber sido mucho peores.

Intenté mantener la sonrisa, pero él se dio cuenta.

—¿Qué pasa, Marlee? Últimamente pareces decaída —me susurró, aún agarrándome.

—Echo mucho de menos a mis padres, especialmente ahora que se acerca la Navidad. No dejo de preguntarme cómo estarán. Si yo me siento así de triste sin ellos, ¿cómo estarán ellos sin mí? —Apreté los labios, como si así pudiera aplastar la preocupación y acabar con ella—. Y sé que probablemente sea una tontería pensar en esto, pero no podremos hacernos ningún regalo navideño. ¿Qué podría darte yo? ¿Una hogaza de pan?

—¡Me encantaría que me regalaras una hogaza de pan!

Su entusiasmo hizo que se me escapara una risita.

—Pero no podría usar siquiera mi propia harina para hacértela. Estaría robando.

Él me besó en la mejilla.

—Es cierto. Además, la última vez que robé algo, fue algo muy grande, y obtuve más de lo que me merecía, así que ya estoy feliz con lo que tengo.

—Tú no me robaste. No soy una cafetera.

—Hmm —dijo, pensativo—. Quizá fuiste tú quien me robaste a mí. Porque recuerdo claramente que antes me pertenecía a mí mismo. Ahora, en cambio, soy todo tuyo.

Sonreí.

—Te quiero.

—Yo también te quiero. No te preocupes. Sé que es una

época difícil, pero no será siempre así. Y este año tenemos mucho de lo que estar agradecidos.

—Es verdad. Siento no estar más animada hoy. Es solo…

—¡Mallory! —dijo una voz. Me giré al oír mi nuevo nombre—. ¿Dónde está Mallory? —preguntó un guardia, entrando en la cocina.

Iba acompañado de una chica que no había visto nunca. Tragué saliva y respondí:

—Aquí.

—Ven, por favor —dijo, apremiándome, pero el hecho de que dijera «por favor» hizo que no me asustara tanto.

Cada día me preocupaba más que alguien pudiera decirle al rey que Carter y yo vivíamos ocultos en su propio hogar. Sabía que si eso llegaba a ocurrir, los azotes con la vara nos parecerían un premio en comparación con el castigo que recibiríamos.

—Enseguida vuelvo —dije, y besé a Carter en la mejilla.

Al pasar junto a la chica, esta me agarró de la mano.

—Gracias. Yo te esperaré aquí.

Fruncí el ceño, confundida.

—Vale.

—Esperamos contar con tu máxima discreción —dijo el guardia, que me condujo a algún lugar al otro lado del pasillo.

—Por supuesto —respondí, aunque seguía sin entender nada.

Giramos en dirección al ala del cuerpo de guardia. Cada vez entendía menos lo que pasaba. Una persona de mi rango no podía entrar en aquella parte del palacio. Todas las puertas estaban cerradas, salvo una. Allí vi a otro soldado de pie. Tenía el rostro tranquilo, pero la preocupación se reflejaba en sus ojos.

—Tú haz lo que puedas —dijo alguien, en el interior de la habitación.

Conocía aquella voz. Entré y observé la escena. America estaba tendida en una cama, con una herida en el brazo, sangrando, mientras su doncella la inspeccionaba y el príncipe y los otros dos guardias miraban.

Anne, sin apartar la mirada de la herida, dio órdenes a los guardias:

—Que alguien me traiga agua hirviendo. Deberíamos tener antiséptico en el botiquín, pero también quiero agua.

—Yo la traigo —dije.

El rostro de America se iluminó y nuestras miradas se cruzaron.

—¡Marlee! —exclamó.

Se echó a llorar. No cabía duda de que estaba perdiendo la batalla contra el dolor.

—Volveré enseguida, America. Aguanta —dije, y fui corriendo a la cocina.

Saqué unas toallas de un armario. Ya había agua hirviendo en una olla, gracias a Dios, así que llené una jarra.

—Cimmy, habrá que volver a llenar esta olla —dije a toda prisa, sin detenerme para oír sus protestas.

Luego me fui al armario de los licores. Los mejores se guardaban cerca de los aposentos del rey, pero a veces usábamos brandy para cocinar. Ya había aprendido a hacer chuletas al brandy, pollo con salsa de brandy y una nata montada al brandy para los postres. Cogí una botella, con la esperanza de que sirviera de ayuda.

Yo sabía algo del dolor.

Volví junto a America y me encontré a Anne enhebrando una aguja, mientras America intentaba controlar la respiración. Puse el agua y las toallas detrás de Anne y me acerqué a la cama con la botella.

—Para el dolor —dije, levantándole la cabeza a America para ayudarla a beber. Ella intentó tragar, pero, más que beber, tosió—. Vuelve a intentarlo.

Me senté a su lado, evitando el contacto con su brazo herido, y volví a acercarle la botella hasta los labios. Esta vez lo hizo algo mejor. Después de tragar, levantó la vista y me miró.

—Estoy muy contenta de que estés aquí —dijo.

El corazón se me encogió al verla tan asustada, aunque ahora estuviera a salvo. No sabía qué le había pasado, pero estaba decidida a ayudarla.

—Siempre estaré a tu lado, America. Ya lo sabes —dije. Sonreí y le aparté un mechón de cabello de la frente—. ¿Qué demonios has estado haciendo?

Vi en sus ojos que su mente se debatía antes de responder:

—A mí me parecía una buena idea.

—America —respondí yo, ladeando la cabeza e intentando no reírme—, tú siempre tienes malas ideas. Tus intenciones son muy buenas, pero tus ideas siempre son horribles.

Ella apretó los labios, confirmando que sabía exactamente de lo que le estaba hablando.

—¿Son gruesas estas paredes? —preguntó Anne. Aquella debía de ser la habitación de los guardias.

—Bastante —respondió uno de ellos—. En el resto del palacio no oyen lo que pasa aquí, tan adentro.

—Bien —dijo Anne, asintiendo—. Bueno, necesito que todos salgan al pasillo. Señorita Marlee —añadió (hacía tanto tiempo que nadie, aparte de Carter, usaba mi nombre real que me entraron ganas de llorar)—, voy a necesitar algo de espacio, pero puede quedarse.

—Procuraré no estorbar, Anne.

Los chicos salieron al pasillo. Anne se puso al mando. Hizo gala de una calma impresionante mientras hablaba con America y se preparaba para coserla. Siempre me habían gustado sus doncellas, especialmente Lucy, porque era un encanto. Pero ahora veía a Anne con nuevos ojos. Me parecía una pena que alguien tan capaz de tomar las riendas en un momento de crisis no pudiera ser más que doncella.

Anne se puso a limpiar la herida, que yo seguía sin poder identificar. America ahogaba sus gritos en la toalla que tenía en la boca. Aunque odiaba tener que hacerlo, sabía que tenía que apretarla contra el colchón para que no se moviera. Me subí encima de ella, procurando sobre todo que mantuviera el brazo recto.

—Gracias —murmuró Anne, sacándole una minúscula partícula negra con unas pinzas.

¿Qué era eso? ¿Suciedad? ¿Asfalto? Afortunadamente, Anne ya había acabado. Solo el roce del aire ya podría provocarle una infección, pero estaba claro que Anne no iba a permitir que eso ocurriera.

America chilló otra vez, y yo procuré calmarla.

—Enseguida habrá acabado, querida —dije, pensando en las cosas que me había dicho Maxon antes de los azotes y en las palabras de Carter durante el suplicio—. Piensa en algo bonito. Piensa en tu familia.

Veía en sus ojos que lo intentaba, pero estaba claro que no funcionaba. Le dolía muchísimo. Así que le acerqué el brandy y seguí dándole sorbitos hasta que Anne acabó.

Cuando todo hubo terminado, me pregunté si America se acordaría siquiera de aquello. Después de que Anne le envolviera la herida con una venda, nos echamos atrás y nos quedamos mirando, mientras America cantaba un villancico infantil, al tiempo que trazaba dibujos imaginarios en la pared con el dedo.

Anne y yo nos sonreímos al ver sus torpes movimientos.

—¿Alguien sabe dónde están los cachorrillos? —preguntó America—. ¿Por qué están tan lejos?

Las dos nos llevamos la mano a la boca, riéndonos con tantas ganas que se nos saltaban las lágrimas. El peligro había pasado. America estaba bien. Ahora, en su cabeza, lo más urgente era encontrar a los cachorrillos.

—Más vale que esto no se lo contemos a nadie —sugirió Anne.

—Sí, estoy de acuerdo —coincidí, y lancé un suspiro—. ¿Qué crees que le habrá sucedido?

Anne tensó el gesto.

—No me puedo ni imaginar qué estarían haciendo, pero de lo que estoy segura es de que eso era una herida de bala.

—¿De bala?

Anne asintió.

—Unos centímetros más a la izquierda y podría haber muerto.

Miré a America, que ahora se tocaba la cara con los dedos, como palpándose las mejillas.

—Gracias a Dios que está bien.

—Aunque no estuviera a su servicio, creo que desearía que fuera ella quien se convirtiera en princesa. No sé qué habría hecho si la hubiéramos perdido —dijo Anne, hablando no ya como criada, sino desde el fondo de su corazón.

Sabía lo que quería decir. Asentí.

—Me alegro de que haya podido contar contigo. Iré a buscar a los chicos para que se la lleven de nuevo a su habitación

—dije, poniéndome en cuclillas al lado de la cama—. Eh, ahora me voy —le dije a America—. Pero tú intenta no volver a hacerte daño, ¿vale?

Ella asintió con gesto torpe.

—Sí, señora.

Desde luego, aquello no lo recordaría. El guardia que había venido a buscarme estaba de pie al final del pasillo, montando guardia. El otro estaba sentado en el suelo, en el exterior de la habitación, moviendo los dedos nerviosamente, mientras Maxon caminaba arriba y abajo.

—¿Y bien? —preguntó el príncipe.

—Está mejor. Anne se ha ocupado de todo. America está… Bueno, ha bebido mucho brandy, así que está algo ausente. —Recordé la letra de su villancico infantil y se me escapó una risita—. Ya puedes entrar.

El guardia que estaba en el suelo se puso en pie de un salto. Maxon entró justo tras él. Yo habría querido hablar con ellos, hacerles preguntas, pero probablemente no era el momento adecuado.

Volví a nuestra habitación preocupada, agotada de pronto ahora que me había bajado la adrenalina. Al acercarme, vi a Carter sentado en el pasillo, junto a nuestra puerta.

—¡Oh! No hacía falta que me esperaras despierto —dije en voz baja, para no molestar a nadie más—. Le he dicho que se tienda en nuestra cama, así que he decidido esperarte aquí.

—¿En la cama? ¿A quién?

—A la chica de la cocina. La que venía con el guardia.

—Ah, vale —dije, sentándome a su lado—. ¿Qué quería de mí?

—Parece que va a ser tu aprendiza. Se llama Paige. Por lo que me acaba de contar, ha sido una noche muy movidita.

—¿Qué quieres decir?

Él bajó la voz aún más.

—Era prostituta. Me he dicho que America la ha encontrado y la ha traído aquí. Así que el príncipe y America estaban fuera del palacio esta noche. ¿Tienes idea de por qué?

Meneé la cabeza.

—Lo único que sé es que he ayudado a Anne a coserle a America una herida de bala.

La expresión de asombro de Carter era fiel reflejo de la mía.

—¿Qué pueden haber hecho para correr un peligro así?

—No lo sé —dije con un bostezo—. Pero seguro que querían hacer algo bueno.

Aunque encontrarse con prostitutas y meterse en tiroteos no sonaba a nada realmente noble, si sabía algo de Maxon, era que siempre se esforzaba por hacer lo correcto.

—Venga, vamos —dijo Carter—. Tú puedes dormir con Paige. Yo dormiré en el suelo.

—Ni hablar. Donde vayas tú, voy yo —respondí.

Necesitaba tenerlo a mi lado esa noche. Tenía un montón de cosas en la cabeza, y sabía que solo me sentiría segura a su lado.

Recordé que America se había enfadado con Maxon por permitir que me azotaran, y lo tonta que me había parecido entonces, pero ahora la entendía. Aunque Maxon contaba con mi máximo respeto, no podía evitar estar algo enfadada con él por haber permitido que le hicieran daño. Por primera vez, pude ver mis azotes a través de sus ojos. Y supe lo mucho que la quería, así como lo mucho que ella debía de quererme. Si ella se había preocupado por mí la mitad de lo que yo me había preocupado por ella momentos antes, era más que suficiente.

Había pasado una semana y media. No parecía que hubiéramos vuelto a la normalidad. Allá donde fuera, todas las conversaciones giraban en torno al ataque. Yo era una de los pocos afortunados. Mientras otros murieron asesinados sin piedad por todo el palacio, Carter y yo estábamos escondidos en nuestra habitación. Él estaba en el exterior, cuidando del jardín, cuando se oyeron los disparos. Al darse cuenta de lo que ocurría, había entrado en la cocina a la carrera, me había agarrado y habíamos salido corriendo hacia nuestra habitación. Yo le había ayudado a poner la cama contra la puerta, y nos habíamos tendido en ella, para darle más peso.

Me quedé temblando, entre sus brazos, mientras pasaban las horas, aterrada ante la posibilidad de que los rebeldes nos encontraran y preguntándome si tendrían piedad de nosotros. No dejaba de preguntarle a Carter si no deberíamos haber intentado escapar del recinto del palacio, pero él insistía en que estábamos más seguros allí.

—Tú no has visto lo que yo he visto, Marlee. No creo que lo hubiéramos conseguido.

Así que esperamos, aguzando el oído para intentar distinguir los sonidos de los enemigos. Cuando por fin aparecieron voces amigas por el pasillo y se pusieron a llamar a las puertas, fue un gran alivio. Si te parabas a pensarlo, era algo extraño: antes de meternos en aquella habitación, el rey era Clarkson; al salir, lo era Maxon.

Yo no había nacido la última vez que la corona había cambiado de manos. Parecía un cambio absolutamente natural para el país. Quizá porque nunca había tenido problemas en seguir las órdenes de Maxon. Y, por supuesto, el trabajo que teníamos Carter y yo en el palacio no disminuyó, así que no teníamos mucho tiempo para pararnos a pensar en el nuevo soberano.

Estaba preparando el almuerzo cuando un guardia entró en la cocina y me llamó por mi nuevo nombre. La última vez que había ocurrido algo así, America estaba desangrándose, así que reaccioné al instante. Y no tenía muy claro qué significaba el hecho de que Carter estuviera junto al guardia, cubierto de sudor del trabajo al aire libre.

—¿Sabes de qué va esto? —le susurré a Carter, mientras el guardia nos conducía escaleras arriba.

—No. No creo que nos hayamos metido en ningún lío, pero el hecho de que nos escolte un guardia es… inquietante.

Nos dimos la mano. Sentí que mi anillo de bodas se retorcía un poco, alojándose en el hueco entre nuestros dedos.

El guardia nos llevó al salón del trono, estancia normalmente reservada para recibir a los invitados o para ceremonias especiales relacionadas con la corona. Maxon estaba sentado en el otro extremo de la sala, con la corona sobre la cabeza. Le daba un aire de sabiduría. El corazón se me llenó de felicidad al ver a America sentada en un trono más pequeño, a su derecha, con las manos sobre el regazo. Ella aún no tenía corona —eso llegaría el día de su boda—, pero lucía una tiara en el cabello que parecía un rayo de sol, y ya tenía un aspecto muy regio.

A un lado había una mesa con un grupo de asesores que repasaban montones de papeles y garabateaban notas furiosamente.

Seguimos al guardia por la alfombra azul. Se paró justo delante del rey Maxon e hizo una reverencia; luego se hizo a un lado, dejándonos a Carter y a mí frente a los tronos.

Carter agachó inmediatamente la cabeza.

—Majestad.

Yo, por mi parte, hice una reverencia.

—Carter y Marlee Woodwork —dijo con una sonrisa. Sentí un estallido de alegría al oír mi nombre de casada, el de verdad—. En pago a vuestros servicios a la corona, yo, vuestro rey, he decidido corregir los castigos pasados a los que se os sentenció.

Carter y yo nos miramos el uno al otro, sin entender muy bien qué significaba aquello.

—Por supuesto, el castigo físico no se puede revertir, pero otras estipulaciones sí. ¿No es cierto que ambos fuisteis sentenciados a ser Ochos?

Resultaba raro oírle hablar así, pero suponía que habría formalidades que debía seguir. Carter habló por los dos.

—Sí, majestad.

—¿Y no es también correcto que habéis estado viviendo en palacio, haciendo trabajos de Seises durante los últimos dos meses?

—Sí, majestad.

—¿No es cierto también que usted, señora Woodwork, asistió a la futura reina en momentos de enfermedad?

—Sí, majestad —dije yo, sonriendo a America.

—¿También es cierto que usted, señor Woodwork, ha querido y protegido a la señora Woodwork, exmiembro de la Élite y, por tanto, preciosa Hija de Illéa, dándole todo a lo que podía aspirar en esas circunstancias?

Carter bajó la mirada. Casi podía verle cuestionándose si me había dado lo suficiente o no. Fui yo quien respondió:

—¡Sí, majestad! —exclamé, decidida.

Vi a mi marido parpadeando para contener las lágrimas.

Había sido él quien me había convencido de que la vida que vivíamos no sería siempre así, quien me había animado cuando los días se hacían demasiado largos. ¿Cómo podía pensar en algún momento que no fuera bastante bueno para mí?

—En pago a vuestros servicios, yo, el rey Maxon Schreave, os libero de vuestros deberes asociados a la casta. Ya no sois Ochos. Carter y Marlee, Woodwork. Sois los primeros ciudadanos de Illéa sin casta.

—¿Sin casta, majestad? —pregunté yo, frunciendo el ceño. Miré fugazmente a America y la vi radiante, con lágrimas en los ojos.

—Exacto. Ahora tenéis la libertad de tomar dos decisiones. En primer lugar, debéis decidir si queréis seguir viviendo en palacio. En segundo lugar, debéis decirme qué profesión querríais tener. Decidáis lo que decidáis, mi prometida y yo os proporcionaremos alojamiento y asistencia. Pero, incluso después de esa elección, seguiréis sin tener casta. Simplemente, seréis vosotros mismos.

Me giré hacia Carter, absolutamente anonadada.

—¿Tú qué crees? —me preguntó.

—Se lo debemos todo a él.

—Estoy de acuerdo. —Carter irguió la cabeza y se dirigió a Maxon—: Majestad, para mi esposa y para mí sería un placer seguir en palacio y serviros. No puedo hablar por ella, pero a mí me gusta mucho mi trabajo como jardinero. Me gusta trabajar en el exterior, y querría hacerlo mientras pueda. Si el cargo de responsable del departamento queda libre en algún momento, me gustaría que se me considerara para ocuparlo, pero, en cualquier caso, estoy satisfecho con el que tengo.

—Muy bien —dijo Maxon, asintiendo—. ¿Y la señora Woodwork?

Yo miré a America.

—Si la futura reina quisiera, me encantaría ser una de sus damas de compañía.

America dio un saltito de emoción y se llevó las manos al pecho. Maxon la miró como si fuera la cosa más adorable de todo el planeta.

—Como ves, es lo que ella esperaba —dijo el rey, que se aclaró la garganta e irguió la cabeza, llamando a los hombres de la mesa—. Quede constancia de que a Carter y Marlee Woodwork se les han perdonado sus faltas y que ahora viven bajo la protección del palacio. Que conste además que no tienen casta y que están por encima de cualquier segregación por ese motivo.

—¡Registrado! —respondió uno de los hombres.

En cuanto acabó de hablar, Maxon se puso en pie y se quitó la corona, mientras que America se levantó de un salto y corrió a mi encuentro para abrazarme.

—¡Esperaba que os quedarais! —exclamó—. ¡Sin ti no sé qué haría!

—¿Estás de broma? ¿Sabes la suerte que tengo de poder servir a la reina?

Maxon vino a nuestro encuentro y le estrechó la mano a Carter con fuerza.

—¿Estás seguro sobre lo de la jardinería? Podrías volver a la guardia, o incluso ser asesor, si lo prefieres.

—Estoy seguro. Ese tipo de trabajo nunca ha sido lo mío. Siempre me ha gustado más el trabajo manual. Además, estar en el exterior me hace sentir bien.

—De acuerdo. Si alguna vez cambias de opinión, dímelo.

Carter asintió, pasándome un brazo por la cintura.

—¡Oh! —exclamó America, volviendo a su trono a toda prisa—. ¡Casi se me olvida!

Cogió una cajita y volvió a nuestro lado.

—¿Qué es eso? —pregunté.

Ella miró a Maxon y sonrió.

—Te había prometido estar en tu boda, pero no pudo ser. Y aunque creo que es un poco tarde, he pensado que podría compensártelo con un pequeño regalo.

America nos dio la cajita. Me mordí el labio de los nervios. Había tenido que prescindir de todas las cosas que pensaba que tendría el día de mi boda: un bonito vestido, una fiesta fantástica, una sala llena de flores… Lo único que tenía aquel día era un novio absolutamente perfecto. Gracias a eso pude pasar por alto todo lo demás.

Aun así, era agradable recibir un regalo. Hacía que resultara más real. Abrí la cajita: en su interior encontré dos sencillos aros de oro. Me llevé una mano a la boca.

—¡America!

—No sé si habremos acertado con las medidas —dijo Maxon—. Y si preferís otro metal, podemos cambiarlos.

—Yo creo que vuestros anillos de cordel son un recuerdo estupendo —dijo America—. Espero que los que lleváis ahora los guardéis en algún lugar y los conservéis siempre. Pero hemos pensado que os merecíais algo más… permanente.

Me los quedé mirando, sin poder creer que fueran de verdad. Qué curioso: algo tan pequeño tenía un valor incalculable. Casi se me saltaban las lágrimas de la alegría. Carter me cogió la cajita de la mano y se la dio a Maxon, sacando el más pequeño de dentro.

—A ver qué tal queda —dijo, sacándome el cordel del dedo y sosteniéndolo mientras me ponía la alianza de oro.

—Algo suelto —dije, haciéndolo girar—. Pero es perfecto.

Emocionada, cogí el anillo de Carter. Él se quitó el viejo, que puso con el mío. Su alianza le encajaba perfectamente. Yo apoyé la mano sobre la suya, abriendo bien los dedos.

—¡Esto es demasiado! —dije—. ¡Demasiadas cosas buenas en un solo día!

America se situó a mi espalda y me rodeó con sus brazos.

—Tengo la sensación de que se avecinan muchas cosas buenas —dije, abrazándola, mientras Carter le estrechaba de nuevo la mano a Maxon.

—Estoy muy contenta de haberte recuperado —susurré.

—Yo también.

—Y necesitarás a alguien que te ayude a controlarte y a no montar numeritos —bromeé.

—Pero ¿qué dices? ¡Necesitaría un ejército para controlarme y no montar numeritos!

—Nunca podré agradecértelo lo suficiente —dije con una risita—. Lo sabes, ¿no? Siempre estaré a tu lado.

—No podrías agradecérmelo de un modo mejor.